Diogenes Taschenbuch 22872

Leon de Winter

SuperTex

Roman

Aus dem Niederländischen
von Sibylle Mulot

Diogenes

Die Originalausgabe
erschien 1991 unter demselben Titel bei
De Bezige Bij, Amsterdam
Die deutsche Erstausgabe
erschien 1993 im Piper Verlag, München
Der Verlag dankt dem Nederlands
Literair Produktie- en Vertalingenfonds
für die Übersetzungsförderung
Umschlagillustration: Henri Matisse,
›Madame Matisse: Madras rouge‹, 1907

Für Gideon Spitz,
wo immer er jetzt auch sein mag

Veröffentlicht als Diogenes Taschenbuch, 1996

www.diogenes.ch
100/05/8/12
ISBN 3 257 22872 4

A SCHO IN GANÉJDN IS OJCH GUT
Auch eine Stunde im Paradies ist der Mühe wert
Jiddisches Sprichwort

EIN SAMSTAG IM OKTOBER 1990

I

Das Sprechzimmer von Dr. Jansen lag im obersten Stock eines Apartmenthauses an der Ecke Apollolaan und Olympiaplatz. Der Platz war eingezäunt und in Rasenfelder aufgeteilt; am Nachmittag stieg das Geschrei erschöpfter Feierabendsportler zu den großen Fenstern des Sprechzimmers auf. Es war ein heller Raum, ein abgetretener Perserteppich bedeckte einen Teil des Parkettbodens, als Tisch diente ein alter Stahlschreibtisch mit schwarzem Gummibelag – er sah aus wie ein Kasernenmöbel –, auf dem eine schlichte weiße Bürolampe aus dem Kaufhaus stand. Bei meinem Eintritt war der Bürostuhl dahinter leer und halb umgedreht.

Das Sofa befand sich vor dem Fenster. Es war eine breite Couch, auf der man bequem zu zweit hätte liegen können. Eine dicke Wolldecke war darüber gebreitet. Letztes Jahr hatte ich die Decke einmal zurückgeschlagen und festgestellt, daß an der Stelle, wo die Hintern der von Neurosen und Traumata geplagten Patienten – von Dr. Jansen beharrlich »Klienten« genannt – herumrutschten, ein tiefes Loch gähnte, das mit trockenem Stroh aufgefüllt war. Man spürte das Loch, wenn man auf der Decke lag, und hatte den Eindruck, es sei von Dr. Jansen so beim Polsterer bestellt worden. Das Loch stellte eine direkte Verbindung zur Kanalisation her. Auf diese Weise wurde der Seelenkram über die Eingeweide in unsichtbare Tiefen befördert.

Der Therapeutenstuhl neben dem Sofa war ein brauner Ledersessel mit verschlissenen Armlehnen. Das Leder an der Kopfstütze war dunkel verfärbt und glänzte.

»Setzen Sie sich, Herr Breslauer«, sagte eine weibliche Stimme.

Wenn G'tt eine Frau wäre, hätte sie die Stimme von Frau Dr. Jansen, Nervenärztin zu Amsterdam. Sie war ungefähr siebzig und hatte die gedrungene Gestalt von Menschen, die mit zunehmendem Alter geschrumpft sind; sie war nicht größer als eins fünfundfünfzig. Ihr dichtes Haar kräuselte sich, und in dem einen Jahr, da ich ihr Sofa gemieden hatte, waren auch die letzten braunen Strähnen schneeweiß geworden. Ihre großen braunen Augen schauten mich klar und mitleidlos an. Sie hatte ein schmales Gesicht mit einer kräftigen Nase. In früheren Zeiten war etwas Mediterranes in ihre Familie eingeschlagen, wodurch das Aussehen der Familie Jansen exotische Züge angenommen hatte. Sie war keine Jüdin. Das war der Grund, warum ich beim ersten Mal ihren Rat gesucht hatte. Ich wollte keinen jüdischen Therapeuten.

Ich setzte mich aufs Sofa. Sie nahm ein Blatt Papier vom Schreibtisch und hievte sich wie ein Kind auf die Sitzfläche des hohen Sessels. Das Formular legte sie auf ihre übereinandergeschlagenen Beine, die den Boden gerade nicht mehr berührten. Ein Mädchen von elf im Körper einer Siebzigjährigen. Aus flachen schwarzen Schuhchen, höchstens

Größe vierunddreißig, schauten spindeldürre Fesseln heraus. Sie trug einen grauen Rock, der bis zur halben Wade reichte, und unter der Strickjacke eine Seidenbluse mit breitem Kragen. Nicht gerade modisch, aber von zeitloser Qualität.

»Danke, daß Sie Zeit für mich hatten, Doktor.«

»Der Klient ist König«, lächelte sie und schaute auf das Papier. »Ich hab mal eine kurze Zusammenfassung von den Sitzungen gemacht, die wir damals abgehalten haben. Es waren nicht viele, nur vier. Sie haben die Behandlung nach dem Tod Ihres Vaters abgebrochen.«

»Ja.«

»Und auf einmal rufen Sie an und erzählen mir, daß Sie in Not sind, und bezahlen mir ein Vermögen, um wieder herkommen zu können.«

»Geld interessiert mich nicht.«

»Wirklich nicht?« Sie schaute mich mit scharfen Augen an, die mir klarmachten, daß Bluff sofort bestraft würde.

»Im Moment nicht«, verbesserte ich mich wie ein aufmerksamer Schüler.

»Sie sind heute nacht aufgeblieben?«

»Warum fragen Sie das?«

»Sie sehen aus, als hätten Sie kein Auge zugetan.«

»Ich hab nicht geduscht. Aber ich hab gut geschlafen.«

Sie nickte und zwinkerte. Ich erinnerte mich, daß sie das immer machte, wenn sie sich konzentrierte. »Wie gehen Ihre Geschäfte?«

»Sehr gut. Mit Ups und Downs natürlich, aber die gibt es in jedem Business. Sie werden auch manchmal Flaute haben.«

»Nicht in meiner Branche. Die menschliche Psyche macht keine Ferien.«

»Der Geldbeutel schon. Aber ich kann nicht klagen.«

»Körperlicher Zustand?«

»Na ja, rund fünfzig Pfündchen Übergewicht. Es sitzt alles hier um die Taille und um mein Gesicht. Beine und Arme sind ziemlich normal, aber die Hüften sehen aus, als ob ich einen Ring anhätte, wie früher beim Schwimmen.«

»Sie haben Übergewicht, ja. Eßanfälle?« Sie fragte so sachlich, wie ein normaler Arzt nach dem Stuhlgang fragt.

»Ich kann einen ganzen Tag lang nichts anrühren, und auf einmal stopfe ich mich voll, bis ich platze.«

»Und weiter? Kurzatmig? Herzklopfen?«

»Ich laß mich einmal im Jahr durchchecken, und der Doktor meint, es wäre alles in Ordnung, bis auf mein Gewicht.«

»Hat er Ihnen eine Diät empfohlen?«

»Nicht nur einmal. Funktioniert bei mir aber nicht.«

»Warum nicht?« Sie hielt den Kopf leicht schief und schaute mich mit einem traurigen Lächeln an.

»Nach einer Woche macht es mich verrückt, und dann ist die Sache gelaufen.«

Meine unbeholfenen Worte zerbröselten irgendwo hinter ihren Augen, und sie zwinkerte. Sie warf einen Blick auf ihre Unterlagen. »Wie steht's mit der Liebe?« Diese Frage stellte sie so beiläufig wie möglich, ohne mich dabei anzusehen.

»Ich bin jetzt schon eine Zeitlang mit derselben Frau zusammen.«

»Zufrieden?«

»Wie meinen Sie das?«

»Sie kamen damals zu mir, weil Sie ein Problem hatten.«

»Das hat sich nach dem Tod meines Vaters gegeben.«

»Inwiefern?«

»Na, wie ich schon sagte. Ich will nicht behaupten, daß ich sofort nach seinem Begräbnis eine Morgenerektion hatte, wenn ich's mal so ausdrücken darf, aber das Problem war auf einmal von selbst weg.«

»Sie dürfen sich ruhig so ausdrücken. Es war auf einmal weg?«

»Das meine ich ja: *nicht* am nächsten Tag. Es ging von selbst weg. Eines Tages war es vorbei.«

Sie nickte und gab mir das Gefühl, daß sie mehr verstand als ich, und machte mit einem harten Bleistift eine kurze Notiz. Ich hörte die Spitze auf dem Papier kratzen.

»Ihre Mutter lebt noch?«

»Ja, zum Glück.«

»Gesund?«

»Mehr denn je.«

»Ist sie noch rüstig?«

»Sie kocht selbst und kauft ein, hat natürlich ein Mädchen und eine Putzfrau, aber sonst ist sie das blühende Leben.«

»Und Ihr Bruder?«

Mein Herzschlag setzte aus, und etwas schoß mir durch die Augen – Angst, Scham, Eifersucht? –, das ihr nicht entging, sie sah mich unverwandt an, hielt Ausschau nach einem zitternden Mundwinkel und wartete auf meine Antwort.

»Mein Bruder wohnt zur Zeit in Casablanca.«

»Casablanca? Was macht er da?«

»Ja, was macht er da? Wissen *Sie* es?«

»Geschäfte oder so?«

»Nein.«

Sie hielt plötzlich den Mund, und die Sekunden, die folgten, boten mir Gelegenheit, meine Antwort zu begründen. Aber ich war noch nicht soweit. Die Geschichte meines Bruders verlangte Vorbereitung.

»Warum ist er dann dort?« fragte sie, als sie merkte, daß ich nichts sagen würde.

»Darum geht es ja gerade«, sagte ich. »Darum geht es *auch*.«

»Was geht worum?«

»Dies hier. Daß ich jetzt bei Ihnen bin.«

»Ist irgend etwas mit ihm passiert, ein Unfall oder so?«

»Nein, nein ...«

»Sie sagten, Sie seien in einer Notlage.«

»Ja, so was Ähnliches«, sagte ich.

»Und das hat mit Ihrem Bruder zu tun?«

»Sagen wir mal... ohne den Umzug meines Bruders nach Casablanca säße ich vermutlich nicht hier.«

»Das müssen Sie mir schon näher erklären.«

»Schauen Sie ...«

Wo sollte ich anfangen? Es war eine lange Geschichte, die ich erzählen mußte. Lang und verrückt. Ich sagte: »Vielleicht sollte ich mit heute früh anfangen.«

2

Ich mußte Jimmy Tschin anrufen, und der elektrische Wecker fing an zu quengeln.

Ich lag an Marias warmen Hintern gedrückt. Schläfrig drehte sie sich um, als sie merkte, daß ich aufstehen wollte. Sie schlang die Arme um mich und hing nun mit ihrem vollen Gewicht an meinem Hals. Das machte mir nicht soviel aus, denn mein Übergewicht hatte sich zum Teil an meinem Hals festgesetzt.

»Warte, Schätzchen«, sagte ich, »erst muß ich anrufen, dann leg ich mich wieder zu dir.«

Sie brummte mit geschlossenen Augen. Ihre schläfrige Hand suchte an meiner Schulter erfolglos nach meinem Geschlecht, und ich stand auf.

Der Anruf hatte mit einem verspäteten Transport zu tun. In Thailand ließen wir Hemden, Blusen, Röcke, Kostüme, Zweiteiler und alles mögliche andere von der Firma Golden Textiles zusammennähen und verkauften die Partien Misch-Konfektion dann in diesem Teil Europas.

An den Kassen unserer SuperTex-Läden wurden die Kleider in orange-grün bedruckte Plastiktaschen mit roten Henkeln geschoben. Die sparsame Einrichtung unserer Geschäfte und die relativ niedrigen Personalkosten sicherten uns eine ansehnliche Gewinnspanne, und so hatten wir uns einen festen Platz auf dem niederländischen Textilmarkt erobert.

Wir liefern ziemlich gute Ware zu Schleuderpreisen. Dafür tritt der Kunde immer gern über die niedrige Schwelle. Außer aus Thailand importieren wir auch Konfektion aus Sri Lanka, Südkorea, Hongkong und Indien, und wir beliefern ähnliche Ladenketten wie unsere eigene SuperTex, in Deutschland etwa Billighaus oder Dufour in Frankreich.

Jimmy Tschin hatte es nicht geschafft, eine Sendung mit Winterware termingerecht abzuschicken, und dadurch konnten wir mit unseren deutschen Vertragspartnern Probleme bekommen. Die hatten in ihren Läden in Köln und Karlsruhe eine Großaktion geplant, und die Werbeaufträge waren schon aus dem Haus. Die Regale warteten auf meine Jacken, Mäntel, Hosen, Hemden, Blusen und Pullover. Wenn ich nicht rechtzeitig lieferte, zwang mich der unnachsichtige Vertrag, für die Kosten der Werbekampagne und den Umsatzverlust aufzukommen. Über Fernmeldesatellit hatte Jimmy mir geschworen, daß er die gesamte Partie noch vor dem Wochenende aus dem Haus schaffen würde. Er konnte sie nicht mehr per Schiffscontainer verschicken, hatte mir aber versichert, daß er sie per Flugzeug nach Europa bringen lassen würde. Für ihn vervielfachte das die Kosten, aber das war immer noch besser als der Schaden bei Billighaus, denn den würde ich auf jeden Fall auf ihn abwälzen.

Jimmys Sweatshops standen in einem Dorf nördlich von Bangkok, und der Strom war ausgefallen. Golden Textiles hatte vor drei Monaten eine Anzahl neuer Generatoren aus Singapur importiert, aber schon bald war in der gesamten Anlage eine Betriebsstörung aufgetreten, und die Produktion lag still. Aus Singapur wurden Monteure eingeflogen, die den Schaden reparierten, aber nach drei Wochen wiederholte sich das Problem. Es wurde ein Leidensweg. Ich hatte Jimmy im Verdacht, daß er die Generatoren gebraucht gekauft hatte, aber er schwor hoch und heilig, sie seien fabrikneu gewesen. Und nun versicherte er mir ständig, die Brother-Nähmaschinen würden innerhalb von zwei Tagen wieder anfangen zu surren.

Es war von größter Wichtigkeit, daß er seine Produktion schnell wieder in Gang brachte, denn die thailändische Winterkollektion – »Kollektion« ist ein großes Wort für das, was bei uns im Laden liegt – mußte nicht allein die leeren Truhen bei Billighaus füllen. Wir liefern an Dutzende von Markthändlern, und in erster Linie brauchten wir die Ware aus Thailand für unsere eigenen Geschäfte. Jimmy wußte das, und meine Position zwang mich, ihn daran zu erinnern. Mein Vater hätte genau dasselbe getan.

»I have to deliver in time, Jimmy«, hatte ich gesagt, »und wenn ich nicht rechtzeitig liefere, dann muß ich ein Bußgeld bezahlen. Und das ist nicht wenig, lieber Freund.«

»Ich werde dafür sorgen«, sagte Jimmy so munter wie möglich mit seinem chinesischen Zungenschlag, »don't you worry.«

»Ich mach mir aber Sorgen!«

»Beruhige dich, Max, ich bin dein Freund.«

»Das weiß ich, aber du lieferst nicht rechtzeitig. Und jemand, der nicht rechtzeitig liefert, den kann ich schwerlich weiter meinen Freund nennen.«

»Ich tu mein Bestes.«

»Das ist nicht genug, Jimmy.«

»Morgen früh weiß ich mehr.«

»Und dann will ich ganz genau wissen, wann du lieferst.«

»Mach dir keine Sorgen, Max.«

»So wenig wie möglich. Und weißt du, warum? Wenn das Bußgeld fällig wird, dann glaube ich nicht, daß ich es bezahlen werde.«

»Don't you worry.«

Dieses Gespräch fand am Freitag morgen statt, am Samstag sollte ich ihn wieder anrufen.

In Thailand haben sie einen halben Werktag hinter sich, wenn wir morgens aufstehen. Ich hatte den Wecker gestellt, damit ich um halb sieben die Nummer von Jimmys Geschäft in Bangkok eintippen konnte. Er kannte den Stellenwert, den der Samstag bei mir hatte, und ein Anruf um diese Uhrzeit würde Eindruck machen.

Meine Sekretärin hatte mir ein Dossier mit den wichtigsten Unterlagen mitgegeben, die mir erlaubten, Jimmy notfalls die genauen Zahlen und Klauseln um die Ohren zu hauen. Ich ging in mein Arbeitszimmer und sah die Grachtenhäuser auf der anderen Seite der Amstel in sanftem Morgenlicht liegen. Die Grachten waren leer. Normalerweise blieben wir am Samstagmorgen etwas länger im Bett liegen, kauften dann ein und lebten ruhig dem Montag entgegen. Ich zog eine Unterhose an, öffnete meine Tasche und holte das Dossier heraus.

Ich sah sofort, daß Yvonne mir die falschen Papiere mitgegeben hatte. Das mußte mich im Prinzip nicht davon abhalten, Jimmy anzurufen und meinen Zorn in den Hörer zu brüllen, falls in Bangkok irgend etwas schiefging, aber ich wollte die Verträge zwischen uns und Golden Textiles in der Hand haben, daraus zitieren, mahnen, zurechtweisen. Eine der Klauseln gestattete uns, nicht nur die Unkosten, sondern auch die Gewinnverluste auf Jimmy abzuwälzen, und die wollte ich ihm wörtlich unter die Nase reiben. Noch bedeutsamer war die Klausel über *Nichterfüllung*. Dies war bereits das dritte Mal in Folge, daß mit den Lieferungen von Golden Textiles etwas nicht stimmte, und ich hatte einen möglichen Ersatzpartner in Polen gefunden. Die Anfahrtswege von Warschau und Gdansk waren viel kürzer, die Aufsicht über die Sweatshops dort lag in den Händen abtrünniger Kommunisten, beinharter Sklaventreiber, die ihre unterbezahlten Landsleute bis aufs Blut aussaugten. Dieses *business* ist nichts für Samthände. Meine Verantwortung betrifft die Kontinuität unseres Betriebs, und wenn sie bei einem neuen Lieferanten besser gewahrt wird, fühle ich mich gezwungen, die alten Bande zu kappen.

Mein Vater hatte den thailändischen Chinesen Fu Fai Tschin – Jimmys Vater – bei einer Textilmesse in Mailand im Jahr 67 oder 68 getroffen. Wahrscheinlich hatten sie sich die Einsamkeit des ewigen Flüchtlings gegenseitig von den Augen abgelesen. Die Wiege meines Vaters stand in Galizien, die von Tschin in Kanton. Sie hatten gute Geschäfte miteinander begonnen.

Mein Vater hatte eine Menge Geschäftsbeziehungen, aber ich glaube, ungeachtet der kulturellen Verschiedenheiten pflegte er die mit Tschin am meisten. Das eine Mal, als wir zusammen in Bangkok waren, konnte ich zusehen, wie er in aller Ruhe die Vertragsverlängerung mit Fu Fai

Tschin besprach. Er saß entspannt am blankpolierten Mahagonitisch, der nach Bohnerwachs roch; ein paarmal beugte er sich vor und legte eine Hand auf den Arm von Fu Fai Tschin, der diese Freundschaftsgeste damit beantwortete, daß er seine Hand auf die meines Vaters drückte. Am späten Nachmittag machte Tschin auf dem Parkplatz des Hilton seine trägen Gymnastikübungen, gedehnte Bewegungen, die Konzentration und Körperbeherrschung erforderten, und mein Vater schaute ihm wie ein liebevoller Bruder zu. Wir schlossen einen schönen Vertrag.

Es war uns nicht verborgen geblieben, daß thailändische Mädchen mit wieselflinken Fingern unsere Kleider bei schlechtem Licht für einen Hungerlohn zusammennähten, aber der gesamte wohlhabende Westen kam auf diese Weise an preiswerte Textilien. Sollten wir, die Euro Textil International BV, die Holding unserer SuperTex-Ladenkette – ein Name, den sich mein Vater ausgedacht hatte, der aber zu lange im Mund herumrollte und ETI abgekürzt wurde – etwa tugendhafter sein als C&A? Wir machten munter mit auf dem Jahrmarkt des modernen Imperialismus.

Ich mußte Jimmy anrufen und hatte die falschen Unterlagen in der Hand. Unterlagen zur Marokko-Affäre, die wir gerade überstanden hatten. Das marokkanische Dossier war wohl das letzte, was ich jetzt sehen wollte, und eine Riesenwut packte mich, schlimmer als es dieser kleine Zwischenfall rechtfertigte.

Nachdem nun einige Zeit vergangen ist, sehe ich im nachhinein selbst, daß die Ursachen für die ganze Aufregung beim fehlgeschlagenen Marokko-Geschäft lagen und bei den aufsehenerregenden Folgen, die dies für meinen

Bruder Boy gehabt hat, aber zu einer ausgewogenen Analyse hatte ich an diesem Morgen keine Zeit. Ich rief Yvonne zu Hause an.

»Ja?« antwortete sie halb im Schlaf.

»Verdammt noch mal, du hast mir die falschen Unterlagen mitgegeben! Ich steh hier um halb sieben Uhr am Telefon und will anrufen, und was sehe ich: das falsche Dossier!«

»Oh, Herr Breslauer, wie ist das möglich?«

Ich hörte, daß sie jetzt hellwach war. Vermutlich saß sie aufrecht im Bett.

»Wie das möglich ist? Das fragst du *mich*? Du bist die Sekretärin, nicht ich!«

»Ich hatte es wirklich hingelegt, Herr Breslauer.«

»Ja, du hattest es wirklich hingelegt. Aber *das falsche*, liebe Yvonne.«

»Wie kann denn das... ich habe doch...«

»Yvonne, hör zu, das ist das letzte Mal, daß du was verkehrt gemacht hast.«

»Oh, Herr Breslauer, es tut mir wirklich leid, es wird nicht wieder vorkommen.«

»Nein, es wird nicht wieder vorkommen! Und weißt du auch, warum? Weil du entlassen bist, Yvonne! JETZT. Fristlos! Verdammt noch mal, ich steh hier wie ein Ölgötze!«

Wütend schmiß ich den Hörer auf die Gabel und marschierte aufgebracht vor den Fenstern auf und ab. Fluchend warf ich das Dossier weg, die Papiere flatterten auf das glänzende Parkett.

»Was ist los, Max?« Maria stand in der Tür. Sie war mitsamt dem Laken aus dem Bett gestiegen und strich ein paar blonde Haarsträhnen aus dem Gesicht. Sie war auch morgens, ohne Wimperntusche, Lippenstift und Lidstrich, die schönste Frau, die ich kannte. Hätte Marilyn Monroe nicht gelebt, dann hätte man Maria nicht beschreiben können. Wenn ich sie zwischen den Bettlaken anbetete, und fast jede Nacht ließ sie das zu, dann lautete mein Mantra: »Du bist so wunderbar wie MM.« Manchmal genügte ihr das nicht, und ich setzte hinzu: »Wenn sie ihren wirklich guten Tag hatte.«

»Wen hast du angerufen?«

»Yvonne.«

Ich ließ mich auf die Couch fallen. Hinter den großen Fenstern lagen die Dächer von Amsterdam. Von hier aus sah man bei klarem Wetter in der Ferne sogar die Türme des Textilzentrums, wo sich die Verkaufsbüros von ETI befanden.

Maria setzte sich auf die Armlehne eines Sessels. Das weiße Bettuch hob sich von dem schwarzen Leder ab, und ihr goldenes Haar und ihre nackten Beine vervollständigten das *glossy* Reklamefoto, das man jetzt von ihr hätte machen können. Jede Haltung, die sie einnahm, war graziös und fotogen.

Mein eigener Anblick bot weniger ästhetisches Behagen. Ich starrte auf die Fettrollen um meine Taille, meine Schenkel lagen breit und schwer auf der Couch.

»Sie hat mir die falschen Unterlagen mitgegeben. Ich muß Bangkok anrufen.«

Sie nickte mechanisch.

»Warum setzt du dich nicht schnell ins Auto? Die Stadt ist leer, in fünf Minuten bist du dort.«

»Dann muß ich mich erst duschen und anziehen...«

Die Vorstellung, daß ich mich jetzt beeilen mußte, gefiel mir gar nicht. Wieder fuhr mir der Ärger über die Schlamperei meiner Sekretärin in die Glieder, und wie ein verwöhntes, lästiges Kind wischte ich einen Stapel Bücher von dem niedrigen Tisch, der vor der Couch stand. Ich weiß nicht, warum ich das tat. Hilflos purzelten die Bücher auf das Eichenholz.

Maria ging aufrecht in die Hocke und legte beherrscht die Bücher zurück. Das Bettuch glitt von einer Achsel und entblößte eine ihrer vollkommenen Brüste.

»Du ziehst dir schnell was an und kommst dann gleich wieder zu mir«, sagte sie wie eine Lehrerin zu ihrem Lieblingsschüler, »wir sind noch nicht fertig miteinander.« Ihre Worte klangen verführerisch, aber ich spürte, daß sie keine Geduld mehr hatte.

Ich beugte mich zu ihr hinunter und küßte ihre Schulter. Sie roch nach Schlaf und warmem Tier.

»Du hast recht«, sagte ich.

Ich stand auf und ging zurück ins Schlafzimmer. Ich wohne hier in einem Penthouse, fünfzig Meter rechts vom Theater Carré, oben auf einem der höchsten Herrenhäuser an der Amstel. Das Haus war 1723 gebaut worden, das Penthouse 1983. Ein halbes Jahr vor dem Tag, den ich hier zu beschreiben versuche, hatte ich es für satte anderthalb Millionen gekauft, was ein Haufen Geld ist, aber man muß es mit dem Ankauf eines wertvollen Gemäldes vergleichen: Kunst und Geldanlage zugleich.

Ich stieg schnell in meine Jeans Größe XL, zog ein T-Shirt von SuperTex über meinen fetten Körper und schlurfte in Hausschuhen zum Fahrstuhl. Maria rief mir nach: »Hast du ihr gekündigt?« Sie mußte die Antwort kennen, denn sie hatte das Gespräch mitgehört.

Ich blieb stehen und hielt die eigensinnigen Fahrstuhltüren auseinander.

»Ja.«

Ich hörte, daß sie mir nachkam, und wartete. Ohne wirklich hinzusehen, glitt mein Blick über das Foto, das dort von meinem Vater hing, vor über dreißig Jahren aufgenommen, als er jünger war als ich heute. Er hatte Boy und mich gerade hochgehoben, und in dem Augenblick, da seine Lippen meine runde Kinderwange berührten, hatte der Fotograf abgedrückt. Es war mein Lieblingsbild.

Jetzt erschien sie auf dem Flur; eine griechische Göttin.

»Das finde ich nicht nett«, sagte sie. Ihre Stimme klang kalt und böse.

»Ich *bin* auch nicht nett. Das hab ich dir schon früher gesagt.«

»Ein einziges Versehen, und schon wird sie entlassen?«

»Misch dich da nicht ein«, sagte ich scharf. »Laß die Finger von meinen Angelegenheiten.«

Ich betrat den Fahrstuhl, und die Türen schoben sich zu. Durch eins der runden Fenster sah ich, wie sie sich abwandte und ins Schlafzimmer ging. Kurz bevor die Stahltüren den Fahrstuhl ganz verschlossen, hörte ich sie ein paar Worte sagen, die nicht für meine Ohren bestimmt waren: »Dein Vater war netter, *Mamser*.«

»Aber der ist tot!« rief ich durch das Sicherheitsglas. »Und dies ist das letzte Mal, daß du von ihm redest, hörst du! Ich will nichts mehr von ihm hören!«

Ja, ich weiß, ich habe überreagiert. Seit ich aus Marokko zurück war, damals vor zwei Monaten, war ich unruhig, ungeduldig, unausstehlich. Ich hatte zwei wichtige Geschäfte vermasselt, weil ich im falschen Augenblick explodiert war, ich hatte bereits fünf Leute entlassen (mit Yvonne waren es jetzt sechs), ich hatte wieder angefangen zu rauchen (Maria verbot mir, in der Wohnung zu rauchen, aber im Auto wartete eine ganze Stange auf mich), und ich hatte jede Woche ein ganzes Kilo zugenommen (was mich in diesem Augenblick gefährlich in die Nähe der Hundertkilomarke brachte). Sie hatte ihre Bemerkung nicht für meine Ohren bestimmt, aber es war die tödlichste Beleidigung, die sie mir zufügen konnte, und sie wußte das. Wie ein wilder Bär schlug ich gegen die Wand der unschuldigen Fahrstuhlkabine. Dröhnend echote es im Aufzugsschacht.

Im Untergeschoß wartete zwischen den Sportwagen der anderen Hausbewohner und neben Marias rotem Ferrari mein anthrazitgrauer Porsche 928 S. Stöhnend ließ ich mich hinter das Steuer sinken. Jede Fahrt begann mit dem Kampf gegen meine lästigen Pfunde, und falls ich noch dicker würde, mußte ich mir ein anderes Auto zulegen, denn die liegende Steuerhaltung war bei meinem Umfang nicht nur unbequem, sondern sogar gefährlich. Ich war vernarrt in meinen 928er. Er fuhr geschmeidiger als Marias Ferrari Testarossa. Mit dem *remote* öffnete ich die Garagentür.

Ich ließ den Wagen an, und der schwere Motor des hochgezüchteten Porsche röhrte zwischen den Betonwänden. Ich gab Gas, schoß unter der halbgeöffneten Tür hervor und fuhr an der Amstel entlang. An der Mageren Brücke schaute ich mich um. Kein Polizeiwagen zu sehen. Schnell lenkte ich den Wagen auf die Brücke, was von dieser Seite aus verboten ist, und streichelte das Gaspedal. Der Porsche flitzte über die Holzbalken der Brücke auf die andere Seite, dort bog ich links ab und fuhr wieder zurück. Ich warf einen Blick aus dem Seitenfenster und sah, daß die Garagentür auf der anderen Uferseite schon fast wieder geschlossen war. Der Wagen flog über die Buckel der Grachtenbrücken, und am Ende dieses Amstelabschnitts lenkte ich den Porsche Richtung Frederiksplein.

Einen Augenblick lang überlegte ich mir den kürzesten Weg zum Textilzentrum. An Werktagen fuhr ich immer über den Amsteldijk und dann durch die Kennedylaan zum Ringweg, aber die Stadt lag wie ausgestorben, und ich beschloß, über den Stadhouderskade zu fahren, den Museumsplein zu überqueren und dann die Lairessestraat zu nehmen.

Ich drückte das Pedal weiter hinunter, es waren nur Millimeter, und die acht hochgezüchteten Zylinder des 928er jaulten. Die breiten Pirellireifen drehten auf dem glatten Asphalt durch, ich merkte, wie der Wagen schlingerte, aber als die Reifen warm wurden und wieder auf dem Asphalt hafteten, schoß das Auto voran. Von null auf hundert in weniger als sechs Sekunden. Deswegen hatte ich das Auto gekauft, und für den Kick bei dieser Beschleunigung mußte ich wieder abnehmen. Ich wurde in den Schalensitz gedrückt und bog in den Stadhouderskade ein. Innerhalb einer halben Minute war ich beim Reichsmuseum, fuhr drum herum, raste über den Museumsplein und donnerte, ohne vor der Ampel an der Van Baerlestraat zu halten, direkt in die Lairessestraat. In einer Hundertstelsekunde war ich am Concertgebouw vorbei, und die schnurgerade Lairessestraat lag wie eine freie Rennbahn vor mir.

Es passierte an der Ecke Banstraat.

Ich weiß nicht, woher sie kamen, aber sie waren auf einmal da. Offenbar waren sie mit dem absoluten Weltrekord im Hundertmeterlauf aus der Banstraat in die Lairessestraat gespurtet, und als wollte sie mir persönlich einen bösen Streich spielen, hielt die Chassidenfamilie direkt vor meinem Porsche an.

Ich hatte sie nicht die Fahrbahn betreten sehen, aber da standen sie unverkennbar, und sie schienen nicht die Absicht zu haben, ihren Platz mitten auf der Straße zu räumen. Ich bremste.

Das Anti-Blockier-System gehört zur Standardausrüstung jedes Porsche, und ich merkte jetzt, daß das kein überflüssiger Luxus ist. Irgendwo unter der Motorhaube organisierte ein Computer das pumpende Bremsen, und ich spürte, wie die Sicherheitsgurte mich im Schalensitz festschnürten.

Auch wenn der Vorfall höchstens zwei Sekunden gedauert haben kann – ich hatte genug Zeit, mir die Chassiden genau anzusehen. Durch dicke Brillen guckten sie erschrocken zu mir hin und warteten bewegungslos auf den Aufprall. Den Fuß krampfartig auf das Bremspedal gedrückt, sah ich sie furchterregend schnell näher kommen. Die zwei Sekunden dehnten sich wie zweihundert, ich konnte jetzt ihre Gesichter erkennen: den bärtigen Vater mit dem schwarzen Hut, seine beiden Söhne, der jüngere etwa zehn, der ältere fünfzehn Jahre, genau wie ihr Vater in Schwarz, mit dicker Brille, Hut und schönen vollen Peies, diesen mädchenhaften Schläfenlocken, die die streng orthodoxen Juden tragen. Alle drei starrten mich an, als wäre ich ein Ungeheuer, eine von G'tt gesandte Prüfung – so heilig ist Sein Name, daß er weder geschrieben noch gesprochen werden darf –, und diese Prüfung konnte nur auf eine einzige Art beantwortet werden: einfach stehenbleiben, nicht zur Seite gehen, unbeugsam diesen Test durchstehen und notfalls als Märtyrer von Ihm in Sein Haus berufen werden.

Ich spürte, daß ich sie anfahren würde. Eine halbe Chassidenfamilie, früh am Samstag morgen auf dem Weg zur Synagoge, um zu G'tt zu beten und auch für mich um Vergebung zu bitten – gleich würde ich sie auslöschen, weil ich so dringend ein Telefongespräch mit Bangkok wegen einer Partie Winterkleider führen mußte. Gleich würde man die Chassiden von meiner Windschutzscheibe kratzen, und ich selbst mußte ins Kittchen. Ich fuhr hier mit hundertzwanzig Sachen und wollte gerade in den vierten Gang schalten, um am Ende der Lairessestraat in den fünften zu gehen; damit fuhr man über zweihundert.

Ich sah ihre unschuldigen frommen Gesichter näher kommen und fing an zu beten. Wieder hatte der Herr mich auserwählt.

Die ABS-Bremsen von Ingenieur Porsche verlangsamten den Wagen um viele Kilometer pro Meter, und es sah jetzt so aus, als würde ich genau auf der Höhe des vordersten Chassidenjungen zum Stillstand kommen. Wie von einer Riesenhand zurückgeschoben, verlor das Auto die letzte Geschwindigkeit. Ein winziger Ruck kündigte absolute

Ruhe an, und als ob sich mein Tastsinn bis in die Stoßstange ausgedehnt hätte, merkte ich, daß ich den Jungen gerade nur antippte, wie man jemandem einen Klaps auf die Schulter gibt.

Ein Weilchen blieb alles still, weitere zwei Sekunden tiefer Besinnung. Diesmal spürte ich das erlösende Glücksgefühl, daß die Tragödie durch irgend jemandes Eingreifen – Ingenieur Porsche oder Er Dort Oben? – verhindert worden war. Der Morgen war mild und schön.

Ich sah, daß der Junge aus der Betäubung erwachte, die die nahende Gefahr ihm eingeflößt hatte. Sobald die Erkenntnis zu ihm durchgedrungen war, daß er noch lebte und daß das Auto sein Bein berührt hatte, verließen über fünftausend Jahre Verfolgung mit einem lauten Schrei seinen Hals. Er fing an, auf seinem gesunden Bein herumzutanzen, während er das angetippte Bein mit beiden Händen festhielt, als würde es sonst abfallen.

Seine beiden Angehörigen, die sich in aller Stille schon darauf vorbereitet hatten, mit G'tt gleich ein erstes Orientierungsgespräch zu führen, lösten sich aus der Erstarrung, die mein heranbrausendes Auto verursacht hatte, und scharten sich um ihn. Der Junge zog das Hosenbein von seiner schwarzen Sabbathose hoch, und durch die Windschutzscheibe konnte ich nicht einmal eine Schürfwunde entdecken. Aber er schrie trotzdem weiter.

Der Vater, ein kleiner Mann mit dünnen Fingern, einem schmalen Gesicht und scharfen Augen, klopfte zornig auf mein Seitenfenster, und ich öffnete es mit einer Taste.

»Was glaubst du eigentlich, wer du bist, daß du hier so schnell fährst? Du hast mein Kind verletzt, und ich versichere dir, dafür wirst du büßen!« Er sah mein Autotelefon. »Ruf einen Krankenwagen«, verlangte er, »mein Kind braucht Hilfe.«

»Es tut mir leid. Aber wie ich sehe, ist gar nichts passiert, und ich hab's eilig.« Meine Stimme zitterte vor Aufregung, das Herz schlug mir im Hals, und ich war dankbar, daß nichts Ernstes geschehen war.

»Sie haben es eilig? Und woher wissen Sie, daß nichts passiert ist? Sind Sie vielleicht Arzt? Nein, so sehen Sie nicht aus. Sie rufen *jetzt* einen Krankenwagen, oder ich hole die Polizei.«

Ich stieg aus und ging zu dem Jungen. Sein kleiner Bruder sah mich kommen und stellte sich mit fatalistischem Heldentum vor ihn. Zweifellos fürchtete er, ich würde mein Henkerswerk mit bloßen Händen vollenden. Ich sah die Panik in seinen Augen.

»Was ist denn los?« fragte ich so freundlich wie möglich. »Es ist doch nicht so schlimm? Laß mich mal sehen.«

Ich bückte mich und betrachtete das Bein des Jungen. Die Tränen rollten ihm über die Wangen, aber ich war überzeugt, daß es nur der Schreck war. Vorsichtig berührte ich das bleiche Bein. Der Junge schrie, und sofort spürte ich die Hand des Vaters auf meiner Schulter. Die Vaterschaft gab dem Männchen Riesenkräfte, sein Griff tat weh.

»Rühr ihn nicht an!«

Ich richtete mich auf und versuchte ein Lächeln. »Soviel ich sehe, ist es nur halb so schlimm. Ich glaube nicht, daß Ihrem Jungen etwas passiert ist.«

»Warum heult er dann? Glauben Sie, er tut das zu seinem Vergnügen? Jakov! Jakov! Hast du Schmerzen?«

Der Junge nickte, sein Gesicht war vom Leiden gezeichnet.

»Der Junge hat Schmerzen, und Sie sagen, er hat keine Schmerzen? *Wer* fühlt hier *was*? Wer stand hier auf der Straße, und wer saß hinter dem Steuer? Wissen Sie, was Sie sind? Ein verantwortungsloser Goj. Wissen Sie, was ein Goj ist?« Er machte eine kurze Pause. Sein Sohn hatte darauf gewartet und fing heftig an zu stöhnen. »Ein Goj ist einer, der am Samstag morgen in so einem...« – er wies mit zitterndem Finger, als ob er in einem Shakespearestück mitspielte, auf meinen Porsche – »... in so einem Auto zu fahren wagt. Das ist ein Goj!«

»Sie irren sich«, sagte ich. »Auch ich habe meine Bar-Mizwa gefeiert.«

Seine Augen zwinkerten ungläubig hinter den dicken Brillengläsern. Verblüfft schüttelte er den Kopf und half seinem Sohn auf die Motorhaube.

»Jemand muß einen Krankenwagen rufen«, sagte er, »Sie können telefonieren, wir nicht.«

Ich zog mein Portemonnaie heraus und zeigte dem Jungen einen Zweihundertfünfzigguldenschein. Natürlich wußte ich, daß fromme Juden am Samstag kein Geld anrühren, aber ich hatte die Handbewegung schon gemacht, bevor ich merkte, wie taktlos sie war.

»Hier, Jakov«, sagte ich, vor Scham errötend. »Kauf dir was Schönes dafür.«

In einem Anfall rasender Wut riß mir der Vater den Geldschein aus der Hand und zerfetzte ihn mit theatralischen Gebärden. Man darf am Sabbat auch nichts zerreißen – die Frommen unter uns reißen bereits am Freitag nachmittag das Klopapier in handliche Streifen, damit sie auch am Tag des Herrn den Popo putzen können –, aber er übertrat das Verbot.

»Was fällt Ihnen ein! Geld, Geld am Schabbes! Jemand muß anrufen!« Die Fetzen des Geldscheins tanzten über die Straße. Ich sah meine Dummheit über den Asphalt flattern.

Er hatte mich nicht direkt darum gebeten, denn das durfte er auch nicht, aber der »jemand« konnte niemand anderes sein als ich. Ich beugte mich in den Wagen und rief die 06 - 11.

»Wo ist es?« fragte das Mädchen in der Zentrale.

»Ecke Banstraat–Lairessestraat.«

»Opfer?«

»Zum Glück nicht. Nur ein Leichtverletzter.«

»Also ein Opfer. Wir kommen.«

Jakov saß mit geschlossenen Augen auf der Motorhaube. Sein Vater und sein kleiner Bruder hielten ihn tröstend und beschützend fest. Ihre Blicke verbannten mich für ewig in die Hölle, falls es sie gibt.

»Der Krankenwagen ist schon unterwegs«, sagte ich mit nervösem Lachen, obwohl es nichts zu lachen gab. »Geht es ihm wieder besser?«

»Ganz ausgezeichnet, danke vielmals«, sagte der Vater bitter. »Wir wissen es zu schätzen, daß Sie so mitfühlen.«

Der jüngste Sohn, kaum älter als zehn, sah mich scharf an. »Wenn Sie ein Jude sind, was tun Sie dann am Schabbesmorgen in einem Porsche?«

»Ist das hier ein Porsche?« rief sein Vater. »Also das ist das Auto von Herrn Professor Porsche, der für Herrn Hitler den Volkswagen gebaut hat? Und deswegen kommen wir zu spät zum Haus des Herrn?«

»Ich hatte es eilig«, sagte ich entschuldigend. Ich gebe zu, es war ein schwaches Argument.

»Am Schabbes hat man keine Eile«, sagte der Jüngste und warf mir einen vorwurfsvollen Blick zu.

»Es tut mir wirklich leid.«

»Leid?« sagte der Kleine, und seine Augen, die schon jetzt mehr gelesen hatten als die meinen, sahen mich vernichtend an. »*Leid*? Was ist das?«

»Hat dein Vater dir das nie erklärt?« Ich wollte sarkastisch sein, sah aber bereits voraus, daß mir der Kleine auch hierin überlegen war.

»Leid tun ist etwas von der Oberfläche«, stellte das Kind mit Erwachsenenweisheit fest, »was Sie empfinden sollten, ist Scham. Scham, weil Sie am Tag des Herrn, gelobt sei Sein Name, in einem Porsche sitzen und beinah meinen Bruder totgefahren hätten.«

»Ich hab niemanden totgefahren, du übertreibst.«

»Übertreibst?« polterte der Vater. Trotz seiner zarten Gestalt hatte er die Lungen von Pavarotti. »Wer übertreibt hier? Hätten Sie sich, wie es sich gehört, gleich bei uns entschuldigt und echte Reue gezeigt, dann hätten wir zu einem Vergleich kommen können...«

»Vergleich? Was wollen Sie damit sagen?« versuchte ich ihm ins Wort zu fallen. Aber er fuhr einfach fort.

»So aber glaube – was sage ich? – *schwöre* ich Ihnen, daß Sie nicht so glimpflich davonkommen. Heute kann ich über Geldsachen nicht reden, aber morgen komme ich darauf zurück. Ihre Karte! Geben Sie mir Ihre Karte!«

Ich sackte hinter das Steuerrad und nahm eine Visitenkarte aus dem Handschuhfach. Und ich rief Maria an.

Eine Gruppe ausgelassener Chassiden erschien an der Ecke Banstraat. Der Bürgersteig war dort aufgegraben, ein Sandhaufen und gestapelte Pflastersteine versperrten die Sicht auf die Seitenstraße. Ich wußte plötzlich, warum ich die Familie nicht gesehen hatte. Das Amsterdamer Stadtbauamt, dessen Wege so unerforschlich sind wie die Wege des Herrn, hatte dort ein Loch gegraben, um mich zum Mord an einer braven Chassidenfamilie zu verleiten.

Die vier erwachsenen Chassiden mit ihren wilden Bärten blieben verblüfft an der Ecke stehen. Männer mit breiten Pelzmützen auf dem Kopf, mit *Schtreimel.* Sie trugen schwarze Mäntel, Kniebundhosen und weiße Strümpfe, die ihre muskulösen Waden stramm umspannten. Streng orthodoxe Chassiden, gekleidet nach der neuesten Mode des achtzehnten Jahrhunderts in Polen. In Amsterdam sind sie selten, aber in New York, Antwerpen und Jerusalem kann man sie frei besichtigen. Sie kamen herbeigerannt.

Maria meldete sich.

»Maria, ich hab einen kleinen Unfall gehabt.«

»Max! Ist es was Ernstes?«

»Nein, nein, nichts Schlimmes.«

»Von wo rufst du an?«

Durch die Windschutzscheibe sah ich, wie der Vater von dem Vorfall berichtete. Die Chassiden schauten immer feuriger zu mir herüber, je länger der Vater in seinem detaillierten Bericht fortfuhr.

»Ich rufe aus dem Auto an. Mach dir keine Sorgen, ich komme ein bißchen später zurück.«

»Also doch was Ernstes?«

»Nein, nichts Schlimmes. Bleib gemütlich liegen, alles kommt wieder in Ordnung.«

»Max! Ich glaube dir nicht! Es *ist* was Ernstes, oder nicht?«

»Verdammt noch mal, nein!«

»Was ist denn los?«

»Jesses, deine Bemerkung von vorhin verbessert die Stimmung auch nicht gerade!« sagte ich.

»Was für eine Bemerkung?«

»Was für eine Bemerkung? Willst du, daß ich sie wiederhole?«

»Laß es bleiben.«

»Ich bin bald wieder zu Hause.«

Ich rief Robbie Goudsmit an, und eine unbekannte Dame nahm ab.

»Er holt gerade Hörnchen«, sagte sie. Offenbar war sie Robbies neueste Flamme und wollte mir auf diesem Weg mitteilen, daß die Nacht zu rasendem Hunger geführt hatte.

»Wenn er zurückkommt, muß er mich sofort anrufen, und zwar unter meiner Autonummer. Ich habe einen kleinen Unfall gehabt.«

Die Verlockung, mich zu den aufgeregten Juden zu gesellen, war nur gering, aber ich hatte keine Wahl. Ich stieg aus meinem Auto und gab dem Vater meine Visitenkarte.

Die Männer musterten mich feindselig, und einer von ihnen las das Kärtchen mit dem Vater mit. Der Mann las laut und voller Abscheu, als ob er mich durch das Aussprechen meines Namens verfluchen könnte.

»Max Breslauer, Euro Textil International.« Jede Silbe tat ihm weh, und er zog dabei ein Gesicht, als habe er Galle im Mund. Er sprach mit flämischem Akzent. Antwerpen.

»Warum regeln wir das nicht wie zwei erwachsene Menschen«, sagte ich zum Vater und tat, als ob ich die wütenden Blicke der Chassiden nicht sah. »Ich glaube, es ist mehr der Schreck als sonstwas, und ich verspreche Ihnen, morgen mache ich es wieder gut. Rufen Sie mich an, wir treffen uns und essen eine Kleinigkeit miteinander.«

In der Ferne hörte ich das Martinshorn. Der verwundete Junge hörte es auch, und als Antwort darauf fing er wieder an zu jammern.

»Es ist der Schreck!« rief ich und zeigte mit blödem Grinsen auf den Jungen. »Nur der Schreck, sonst nichts!«

»Mörder!« rief der Vater und umarmte seinen Sohn. »Mörder, geh weg! Laß uns mit unserem Kummer allein!«

Ich fühlte mich schuldig, und um meinen guten Willen noch einmal zu zeigen, legte ich voller Mitleid eine Hand auf die Schulter des Jungen. Aber der Junge fing an zu kreischen, als würde er mit glühendem Eisen übergossen und müsse auf der Stelle verbrennen.

Zwei willensstarke Chassiden, breit und stämmig, rissen mich mit ihren kolossalen Händen von ihm los und räumten mich aus dem Weg, ohne daß ich auch nur einen Schritt dabei tun mußte. Ich flog durch die Luft und klatschte auf die Straße.

Während ich dort lag und einen Moment nach Luft rang, sah ich aus dem Augenwinkel, wie einer der Chassiden, seinen Schtreimel mit einer Hand festhaltend, zurück zur

Seitenstraße eilte. Dort ging er in die Hocke, aufrecht wie eine Frau, und nahm einen Pflasterstein vom Stapel. Es war klar, daß dieser fromme Mann in seiner Freizeit das schöne alte Hobby des Steinigens pflegte. Mit viel Erfahrung geladen, verließ der Stein seine Hand. Elegant flog der Brocken durch die stille Samstagmorgenluft, und während das Projektil noch unterwegs war, gab ich meinerseits, auf dem Boden liegend, meinem Abscheu Ausdruck. Zugleich mit dem Knall der berstenden Windschutzscheibe hallte mein machtloser Schrei durch die Lairessestraat.

Ich rappelte mich auf und schaute nach dem Spinnennetz in der Frontscheibe meines Wagens. Hilflos trat ich näher, strich über die Risse im getönten Sicherheitsglas und nahm den Stein von der Motorhaube. Ich schämte mich, das stand außer Zweifel. Ich war mit lebensgefährlichem Tempo durch die Stadt gerast, und die Chassiden hatten recht. Ich hatte Kasteiung verdient. Ich setzte das Leben anderer Menschen aufs Spiel, weil ich um diese Uhrzeit ein Gespräch mit einem gewissen Jimmy in Bangkok führen mußte. Und da stand ich. In der Tat ein Sünder, ein potentieller Mörder.

Ich drehte mich zu den Männern um, und sie wichen zurück. Ich wog den Stein in meiner Hand und fühlte die Verblendung. Auch ich konnte werfen. Auch ich hatte die biblische Tradition des Steinigens noch im Blut. Und ich hätte geworfen, wenn mich die Ambulanz nicht von meinem Übel erlöst hätte.

Mit kreischenden Bremsen kam sie neben meinem Auto zum Stehen. Zwei Sanitäter in weißen Kitteln stiegen aus.

Hinter meinem Rücken ließ ich den Stein aus der Hand fallen.

Die Krankenpfleger schauten einen Augenblick überrascht auf die Kleidung ihrer Kundschaft.

»So, meine Herren«, sagte der ältere von beiden, »hat's bissele gekracht?«

»Lassen Sie das bissele ruhig weg«, antwortete der Vater bitter. Er wandte sich zu den Chassiden und sagte zu ihnen auf jiddisch, daß sie in die Synagoge gehen sollten und daß er bei seinem Sohn bleiben würde. Die vier Männer warfen mir beim Abmarsch tödliche Blicke zu.

Unbeeindruckt gingen die Sanitäter ans Werk. »Na, dann wollen wir mal sehen.«

Jakov biß sich auf die Lippen, die Tränen strömten weiter.

»Dieser Mann da hat mein Kind angefahren«, sagte der Vater, »er wollte ihn totfahren.«

Die Sanitäter schauten sich kurz nach mir um. Ich hob die Schultern.

»Das wird schon nicht so schlimm sein«, sagte der ältere Sanitäter mit einem verständnisvollen Blick in meine Richtung. Auch er fand diese Juden verrückt und verbohrt.

Er hockte sich hin und betastete das Bein. Der Junge schrie.

»Ruhig sitzen bleiben«, sagte der Sanitäter, und zu seinem Kollegen: »Hol die Trage.«

Er richtete sich wieder auf. »Ich glaube, das Bein ist gebrochen. Wir müssen ins Krankenhaus fahren und Aufnahmen machen lassen.«

Diese Botschaft brach den letzten Widerstand des Jungen. »Mörder!« zischte der Vater mir zu.

»Immer mit der Ruhe. Ihr Sohn wird wieder ganz der alte«, sagte der Sanitäter. Und zu mir: »Sind Sie der Fahrer des Wagens?« Er begann, die emotionale Reichweite des Ganzen zu erfassen.

Ich nickte.

»Wir müssen den Vorfall der Polizei melden.«

»Ich verstehe.«

Scham brannte in meinem Gesicht. »Es tut mir so schrecklich leid«, sagte ich zum Vater. Es klang ehrlich, weil es ehrlich gemeint war, aber er drehte mir den Rücken zu. Jakov wurde auf die Bahre gelegt. Er wimmerte.

Mein Autotelefon piepte.

»Was ist denn los?« hörte ich Robbie Goudsmit fragen. »Was tust du so früh in deinem Auto?«

»Ich hab jemanden angefahren. Einen Augenblick.« Ich setzte mich ins Auto. »So, da bin ich wieder.«

»Jesses! Hoffentlich nichts Ernstes?«

»Ein gebrochenes Bein.«

»Ah, zum Glück. Mach dir keine Sorgen, gegen gebrochene Beine bist du versichert.«

»Aber sie wollen Schmerzensgeld.«

»Das können sie sich an den Hut stecken. Wir sind doch nicht in Amerika. Ist es ein Amerikaner?«

»Ein Chassidenjunge. Er ging mit seiner Familie über die Lairessestraat. Ich habe sie nicht gesehen.«

»Lästig, aber so ist das Leben. Natürlich waren sie unterwegs zur Schul.«

»Ich äh… also ich fühle mich wirklich schuldig, Robbie.«

»Hör mal, überlaß das bitte mir, ja? Ich bin schließlich

nicht umsonst dein Anwalt, und meine Rechnungen sind hoch genug, oder nicht? Ist Polizei dabei?«

»Sie sind unterwegs.«

»Sag nichts, mach nichts, ich bin gleich bei dir.«

Jakov wurde in den Krankenwagen geschoben, und der Vater stieg mit ein.

»Jossele!« rief er seinem jüngeren Sohn zu, »erklär ihnen in der Schul, warum ich nicht komme. Und erzähl auch von dem da!« Er zeigte auf mich.

Die Türen wurden geschlossen. Der Sanitäter kam zu mir.

»Sie müssen hier auf die Polizei warten. Wir haben Ihr Kennzeichen notiert.«

»Ich warte.«

»Es ist halb so schlimm mit dem Jungen«, sagte er tröstend. Er stieg ein, und der Krankenwagen raste davon.

Der kleine chassidische Junge und ich schauten ihm nach. Wir standen vor meinem lädierten Porsche, mitten auf der Fahrbahn, am frühen Morgen.

Als der Krankenwagen verschwunden war, fragte das Kind: »Wie kommt es, daß ein Jude am Samstag morgen so was anrichtet? Sie halten sich nicht an die Gebote.«

»Nein«, war alles, was ich erwidern konnte.

»Ein Jude soll aber die Gebote halten«, sagte er.

»Ja«, sagte ich.

»Moses wurden sechshundertunddreizehn Regeln gegeben«, lehrte das Kind. »Dreihundertfünfundsechzig Verbote und zweihundertachtundvierzig Gebote. Ein guter Jude lebt nach den Regeln.«

»Was du nicht sagst! Regeln von vor ein paar tausend Jahren. Von einem Wüstenvolk.«

Das Kind hob einen Zeigefinger und schwenkte ihn drohend in meine Richtung.

»Die Luft, die wir atmen, ist die neu? Die Sonne über unserem Kopf, ist sie von heute?«

Was konnte ich darauf antworten?

»Ich muß in die Schul. Möge der Herr Ihnen vergeben.«

Selbstbewußt, mit schnellen kleinen Schritten, ging der Junge weg. An der Straßenecke drehte er sich noch einmal um. Ich sah, wie er stehenblieb und einen verächtlichen Blick auf mein Auto warf.

»Ein Jude im Porsche«, rief er kopfschüttelnd. Und ging weiter.

Die Polizei kam, Robbie Goudsmit erschien, und ein Protokoll wurde aufgenommen. Dank ABS war der Bremsweg des Porsche kaum zu vermessen. Es gab nur undeutliche Streifen auf dem Asphalt.

»Wie schnell bist du hier gefahren?« fragte Robbie, als die beiden Polizeibeamten mit einem Maßband den Bremsweg und damit die Geschwindigkeit festzustellen versuchten.

»Hundertzwanzig.«

Robbie wandte gequält den Kopf ab. »Du bist verrückt«, sagte er. »Wie kann man mitten in der Stadt so schnell fahren?«

»Ich hatte es eilig. Das war dumm.«

»Das kann dich glatt den Führerschein kosten«, sagte er ermutigend. Robbie trug seinen Jogginganzug, eine graue weite Trainingshose und ein dazu passendes Sweatshirt. Nicht von SuperTex, sondern von Lacoste, wie das kleine grüne Krokodil auf seiner Brust zeigte. Er war genauso alt wie ich, hatte aber nie aufgehört, Tennis zu spielen, und aß schon jahrelang Ungespritztes, Hormonfreies. Robbie war ein attraktiver Mann mit ergrauenden Schläfen und einem vollkommenen Bartwuchs, der einen starken Glanz über seine Kinnbacken warf. Er hatte sich noch nicht rasiert. Er öffnete eine Papiertüte und bot mir ein Hörnchen an. *Vie de France*. Ich schüttelte den Kopf.

Die Polizisten kamen auf uns zu. Sie bewegten sich träge.

»Sie haben gesagt, Sie wären nicht schneller als fünfzig gefahren, aber der Bremsweg« – der Polizist wies auf die undeutlichen Streifen – »der sagt was anderes.« Er war noch sehr jung, fünfundzwanzig vielleicht, und sein Bartwuchs hatte es noch nicht weiter gebracht als zu einem hoffnungslosen Streifchen Flaum auf der Oberlippe. Ich sah, wie seine müden Augen einen Augenblick lang voller Neid über Robbies männliche Kiefer glitten.

»Mein Mandant kann jetzt nicht weiter darauf eingehen. Dies alles hat ihn sehr angegriffen«, sagte Robbie. Er versuchte, seine hohe Rechnung zu rechtfertigen.

»Aber die Streifen scheinen mir ziemlich eindeutig«, antwortete der Beamte.

»Wie kommen Sie drauf, daß die von ihm sind?« wollte Robbie wissen.

»Weil sie...« – der logisch denkende Beamte wies wieder auf die Bremsspuren – »...dort anfangen und genau, aber auch ganz genau unter den Reifen des Porsche enden.«

»Zufall«, sagte Robbie. »Gibt es Zeugen?«

»Ich nehme an, der Vater des Opfers hat es gesehen.«

»Ich glaube nicht, daß der ein wertvoller Zeuge ist«,

befand Robbie. »Aber meinen Sie nicht auch, daß wir darüber später diskutieren können? Mein Mandant weist jede Schuld von sich und bezichtigt das Opfer, nicht aufgepaßt zu haben und einfach so über die Straße gelaufen zu sein. Und außerdem, meine Herren, ist dies hier ein Auto mit ABS, ich darf Sie daher auf die Debatte in der *Zeitschrift für Polizei und Verkehr* verweisen, worin die Beweiskraft der von ABS verursachten Bremsspuren stark in Zweifel gezogen wird. Und bei der Stiftung Wissenschaftliche Untersuchungen zur Verkehrssicherheit in Leidschendam, erinnern Sie sich? verweist man immer wieder auf diese Veröffentlichungen. Auch ein niederländischer Richter muß das zur Kenntnis nehmen.«

»Fünfzig ist unmöglich«, beharrte der Beamte tapfer.

»Fünfzig oder einundfünfzig, darüber wollen wir uns nicht streiten. Mein Klient hat einen Schock erlitten und muß dringend in ärztliche Behandlung.«

»Einen Schock?« fragte der andere Polizeibeamte. Er war eine intelligentere Zwillingsausgabe seines Kollegen, mit der gleichen flaumigen Oberlippe, dem Wahrzeichen der Polizisten und Fußballspieler. SuperTex hat jetzt eine eigene Loge bei Ajax, und im Vorstandsraum habe ich bereits ziemlich viele Fußballer dieses Typs herumlaufen sehen, meist allerdings von Abstiegsvereinen.

Die Beamten schauten mich beide argwöhnisch an. Sie merkten, daß sie für Goudsmit keine Gegner waren, aber ich sah aus wie ein weiches Ei.

»Wenn Sie einen Schock haben, dann habe ich auch einen«, sagte der schlaue Beamte.

Robbie wurde jetzt energisch. »Meine Herren, wenn Sie

wollen, rufe ich auf der Stelle einen Arzt, der bei meinem Mandanten einen Schock feststellt. Doktor Goudsmit ist mein Bruder, und ich nehme an, er kommt sofort, wenn ich ihn darum bitte.«

Einen Augenblick lang flackerte in den Augen der Beamten Ärger auf. Aber sie hatten schon die ganze Nacht Dienst getan und gaben auf. Dies waren zuviel jüdische Mätzchen für sie. Mein Vater hätte auf jiddisch gesagt: *Der Goj is zum Goles nit gewoint* – der Goj ist jüdisches Elend nicht gewohnt.

Als sie abfuhren, sagte Robbie zu mir: »Du bist ein Scheißkerl.«

»Ich weiß.«

»Du hättest den Jungen totfahren können! Wenn sie dir den Führerschein abnehmen, geschieht es dir recht.«

»Ich fahr aber so gern mit diesem Auto.«

»Von mir aus hätten die Chassiden ihn zu Schrott machen können.«

»Du bist mir eine große Hilfe, Robbie«, sagte ich verbittert.

»Danke, ganz meinerseits. Weißt du, wer bei mir im Bett liegt? Weißt du, wen ich deinetwegen warten lasse?«

»Nein, wer?«

Er ging zu seinem Jaguar Coupé und öffnete den Schlag. Er warf die Tüte mit den Hörnchen hinein. »Und das schlimmste ist«, sagte er, bevor er in den eleganten Wagen stieg, »daß ich dich da auch noch rauspauken werde.«

Er fuhr weg. Ich hatte jetzt keine Lust mehr, aber ich mußte Jimmy noch anrufen. Mit dem Ellbogen stieß ich ein Loch in die Windschutzscheibe, und die Krümel des

Sicherheitsglases fielen auf die Motorhaube. Durch das Loch spähend, fuhr ich zum Textilzentrum.

Das Dossier lag auf meinem Schreibtisch. Plötzlich wußte ich, daß ich die beiden Mappen selbst vertauscht hatte, ich sah es mich gestern abend eigenhändig tun. Beim Weggehen hatte mich ein Anruf von einer unserer Filialen gestört, in der sie gerade einen Ladendieb geschnappt hatten. Dieser Junkie war durchgedreht und hatte mit einem Messer eine ganze Stange Regenmäntel abgestochen.

Als ob jemand einen Hahn in mir aufgedreht hätte, strömte ein beißendes Schuldgefühl in meine Brust. Wie immer war ich mit dem Kopf durch die Wand gegangen und hatte die arme Yvonne – sie hatte schon vierzehn Jahre für meinen Vater gearbeitet, bevor sie sich an meine Launen gewöhnen mußte – zu Unrecht gefeuert; ich war bereit, Buße zu tun, und nahm mir vor, es großzügig wiedergutzumachen. Ich würde ihr eine Gehaltserhöhung und einen Firmenwagen anbieten. »Hast du es geschafft?« fragte ich.

»Wir hatten die Maschinen schon wieder in Gang…«, sagte Jimmy im fernen Bangkok zögernd. »Aber…«

»Aber was?«

»Sie hörten gleich wieder auf.«

»Weißt du, was mich das kostet?«

»Es ist höhere Gewalt. Ich bin machtlos.«

»Darüber muß ich mit meinem Anwalt reden, Jimmy.«

»Ich auch.«

»He, Freundchen, du kommst deinen Verpflichtungen nicht nach!«

»Es ist höhere Gewalt, Max.«

»Ich stelle fest, daß du nicht rechtzeitig lieferst, und das bedeutet, daß ich dich dafür verantwortlich machen werde. Dies ist Nichterfüllung.«

Er wußte, was das hieß, und sagte versöhnlich: »Max, unsere Familien machen jetzt schon so lange Geschäfte miteinander.«

»Und das willst du kaputtmachen?«

»Nein. Du vielleicht?«

»Ich hab Verpflichtungen, Jimmy. Ich stehe mit dem Rücken zur Wand!«

Er seufzte. »Ich will sehen, ob wir einen Anschluß bei *Diamond Monkey* legen können.« Das war die Konkurrenz, die drei Kilometer weiter ihrerseits in ihren Textilbaracken thailändische Mädchen für den europäischen Markt ausbeutete. Jimmy hätte dies schon viel früher erwägen können, aber sein Stolz ließ es nicht zu; er wollte den anderen örtlichen Textilclan, mit dem er in wildem Konkurrenzkampf lag, nicht um Hilfe anbetteln. Vielleicht sabotierten sie ihn sogar. Bei diesem Gedanken verrauchte meine Wut. »Max, ich will sehen, ob wir dann heute nacht durcharbeiten können. Ich ruf dich morgen an. Mittags nach eurer Zeit. Tu nichts Überstürztes. Don't you worry.«

Ich blickte über die Dächer. Mit einem Fernglas hätte ich wahrscheinlich die Fenster von meinem Penthouse an der Amstel erkennen können. Ich dachte an Maria. Aber auch Marias Busen und Schenkel konnten die Unruhe in meinem Herzen nicht bannen. Ich war ein Jude in einem Porsche. Jossele hatte recht: Ich war ein Ungeheuer, ein Wesen mit Flügeln und Flossen, das weder fliegen noch schwimmen konnte.

Vom Ernst meiner Krise durchdrungen, rief ich die Psychotherapeutin Jansen an.

Die Nummer fand ich in einem alten Adreßbuch. Eines der praktischen Dinge, die ich mir als Jurastudent angewöhnt habe: alte Notiz- und Adreßbücher aufzubewahren. Ich wählte die Nummer.

»Jansen«, sagte die Stimme vom Lieben G'tt.

»Max Breslauer. Vielleicht kennen Sie mich noch, ich war letztes Jahr Ihr Patient.«

»Herr Breslauer...? Ja, ich erinnere mich«, antwortete sie mit samtenem Klang. »Sie haben mir diesen Brief geschrieben, daß Sie nicht mehr kommen würden, weil es Ihnen soviel besserging.«

»Das war nach dem Tod meines Vaters, ja.«

»Und wie geht es Ihnen jetzt?«

»Tja... ich rufe Sie an, weil es nicht mehr so gut geht, glaube ich.«

»Sie glauben das?«

»Na ja, ich weiß es ganz sicher.«

»Wir können einen Termin ausmachen, wenn Sie wollen...«

»Ich möchte gern jetzt gleich vorbeikommen.«

»Jetzt gleich?«

»In einer halben Stunde oder so?«

»Herr Breslauer, ich habe in einer halben Stunde meinen ersten Klienten. Heute ist für mich ein normaler Werktag. Ich habe viele Klienten, die während der Woche nicht kommen können.«

»Damals haben Sie gesagt, ich könnte in einem Notfall anrufen und jederzeit vorbeikommen.«

»Damals waren Sie auch noch mein Klient.«

»Es ist ein Notfall. Und Klient kann ich ja wieder werden.«

»Es tut mir leid, aber heute geht es wirklich nicht.«

»Haben Sie nicht irgendwo noch eine kleine Lücke?«

»Nein, Herr Breslauer, heute bin ich den ganzen Tag ausgebucht.«

»Was kriegen Sie im Augenblick pro Stunde?«

»Warum fragen Sie das?«

»Ich biete den doppelten Stundentarif. Für den ganzen Tag.«

»Für den ganzen Tag?«

»Bis Sonnenuntergang, Frau Doktor Jansen. Wieviel kriegen Sie in der Stunde?«

»Hundertneunundzwanzig«, sagte sie zögernd.

»Ich mache zweihundertfünfzig draus. Bis die Sonne untergegangen ist.«

Einen Augenblick blieb es still. Sie räusperte sich.

»Kommen Sie in einer halben Stunde. Ich sage alles ab.«

Ich konnte Maria meine Geschichte nicht erzählen, auch wenn sie intelligent, flexibel und mitfühlend war. Denn sie war Teil dieser Geschichte, genau wie die fünf oder sechs jüdischen Freunde, die mir willig ihr Ohr geliehen hätten. Die Abstufungen zwischen Widerwillen und Sympathie, die für meine Geschichte so wichtig waren, konnte Maria bestimmt nicht nachvollziehen. Ich wollte sie an einen Außenstehenden loswerden, an einen Experten, der dafür ausgebildet war, alles von einem Juden in einem Porsche zu begreifen.

Bevor ich ein Taxi rief – der Porsche sollte gleich mit einem Abschleppwagen in die Garage Ben Pon gebracht werden –, mußte ich mich noch mit meiner Sekretärin versöhnen. Ich hatte viel gutzumachen.

»Yvonne?«

»Sind Sie das?«

Ich hörte, daß sie geweint hatte. Nach sechzehn Jahren treuer Dienste war sie auf einmal an die Luft gesetzt worden.

»Yvonne, ich muß dir was sagen... ich äh... ich habe mich geirrt, ich selbst habe nicht richtig aufgepaßt und die falsche Mappe mitgenommen. Es war meine Schuld. Was ich vorhin zu dir gesagt habe, nehme ich zurück.«

Meine Stimme zitterte. Soviel öffentliche Selbstkritik hatte ich noch nie bekundet, und ich wartete jetzt auf ihren Applaus.

Ein paar Sekunden blieb es still.

»Herr Breslauer?« sagte sie dann.

»Ja?«

»Ich habe mit Joop darüber geredet...«

»Joop?«

»Joop, mein Mann. Sie haben ihn mal kennengelernt.«

»Ach, Joop...« Irgend so eine Niete, die bei der Sozialversicherung arbeitete.

»Ja, Joop und ich sind der Meinung, daß es vielleicht wirklich das beste wäre, wenn ich mir einen andern Job suchte.«

Ich war verblüfft. Da rief ich sie an, um mein Unrecht

zurückzunehmen, und wurde für meine noble Haltung bestraft.

»Was soll denn das heißen, Yvonne?«

»Zwischen uns klappt es nicht, Herr Breslauer.«

»Was heißt klappt? Ich bin dein Chef, und du bist meine Sekretärin.«

»Aber wie Sie mich behandeln!«

»Ich behandle dich ganz normal!«

»Das nennen Sie normal?«

»Hör mal, Yvonne, ich verstehe, daß du ein bißchen durcheinander bist wegen meines Anrufs heute früh, aber ich habe doch gerade gesagt, daß ich alles zurücknehme, oder? Und noch was: zehn Prozent Gehaltserhöhung und einen Firmenwagen.«

»Nein, Herr Breslauer.«

»Wie bitte? Reicht das denn noch nicht?«

»Ich möchte nicht mehr bei Ihnen arbeiten.«

»Du kriegst bei mir ein Spitzengehalt!«

»Aber Sie sind ein schrecklicher Chef.«

»Yvonne, weißt du, was du mich kannst...?«

»Herr Breslauer, ich weiß, was ich Sie kann, aber ich weiß auch, was Sie *mich* können. Stecken Sie sich meinen Spitzenjob einfach in Ihren fetten Chefarsch!« Damit legte sie auf.

3

»Ein Jude in einem Porsche?« wiederholte sie. »Das hat Sie getroffen?«

»Ja, leider, ich kann es nicht leugnen.«

»Warum?«

»Der kleine Junge hatte recht. Was bin ich eigentlich? Ein Jude? Ein Goj? Worum dreht sich mein Leben? Was bin ich außer einem Samenkorn im Wind?«

Ich lag auf dem Sofa mit dem Hintern im Loch. Ich erkannte den Riß in der vergilbten Zimmerdecke wieder, und in einer Ecke über dem Heizkörper war die Farbe abgeblättert.

»Sie wollen mir etwas über Ihren Bruder erzählen.«

»Ja.«

»Erzählen Sie damit etwas über sich selbst?«

»Ja. Ich glaube schon.«

»Sobald jemand sagt: *Ich glaube schon,* frage ich immer sofort: Warum glauben Sie das?«

»Das weiß ich nicht. Vielleicht wissen wir es heute abend.«

»Da könnte was dran sein«, sagte sie und lachte. »Gut, heute abend wissen wir viel mehr.« Sie machte eine Notiz. Vielleicht schrieb sie absichtlich mit hartem Bleistift, um ihre Patienten hören zu lassen, daß deren Worte nicht verlorengingen.

»Seit wann wohnt Ihr Bruder in Marokko?«

»Seit zwei Monaten.«

»Warum?«

»Er fuhr aus geschäftlichen Gründen dorthin. Da unten hat er sich dann, sagen wir mal... verändert. Und ist dort geblieben.«

»Sie haben mit ihm Verbindung?«

»Er hat mir Briefe geschrieben.«

»Briefe?«

»Er hat mir genau erklärt, warum er dort unten geblieben ist und was mit mir nicht stimmt. Fünf Briefe hat er mir geschickt.«

»Und der Unfall von heute morgen, hat der etwas mit Ihrem Bruder zu tun?«

»Ich erzähle Ihnen jetzt was Komisches.«

»Nur zu.«

»Mein kleiner Bruder hat mir genau dasselbe geschrieben. *Ein Jude in einem Porsche*. Wörtlich.«

»Damit meinte er Sie?«

»Wen denn sonst?«

»Das ist bemerkenswert. Wo fängt Ihre Geschichte an?«

»Vor mehr als fünftausend Jahren. Fünftausendsiebenhundertfünfzig, um genau zu sein.«

»Wir wollen die Übersicht nicht verlieren. Sie sind vor gut einem Jahr hierhergekommen, weil Sie sexuelle Probleme hatten. Außerdem konnten Sie sich im Geschäft Ihres Vaters nicht recht entfalten. Sie hatten die ganze Zeit mit seiner autoritären Haltung zu kämpfen, und in einem bestimmten Augenblick standen Sie plötzlich mit der Schere in der Hand hinter ihm, drauf und dran, sie ihm in den Rücken zu stechen. Das hat Sie so erschreckt, daß Sie zu mir gekommen sind. Dies war der Anlaß, aber der eigentliche Grund war Ihre Impotenz. Wir sind damals nicht viel weiter gekommen, weil Sie nach vier Sitzungen die Behandlung abgebrochen haben. Haben Sie jetzt nachträglich selbst eine Erklärung dafür, daß Ihre Potenz nach dem Tod Ihres Vaters wiedergekommen ist?«

»Nein.«

»Waren Sie traurig, als er starb?«

»Wie meinen Sie das?« fragte ich hilflos.

Ich schluckte und rutschte über dem Loch hin und her. Sie hatte eine lästige Frage gestellt, die ich nicht beantworten wollte. Ich hätte gar nicht herkommen sollen.

Sie sah meine Unruhe und versuchte, mir zu helfen: »Es gibt Menschen, die keine Trauer fühlen, wenn jemand stirbt. Die sich keine Trauer zugestehen.«

Ich seufzte und suchte nach einer Formulierung, die mich nicht allzusehr als Tier entlarven sollte. »Ich glaube, ich war schon traurig, aber ich habe nicht geweint.« Eine diplomatische Antwort, die ihr aber nicht genügte.

»Fanden Sie, daß er Ihnen im Weg stand?«

»Ja und nein. Aber ich wollte nicht, daß er stirbt! Ich wollte nur, daß er mir genügend Spielraum gab, um meine Ideen zu verwirklichen. Er war ein Diktator. Nur weiß ich mittlerweile, daß man das auch sein muß, wenn man ein Geschäft wie unseres leitet. Die Textilwelt ist ein Schlachtfeld für Diktatoren.«

»Darüber können wir später vielleicht noch reden. Woran ist Ihr Vater gestorben?«

»Er ist ertrunken.«

»Ertrunken?« Sie schaute mich verwundert an.

4

Am 26. Juni 1989 ertrank mein Vater Simon Breslauer in den Loosdrechter Seen. Es geschah um halb drei Uhr nachmittags. Bei der Autopsie am nächsten Morgen stellte der Gerichtsmediziner im Blut meines Vaters 1,2 Promille fest und daß er einen Herzanfall erlitten hatte. Die offizielle Todesursache lautete: Tod durch Ertrinken. Aber was ist offiziell? Wäre dieser Tag zufällig anders verlaufen, dann hätte er die überflüssige Fahrt entlang der Seen vielleicht gar nicht gemacht und würde jetzt noch leben. Es gibt im Grunde nur eine einzige Todesursache, und die heißt: Tod durch Geburt.

Das Auto, in dem er fuhr, war ein Mercedes Benz 560 SEL, der zweihundertneunundsechzigtausend Gulden gekostet hatte. Der Wagen war silbergrau und mit kugelsicheren Scheiben, gepanzerten Türen und einer verstärkten Bodenplatte ausgerüstet; mein Vater wollte verhindern, daß er Opfer palästinensischer Terroristen wurde. Das fast zwei Tonnen schwere Auto mußte mit einem Spezialkran aus dem Schlamm gehievt werden.

Mein Vater war neunundfünfzig, als er starb. Er war 1930 im polnischen Lemberg oder Lwow, wie es auch genannt wird, als Sohn eines Lumpen- und Alteisenhändlers zur Welt gekommen. Er war mit Hunger und Armut aufgewachsen.

Mein Großvater hieß Moische – ich bin nach ihm benannt –, und meine Großmutter hieß Taigele. Mit einem Karren, der von Iwan, dem kostbarsten Besitz der Familie Breslauer, gezogen wurde, holte Opa Moische die alten Sachen ab, die die wohlhabenden Juden von Lemberg nicht mehr brauchten. Mein Vater konnte das Pferd immer noch riechen, sagte er manchmal. »Iwan bekam besser zu essen als wir.« Moische war der jüngste von vier Brüdern und zwei Schwestern, mit denen er zusammen »in einer Stallecke wohnte«. Nicht das Pferd wohnte bei ihnen, nein, die Kinder Breslauer wohnten beim Pferd. Iwan wurde während der deutschen Bombardierung Lembergs von einem Granatsplitter getötet und anschließend pfundweise verkauft. Drei Wochen später wurde Lemberg von den Russen besetzt, eine Folge des deutsch-russischen Bündnisses zur Teilung Polens.

Vor dem deutschen Überfall lebten neunzigtausend Juden in der Stadt, die sich gleichmäßig auf drei Gesellschaftsklassen verteilten, auf Mittelstand, Arme und Bettler; während der russischen Besatzung kamen noch einmal siebzigtausend dazu, Flüchtlinge aus Westpolen, wo die Nazis anfingen, das europäische Judentum auszurotten. Kurz nach dem deutschen Einmarsch in Rußland fanden in Lemberg die ersten blutigen Pogrome statt, und innerhalb von zwei Wochen wurden zehntausend Juden auf offener Straße oder in ihren Häusern von aufgehetzten Ukrainern und Polen ermordet. Der älteste Bruder meines Vaters, Lew, Laufbursche bei einem Kaufmann, wurde von seinem Fahrrad gezerrt und totgeschlagen.

Ende Oktober wurde den Juden ein Viertel im Nordwesten der Stadt angewiesen, wo die Familie Breslauer mit sieben Personen zwei winzige Zimmer bewohnte. In diesem kleinen Stadtviertel sollten fast hundertfünfzigtausend Juden untergebracht werden. Auf stickigen Etagen kampierten viele Familien. Sie litten Hunger, Tausende starben. Elf Monate später wurde ein Holzzaun um das Viertel gezogen, das Ghetto wurde geschlossen.

Wegen Rohstoffmangels führten die Deutschen eine rigorose *Recycling*-Politik ein: Abfall mußte in größtmöglichem Umfang wiederverwertet werden. Das Sammeln von Kleidern, Glas, Papier und dergleichen wurde im *Generalgouvernement Altstofferfassung* organisiert, und jeder, der bei der *Altstofferfassung* Arbeit fand, wurde von Deportation und Zwangsarbeit freigestellt, weil seine Tätigkeit bei der Verwertung von Abfall eine wichtige Rolle in der deutschen Wirtschaft spielte. Sichtbares Zeichen für die Freistellung war eine Anstecknadel.

Eine Gruppe findiger Juden bestach den Leiter der Abteilung *Altpapier* und erwarb sich das Recht, für ihn Papier zu sammeln. Die Juden waren auf die Idee gekommen, viel mehr Leute einzustellen, als angeordnet worden war, und dem Leiter von *Altpapier* war dies recht, allerdings unter einer Bedingung: jeder Angestellte, jeder Träger einer Anstecknadel, die ihm und seiner Familie das Leben rettete, mußte pro Monat tausend Kilo Altpapier sammeln, eine gigantische Menge, die man normalerweise nicht zusammenbringen konnte. Aber die Gruppe hatte keine andere Wahl und erklärte sich damit einverstanden.

Fünfhundert freigestellte Juden durchwühlten Lemberg auf der Suche nach dem magischen Papier. Doktoren, Professoren, Verkäufer, jeder, der Glück hatte oder jemanden von der Organisationsgruppe kannte, ging mit der Anstecknadel am Revers und einem Stockspieß in der Hand auf Papiersuche. Tausend Kilo pro Person. Dreißig Kilo Altpapier pro Tag fürs Überleben. Eigentlich war es unmöglich, diese Quote zu erfüllen, aber jeden Monat gelang es der Gruppe aufs neue, diese Menge abzuliefern.

Unter diesen Umständen wurde mein Großvater Moische Breslauer, der im Lumpensammeln sehr erfahren war, zum Fachmann erklärt. Nun konnten die armseligen Lemberger Lumpen- und Altwarenhändler, bis vor kurzem noch der Abschaum aus der Gosse, ganzen Familien das Leben retten. Jeder von ihnen war plötzlich Professor der Abholkunde.

Im November 1942 begannen die ersten Razzien. Mein Vater war zwölf, und bei einer dieser Razzien wurde er mitgenommen. Aber die Freistellung seines Vaters konnte ihn damals noch beschützen. Also wurde Simon an Professor Moische mit der Anstecknadel zurückgegeben.

Die Deutschen waren fest entschlossen, das Ghetto zu liquidieren. Im Lauf des Jahres 1943 wurden die Juden dezimiert, und auch die Anstellung bei *Altpapier* bot auf die Dauer keinen sicheren Schutz mehr vor der Deportation. Im April wurde mein Vater auf der Straße aufgegriffen und ins KZ Belzec verschleppt. Er sah seine Familie nicht wieder. Am 20. Juni wurde Lemberg für *judenfrei* erklärt.

In Belzec, das zwischen Lemberg und Lublin liegt, wurden im Lauf des Krieges sechshunderttausend Menschen ermordet. Es war eines der Lager, wo man mit Dieselmotoren arbeitete: die Auspuffgase der Motoren wurden in die Gaskammern geleitet, und die *Höchstleistung* pro

Tag betrug fünfzehntausend. Mein Vater gehörte zu dem Häufchen Überlebender, die das Ende des Lagers Belzec erlebt haben. Er hatte in einem Arbeitslager als Ratte, Händler und Dieb überlebt. Als er nach dem Krieg langsam begriff, daß Moische und Taigele und Glicka und Rosa und seine Brüder vergast oder erschossen worden waren, schloß er sich den Zionisten an, denen die Engländer die Fahrt ins Gelobte Land gestattet hatten. Er kämpfte mit Todesverachtung im israelischen Unabhängigkeitskrieg und kehrte 1950 ins alte gequälte Europa zurück, wo seine Familie ermordet worden war, in seine Heimat. Er durchstreifte Europa als Kellner, Automechaniker, Kesselflicker, Tanzlehrer, fliegender Händler.

Im September 1952 handelte er mit Textilien auf dem Dappermarkt in Amsterdam, zehn Monate später hatte er sein eigenes Geschäft, das er innerhalb von dreißig Jahren zu einer Ladenkette ausbaute, einem Netz von neunundzwanzig über das ganze Land verteilten SuperTex-Läden.

In den fünfziger und sechziger Jahren verdiente er eine hübsche Stange Geld mit billiger und doch solider Kleidung – der Wiederaufbau nach dem Krieg rief förmlich danach –, aber den Durchbruch schaffte er in den siebziger Jahren. Er hatte damals fünf Geschäfte, zwei in Amsterdam, die anderen in Utrecht, Den Haag und Rotterdam, und die Verlagerung der Konfektionsherstellung in die Niedriglohnländer ermöglichte ihm, die Ware fast zum Nulltarif einzukaufen und billig weiterzuverkaufen. Damals hatte er schon genügend internationale Kontakte, um den Nachschub an Massenware sicherzustellen, und er konnte die Mittelstandsbank dazu bewegen, den Ausbau seiner SuperTex-Läden zu finanzieren. 1972 hatte er fünf Geschäfte, fünf Jahre später waren es einundzwanzig. 1980 besaß er ein privates Vermögen von gut elf Millionen Gulden.

Er hatte im Jahr 1953 ein jüdisches Mädchen geheiratet, meine Mutter Annie Polak, die bei Sal Meijer am Nieuwmarkt koschere Sandwiches servierte. Damals hatte er erst einen einzigen Laden, *Dapper Konfektion* genannt, nach dem Viertel, in dem er sich befand. Ein Jahr nach der Hochzeit wurde ich geboren, und wieder zwei Jahre später kam mein Bruder Benjamin zur Welt, den wir immer Boy nannten.

Mein Vater war ein schwieriger Mann, der fünfzehn Stunden am Tag arbeitete. Er konnte aufbrausend sein und in Sekundenschnelle sein Lächeln zur bösen Grimasse verziehen. Seine Anzüge saßen wie angegossen, und er sah aus wie ein Mann, der Erfolg bei Frauen hat. Zu uns Kindern war er sentimental-liebevoll und ungeduldig-gereizt, er konnte uns abküssen, daß wir blaue Flecken kriegten. Er überhäufte uns mit dem teuersten Spielzeug, womit wir die Nachbarskinder in rasende Eifersucht versetzten (dafür ernteten wir proto-antisemitische Bemerkungen, die wir nur halb verstanden und die doppelt schmerzten), aber wenn wir seiner Meinung nach zu viel Krach machten, konnte er uns ohne Vorwarnung gemeine Schläge versetzen. Er war nicht das Musterbeispiel des modernen Vaters, der aufmerksam und geduldig die Entwicklung seiner Kinder verfolgt und begleitet. Mein Vater war seiner Arbeit wegen immer abwesend, und wir betrachteten ihn ehrfürchtig und voller Bewunderung, wenn er spätabends nach Hause kam, weil er sich für uns, seine Kinder, wieder stundenlang abgeplagt hatte.

Er war ein stämmiger Mann, nicht so dick wie ich, aber breit und mit behaarten Armen und behaarter Brust. Er hatte die Figur eines Hafenarbeiters, eines *Schleppers*, wie er selbst gesagt hätte. Aber in seinem erwachsenen Männergesicht schimmerten die Züge des dreizehnjährigen Jungen durch, wie er in Belzec ausgesehen haben mußte. Er guckte mit kindlichen Augen ohne Weisheit und schützende Scheuklappen in die Welt, erstaunt, überrascht, verdutzt, glücklich. Wenn er spät von der Arbeit heimkam und meine Mutter ihm in der Küche sein Essen vorsetzte, blieben Boy und ich mit ihr am Tisch sitzen und schauten ihm zu, wie er zufrieden strahlend das Essen vom Teller in den Mund schaufelte. Er saß in seinem weißen Unterhemd am Tisch, sein dichtes Brusthaar kräuselte sich über dem Rand, in unseren Kinderaugen konnten seine Schultern jedes Gewicht stemmen, und wir starrten auf die Tätowierung, die er in grauer Vorzeit in Marseille hatte machen lassen, einen Davidsstern hinter gekreuzten Schwertern, eine unmögliche Kombination aus jüdischer und christlicher Symbolik, aber das wußte ich damals noch nicht. Ich konnte mir nicht vorstellen, daß er je ein Kind gewesen war, das in einem Konzentrationslager gesessen hatte. Er sprach selten davon. Ich fragte ihn nie danach, und was ich von seiner Jugend in Lemberg weiß, habe ich größtenteils im Archiv für Kriegsdokumente gefunden. Aber die andere Tätowierung über seinem Handgelenk sprach in diesen Tagen von der mysteriösen Geschichte.

Er hatte ein perfektes Gefühl für guten Geschmack und

Kleidung, aber er war ein Mann ohne Schliff. Er aß wie ein Scheunendrescher, schuftete wie ein Pferd, schnarchte und furzte, bohrte in unserer Anwesenheit in der Nase und hatte muskulöse Arme, mit denen er Boy und mich gleichzeitig hochheben konnte, um uns zu küssen.

Auf dem Foto, das bei mir an der Wand hängt, stemmt er Boy und mich mühelos in die Höhe. Wir schauen fröhlich in die Kamera, aber mein Vater sieht ernst aus, fast traurig. Er schaut mich an, und sein Mund ist verewigt, wie er sich gerade zum Kuß spitzt. Es gibt das gleiche Foto noch einmal, wie er Boy küßt, ein paar Sekunden früher oder später aufgenommen, und auch auf diesem ist er ganz gerührt vor soviel unerwartetem Glück. Die beiden Fotos sind die einzigen von ihm, wo er nackt und schutzlos seine Liebe zeigt.

Ich erinnere mich, wie er mein erstes Grundschulzeugnis anschaute, es standen lauter Einsen und Zweien darin.

»Max«, sagte er, »du mußt Rechtsanwalt werden.«

»Papa, was ist das?«

»Jemand, der genau weiß, wie das Gesetz funktioniert.«

»Was ist das Gesetz?«

»Das sind lauter Regeln, was man darf und was man nicht darf.«

»Warum muß man das wissen?«

»Man muß das Gesetz kennen, um die Schlupflöcher zu finden. *Mit toire wert men in ergits nit farfaln.*«

Das war ein jiddisches Sprichwort, eines der vielen, die er kannte, und seine Bedeutung hatte er mir schon eingeprägt, als ich noch in der Wiege lag: Wer was gelernt hat, wird sich nirgends verirren. Ich habe etwas gelernt und mich trotzdem verirrt.

Kein einziges Mal habe ich meine Eltern beim Lesen eines Buches erwischt. Der Bücherschrank im Wohnzimmer enthielt eine komplette Enzyklopädie und Bildbände über Israel, die so aufgestellt waren, daß die Fächer einen gefüllten Eindruck machten. Mein Vater, der erfolgreiche Geschäftsmann ohne Zeugnisse, hatte für Literatur weder die nötige Bildung noch die nötige Geduld. Aber er hatte einen folgsamen Sohn, der dazu bestimmt war, den Titel *Doktor juris* vor seinen Namen zu setzen. Natürlich konnte das nicht gutgehen, als ich in die Pubertät kam. Zum ersten Mal wünschte ich ihn wirklich zum Teufel, als es um einen Friseurbesuch ging. Damals war ich fünfzehn und Gymnasiast, und es war mir gelungen, zwei der dreiwöchentlich fälligen Friseurbesuche zu überspringen; mein Haar war zwei Zentimeter länger als sonst, und das bedeutete 1969 für einen Fünfzehnjährigen die Eintrittskarte in die Welt der Teens. Ich hörte die Hitparade und kaufte *Musik Express*, in meinem Zimmer hingen Plakate von den Beatles. Eines Tages beim Essen fiel ihm auf, daß meine Haare über die Ohren reichten. Wir wohnten in einer großen Doppelhaushälfte in Amstelveen mit geräumiger Eßküche und benutzten das eigentliche Eßzimmer fast nie, es war ein von Schiebetüren abgeschlossener Raum mit Mobiliar im Stil der fünfziger Jahre und mit einem falschen Kronleuchter an der Decke.

»Morgen gehst du zum Friseur.«

»Morgen habe ich keine Zeit«, sagte ich wie ein von Terminen gehetzter Geschäftsmann.

»Dann nimmst du dir die Zeit.«

»Ich muß Schularbeiten machen.«

»Willst du etwa auch so ein Hippie werden?«

»Findest du es wichtiger, daß ich kurze Haare habe oder daß ich meine Hausaufgaben mache?«

»Dein Aussehen ist wichtig, ja.«

Man konnte hören, daß er aus Osteuropa stammte, er sprach sein Leben lang mit dem Akzent seiner Heimat. Den Arm beschützend um den Teller gelegt, als ob die Gefahr bestand, daß Eindringlinge ihn klauen könnten, schaufelte er Sauerkraut in sich hinein.

»Mal sind die Schularbeiten wichtiger, mal ist es mein Haar. Was willst du eigentlich?«

»Daß du tust, was ich dir sage«, sagte er schmatzend.

»Warum?«

»Weil ich es sage!«

Für meine Mutter war der Punkt zum Eingreifen gekommen.

»Simon, reg dich nicht auf. Max, iß deinen Teller leer und mach deinem Vater keinen Ärger.«

Aber ich war fünfzehn und der Ansicht, ich hätte gewisse Rechte. »Das ist kein Grund. Gib mir wenigstens eine Begründung dafür.«

Ich wußte, was kommen würde, und die Spannung war so groß, daß mir die nächsten zwei Sekunden wie ein ganzer Tag vorkamen. Meine Forderung nach einer Begründung hatte dies ausgelöst, und ich sah, wie ihm der Zorn zu Kopfe stieg. Er ließ die Gabel in den Teller fallen, die Brühe spritzte. Sein Hals schwoll an, und während er sich vom Stuhl erhob, holte er mit der rechten Hand aus. Aber ich wich nicht aus. In seinen Augen las ich tiefe Verärgerung, und ängstlicher Zweifel machte mich befangen.

Wer war ich, daß ich meinen Vater so herausforderte? Vielleicht war der Schlag, den er mir gleich verpassen würde, verdient, vielleicht mußte ich Strafe bekommen. Aber ich wollte frei und unabhängig sein und mit der Vergangenheit meines Vaters und seiner beschränkten Weltsicht nichts zu tun haben, mit diesem Konfektionsblick, dem Blick für preiswerten Einkauf und vorteilhaften Wiederverkauf. Ich blieb sitzen und war bereit, alles zu erdulden. Ich wußte, daß dies der Moment war, an dem mein eigenes Leben begann, und wartete gelassen auf die Ohrfeige, die da kommen würde.

Die hatte sich dann allerdings so gewaschen, daß ich vom Stuhl fiel. Ich verletzte mich am Arm, seine Hand brannte auf meiner Wange, und die Tränen schossen mir in die Augen.

»Simon, paß doch auf, du bist so stark!« sagte meine Mutter erschrocken. Sie stand auf und half mir.

»Dieser Bursche piesackt mich bis aufs Blut!« schnaubte mein Vater. »*Kleine kinder lossn nit schlofn, groisse kinder lossn nit lebn.*«

Meine Mutter wollte meinen Arm nehmen und mir den Schmerz wegmassieren, aber ich schlug ihre Hände fort und rannte auf mein Zimmer. Am liebsten hätte ich ihn an seinen Sprichwörtern krepieren sehen, aber diesem heimlichen Wunsch folgten augenblicklich schwere Schuldgefühle. Aber ich hatte jetzt ein Ehrgefühl entdeckt, das unabhängig vom Wohl und Wehe meines Vaters existierte. Ich hatte mich entschieden.

Jeden Samstag ging ich mit ihm in die Synagoge in der Lekstraat, und es kam der Tag, da war ich sechzehn, als ich im Synagogenbesuch nur noch ein sinnentleertes Ritual erblicken konnte. Nach einigen mißlungenen Versuchen hatte ich eines Samstagmorgens den Mut, im Bett zu bleiben und auch seinen vierten lautstarken Befehl, endlich herunterzukommen, zu ignorieren. Ich nahm ein Buch und tat, als ob ich las.

Ich hatte schon im Kindergarten lesen gelernt, und meine rätselhafte Sucht nach Büchern wurde von meinen Eltern gefördert und beschützt. Als ich die Grundschule besuchte, ging meine Mutter jede Woche einmal mit mir in eine Buchhandlung, und dort durfte ich aussuchen, was ich wollte, sie hatte einen Gelehrten geboren, einen künftigen Professor. Mit Herzklopfen hörte ich die schweren Schritte meines Vaters auf der Treppe, die Tür flog auf.

»Raus aus dem Nest«, befahl er. Er hatte seinen dunklen Schabbesanzug an und geputzte Schuhe, er war frisch rasiert, und seine Haare glänzten von Pomade. Eine manikürte Hand lag auf der Türklinke.

»Ich muß lesen«, behauptete ich mit unsicherer Stimme.

»Ja«, sagte er, »aber nicht das da.«

»Papa, ich will nicht jedesmal in die Synagoge.«

»Wenn du was Besseres zu tun hast, mußt du auch nicht hingehen. Aber du hast nichts Besseres zu tun.«

»Ich muß dieses Buch hier lesen.«

Er kam näher und forderte mit einer ungeduldigen Geste das Buch. Ich gab es ihm.

»Kafka«, sagte ich möglichst obenhin, als habe er sich gerade voller Interesse danach erkundigt. »*Die Verwandlung*. Schon mal von Kafka gehört?«

»Nein.«

Ich sah, wie seine Halsmuskeln anschwollen, und er zerriß das Buch, als wäre es ein Löschblatt, mühelos brach er den Buchrücken auseinander und zerfetzte die Erzählung, wie ein biblischer Prophet die heidnischen Bücher vernichtet, selbstsicher und überzeugt.

»Du kommst *jetzt* aus dem Bett«, sagte er und warf die Fetzen auf die Bettdecke. Ich zog mich an, bebend vor Ohnmacht.

Meinen Kampf gegen ihn setzte ich auf Schulebene fort. Zweimal fiel ich durchs Abitur und zerstörte damit seine Illusion vom begabten Sohn. Gerade noch rechtzeitig fiel mir ein, daß ich irgendein Abschlußzeugnis brauchte, wenn ich meine Zukunft nicht in einem endlosen Streit mit meinem Erzeuger verspielen wollte.

Sobald ich ein Jahr später die Reifeprüfung am Wirtschaftsgymnasium abgelegt hatte und aus dem Haus gehen durfte – es kostete mich ein paar Wochen hysterischen Gejammers, meinen Vater davon zu überzeugen, daß ich *nicht* länger in Amstelveen wohnen konnte, wenn ich an der Universität studierte (»dann studiere doch an der FU, die ist praktisch um die Ecke«) –, ließ ich mir die Haare wachsen, aber das war zu diesem Zeitpunkt schon wieder passé; ich las wie besessen Mao, Marcuse und Dutschke, damit ich über die glorreichen Zeiten der Universitätsbesetzungen mitreden konnte und gerüstet war, falls die Phantasie doch noch an die Macht käme (und die Autorität aller Väter verblaßte). Ein neues Stadium offener Feindschaft bahnte sich jetzt zwischen mir und meinem Vater an, und ich konnte mir jede Unverschämtheit erlauben.

»Es ist *mein* Leben!« war einer meiner Lieblingssprüche. »Es geht dich einen Dreck an, was ich tue und was ich nicht tue! Hier, weißt du, was das ist, diese dicke Zigarette? Das ist ein JOINT! Weißt du, was ein JOINT ist? Marihuana ist da drin, lieber Vater, davon wird man high! Täte dir auch mal gut!«

»Anne…«, sagte er dann mit gequälter Miene zu meiner Mutter, »der Junge bringt mich noch ins Grab. Hab ich dafür das KZ überlebt? Um von meinem eigenen Kind erniedrigt zu werden?« Und dann regte er sich so wahnsinnig auf, daß ihm die Adern wie dicke Kabel auf der Stirn anschwollen. »Ich würde was drum geben, wenn ich meine Eltern noch hätte, ich würde sie anders behandeln, da kannst du Gift drauf nehmen!«

»Die hatten vielleicht das Hirn auch am rechten Fleck.«

»Ach so? Und wo habe ich es?«

»Hier unten, wo du sitzt!«

Er warf mir eine Tasse an den Kopf, und ich wich ihr elegant mit jugendlicher Gelenkigkeit aus. Kaffee floß über die Tapete, die Tasse zerbrach in tausend Scherben. Wie ein gereizter Bär erhob er sich aus seinem Stuhl.

»Simon!« rief meine Mutter erschrocken.

Ich rannte schon aus dem Zimmer, mein Vater hinter mir her. Ich war schneller, witschte zur Haustür hinaus und schaute vom sicheren Ufer der anderen Straßenseite mit provozierendem Lachen zu ihm hinüber. Dabei strich ich mir die langen Haare aus dem Gesicht. Machtlos rief er mir über das Dach seines Ford Mercury etwas zu.

»Aber um dich durchzufüttern, dafür bin ich gut genug, du elender Kerl! Und dein Zimmer und deine Schicksen zu bezahlen!« Letzteres hatte er von meiner Mutter; ich hatte ihr einmal erzählt, daß ich ab und zu mit einem Mädchen ausging.

Ich antwortete ihm aus gehöriger Entfernung. Daß die Nachbarn hinter den Gardinen unser Ritual verfolgten, wußte ich. Wir waren das Gespött der ganzen Gegend.

»Ich habe dich nicht um Geld gebeten!« schrie ich. »Du bist und bleibst ein kapitalistischer Ausbeuter!«

Ich sah ihn dann vor Wut schnauben, er hatte Tränen in den Augen, ich genoß seine Ohnmacht und schämte mich zugleich. Damals war ich zwanzig, er war vierundvierzig.

»Riboine-schel-oilom!« rief er jammernd. *»Kuk arop fun dem himl un kuk dir on dajn welt!«*

Es war eine Art Gebet: Herrscher des Alls, schau herab vom Himmel und sieh dir deine Welt an! Und ich rief zurück, was er in besseren Tagen gesagt hatte: *»Meine kinder sain Gots wunder!«*

Er ging still ins Haus zurück.

Mit dem Vorsatz, einmal ein *echtes Gespräch* mit meiner Mutter zu führen, versuchte ich sie davon zu überzeugen, daß mein Vater wahnsinnig sei und daß sie auf Verständnis und Unterstützung rechnen konnte, falls sie ihn verließ.

»Er versteht mich nicht. Und das Schlimme ist: Er will mich gar nicht verstehen«, sagte ich mit zittriger Stimme.

»Aber du mußt auch lernen, ihn zu verstehen«, antwortete meine Mutter. Sie war eine kleine Frau, die nach ihrem Vierzigsten jedes Jahr ein Kilo zunahm und dem Phänomen *jiddische Mamme* verdächtig nahekam. Inzwischen hat sie das Phänomen sogar übertroffen. Sie ist ein brünetter Typ mit großen Augen, die nicht mehr ganz so dunkel sind wie in ihrer Jugend, aber sie glänzen noch immer blank und neugierig, und im Profil ähnelt sie einer Zigeunerin. Manchmal benimmt sie sich wie ein kokettes junges Mädchen. Wir standen in der Küche, und ich sah ihre fleißigen Hände, wie sie auf der Anrichte Hackfleischklößchen drehten. Sie hatte Personal, aber als junges Mädchen hatte sie gearbeitet, und sie hätte sich geschämt, wenn sie der Putzfrau und dem Dienstmädchen nicht geholfen hätte. Es war Freitag, es gab Kartoffelsuppe. Ich blieb demonstrativ dem Abendessen fern, hatte aber gerade meine Wäsche zu Hause abgegeben.

Ich stand neben ihr mit dem Rücken zur Anrichte, und gelegentlich schob sie mir ein rohes Fleischklößchen zu. Das hatte sie schon gemacht, als ich noch klein war. Mit einem liebevollen, leicht vorwurfsvollen Blick (weil ich so jammerte und rohes Fleisch so ungesund war) rollte sie mir blitzschnell ein Bällchen zu, als wäre es aus Versehen passiert, und dankbar steckte ich es in den Mund. Ich erinnere mich, daß ich eine Zeitlang verzweifelt war, als ich entdeckte, daß sie es mit Boy genauso machte.

»Ich versuche es ja, aber er ist so ungerecht. Er glaubt, daß wir noch immer kleine Kinder sind.«

»Das glaubt er gar nicht, es macht ihm nur Kummer, wie du herumläufst. Versetz dich doch mal in seine Lage, ein Mann, der mit guter Kleidung handelt, und sein Sohn sieht aus wie ein Stadtstreicher.«

»Erstens handelt er mit schlechter Kleidung, und zweitens sehen Stadtstreicher ganz anders aus.«

»Das finden wir nicht.«

»Wie hältst du es bloß mit ihm aus?«

»Du sollst nicht so über deinen Vater reden.«

»Weil ich sein Sohn bin, muß ich ihn ab und zu treffen, aber ich sage dir, wenn ich frei wählen dürfte, ich würde ihn niemals sehen wollen. Nie.«

»Wie kannst du so etwas sagen! Wo du ganz genau weißt, was mit deinen Großeltern geschehen ist!«

»Dafür kann ich doch nichts! Wenn wir uns streiten, tut er immer, als ob ich seine Eltern deportiert hätte! Als ob es meine Schuld wäre!«

»Jetzt übertreibst du aber wirklich!«

»Mama, ich sage nur, wie es wirklich ist! Was hier in diesem Haus geschieht, ist übertrieben!«

»Er hat sich das auch nicht erträumt«, sagte sie philosophisch, »niemand wird je verstehen, was in diesen Jahren geschehen ist. Nachts wacht er manchmal weinend auf, und dann...«

»Weiß ich, weiß ich schon«, unterbrach ich sie, »seine Alpträume machen mich noch wahnsinnig! Wer kümmert sich um *meine* Alpträume? Wie?«

»Was hast du schon Schlimmes mitgemacht«, rief sie entsetzt. »Was kannst du denn für Alpträume haben?«

»IHN!« versuchte ich pathetisch zu erklären. »ER ist mein Alptraum!«

Als er mir mitten im zweiten Studienjahr meinen monatlichen Wechsel strich, bekam ich nach kurzem Briefwechsel mit dem Ministerium ein Stipendium, das mich von ihm unabhängig machte. Ich bewohnte ein Zimmer im Stadtteil Kattenburg, lebte mein sündiges Studentenleben und hielt meine Zukunft sauber von ihm getrennt. Bis ich zur ETI kam.

Viele Jahre später, kurz nach meinem Wechsel zur Firma ETI, flogen wir zusammen nach Bangkok, um mit der Familie Tschin Geschäfte zu machen. Wir wurden mit asiatischer Fürsorglichkeit empfangen. Im Hilton bewohnten wir jeder eine Suite mit Obstkörbchen, Champagner und Marmorbad, und ein akrobatischer junger Thai, ein Arbeiter der Firma Golden Textiles, war für uns abgestellt worden, um rund um die Uhr jeden unserer Wünsche mit Lichtgeschwindigkeit zu erfüllen.

Am letzten Tag vor unserer Rückreise stieg ich nachts um ein oder zwei Uhr aus dem Bett, noch immer hellwach vom *jet lag*, und machte mich auf den Weg zur Bar. Als ich die Tür zu meiner Suite zuzog, sah ich zwei asiatische Mädchen aus dem Aufzug kommen. Begleitet von unserem thailändischen Assistenten stöckelten sie durch den Flur, und der junge Mann lächelte mir im Vorbeigehen zu. Die Mädchen waren wunderschön und zweifelsohne käuflich. Sie gingen auf Pfennigabsätzen, die man auch als Dolche benutzen konnte, waren dick geschminkt und trugen superkurze, dünne Kleidchen aus glitzerndem Lurex, die ihre Figur hauteng umschlossen.

Als Rechtsanwalt mußte ich früher selten verreisen, aber Kollegen, die mit *Multis* verhandelten, bekamen in Hongkong oder New York jedesmal eine »Eskorte« angeboten. Davon erzählten sie dann mit großen Augen. Ich hatte sie nie darum beneidet und auch nicht die Absicht, mir solch ein peinliches Andenken aus Bangkok mitzubringen und womöglich noch etwas anderes dazu.

Vor der Suite meines Vaters blieben sie stehen, und der junge Mann klingelte. Er nickte mir noch einmal zu. Ich reagierte nicht. Wozu brauchte mein Vater diese Mädchen? Fieberhaft suchte ich nach der Antwort auf diese schwierige Frage. Die Tür ging auf, und das einzige, was ich von meinem Vater sah, war sein mit einer dicken Rolex geschmückter behaarter Unterarm, der eine ungeduldige Bewegung machte. Die Mädchen verschwanden in seiner Suite.

Zusammen mit dem jungen Mann wartete ich auf die Rückkehr des Aufzugs.

»Sie auch?« fragte er. Seine Frage drang nicht ganz bis zu mir durch.

»Auch zwei Mädchen? Wie Ihr Vater? Oder drei? Ich kenne ein paar Mädchen, die ganz besondere Spielchen machen. Kennen Sie das Ding mit der Tasse und der Untertasse?«

Ich hatte niemals darüber nachgedacht, aber vermutlich sah ich das Geschlechtsleben meiner Eltern als etwas Vorsintflutliches an: Ich wußte, daß es einmal existiert hatte, fühlte mich aber nicht weiter davon bedroht. Die Entdeckung, daß mein Vater ein geheimes Sexualleben führte, verstärkte meinen Widerwillen gegen ihn, den ich seit meiner Pubertät mal schwächer, mal heftiger in mir verspürte.

Mein Wechsel von der Anwaltskanzlei zur Welt der billigen Textilien geschah nicht aus Liebe zum thailändischen Faltenrock als Massenware. Als ich in die ETI eintrat, steckte ich in einer tiefen Krise. Die Frau, mit der ich vier Jahre zusammengelebt hatte, hatte mich verlassen, und ich konnte die Erinnerung an sie nicht aus meinem Leben wischen. Sie war meine Kollegin gewesen, und die Kanzlei erinnerte mich täglich an unsere gemeinsame Vergangenheit. Ich suchte mir eine andere Tätigkeit.

Mein Bruder Boy entwickelte sich ganz anders. Er lernte schlecht und keuchte nicht unter der Last hochgeschraubter Erwartungen.

»Boy ist nicht dumm, aber er lernt so ungern«, sagte meine Mutter immer mit milder, verständnisvoller Stimme, wenn wieder einmal Besuch vorbeikam, dem unbedingt eine ausführliche Analyse der Geistesgaben der Kinder Breslauer, das eine neun, das andere sieben Jahre alt, gegeben werden mußte. Und mein Vater ergänzte, indem er mir die Hand auf die Schulter legte: »Max? Max ist der geborene Professor. Der Junge hat ein Hirn, da hätte sich Einstein eine Scheibe abschneiden können. Na, Max, sag doch mal die Namen der Minister.« Das tat ich fehlerlos. Dann sah er das betretene Gesicht von Boy und fragte: »Boy, welcher Fußballverein steht an der Tabellenspitze?« Erleichtert gab Boy die richtige Antwort.

Boy schaffte die Grundschule mit Mühe, die Realschule schon besser und lernte dann unter Aufsicht unseres Vaters Buchhaltung. Mit dem Erfolg, daß er achtzehnjährig sein eigenes Geld verdiente, während ich mit meinem Stipendium den radikalen Studenten mimte. Boy wohnte weiterhin im Elternhaus, ein ruhiger lieber Junge, der nichts wollte und nichts brauchte. Er arbeitete in der Firma unseres Vaters und verrichtete dort zuverlässig und unauffällig seine Arbeit. Er war das Kind seiner Mutter, und ich, wie ich fürchte, der Sohn meines Vaters.

Weil wir Brüder waren, spielten wir viel zusammen. Er war stets der Indianer, der gefangengenommen wurde, ein treuer Verlierer in all meinen Spielen, der ohne zu murren seine dekorative Funktion in meinen Machtspielchen ausfüllte. Aber er war stark und kräftig, und wenn wir gegen andere kämpfen mußten, waren wir ein gefürchtetes Gespann und setzten dem Christengesindel in der Gegend gewaltig zu. Bis zu seiner dramatischen Abreise nach Marokko wohnte Boy zu Hause bei Mutter, im Dachgeschoß des Hauses in Buitenveldert, das mein Vater in den goldenen Zeiten Ende der siebziger Jahre gebaut hatte, eine weiße Villa mit Doppelgarage, Hobbyraum, Billardzimmer, Gästehaus und koscherer Doppelküche (mein Vater hatte absolut keine Hobbys, spielte niemals Billard, obwohl er behauptete, in Frankreich damit Geld verdient zu haben, hatte keine Gäste und aß schlechthin alles). Boy war mein Bruder, und ich liebte ihn, aber wir lebten in verschiedenen Welten. Bis ich selbst in die Firma eintrat.

Boy las nur den *Telegraaf* und *Panorama*. Letztes Jahr habe ich ihn wieder einmal gefragt, warum er eigentlich nie ein Buch in die Hand nehme, worauf er mir zur Antwort gab: »Papa hat nicht mal die Hauptschule und macht Geschäfte in Asien und Amerika, und er hat dieses Haus hier gebaut, also kann man auch ohne deine Bücher Millionär werden.«

Nach meinem Studium, das mich sechs lange Jahre gekostet hatte, fing ich 1980 bei Goudsmit & DeVries, der Anwaltskanzlei von Robbies Vater, zu arbeiten an. Ich hatte mich auf Vertragsrecht spezialisiert und arbeitete hauptsächlich für Großbetriebe und beriet außerdem die Prokuristen unserer Kanzlei in Zivilsachen. Bei Goudsmit & DeVries lernte ich 1983 Esther kennen.

Als sie mich Ende 1987 verließ, wurden mir die Bürostunden zur Qual. Ständig kamen mir bei Konferenzen oder im Flur Erinnerungen an sie entgegen, überall sah ich das Phantom der Frau, die ich liebte und die mir entglitten war.

Die Beziehung zu meinem Vater war entspannter geworden, seitdem ich einen Titel vor meinen Namen setzen konnte, und er begann, mir gut zuzureden, um mir schließlich ein Angebot zu machen, das ich nicht ausschlagen konnte. Ich trat als stellvertretender Direktor in seine Firma ein, und schon ein Jahr später, nach seinem Tod, war ich der Chef.

Ich war derselbe gnadenlose Händler wie er. Das hatte ich befürchtet, hatte es nicht wahrhaben wollen und seine Straßenkämpfermentalität – die ihn als Jungen aus der Hölle gerettet hatte – immer verspottet und verwünscht. Jahrelang sah ich in ihm nur einen unangenehmen jiddischen Geschäftemacher aus einem polnischen Ghetto, einen Hansdampf und Schwätzer mit Neigung zur Hochstapelei, jemand, der sich selbst viel herausnehmen muß, um seine Familie ordentlich zu ernähren, aber ich besaß die gleichen Charaktereigenschaften wie er, und sie begannen an mir zu zerren und mein Verhalten zu beeinflussen. Offenbar fühlen sich Frauen so ähnlich, wenn sie über dreißig sind und noch ein Kind haben wollen: endlich das tun, wofür sie geboren sind. Ich weiß nicht, ob so etwas genetisch bedingt ist oder von der Umwelt abhängig – die Imitation eines Verhaltens, das man bereits in frühester Jugend mit der Muttermilch eingesogen hat –, jedenfalls entwickelte ich ein Bedürfnis zu schachern. Ich brauchte den Kitzel des Feilschens bei jedem Geschäft.

Als ich zu studieren anfing, wollte ich ein Anwalt werden, der sich der sozial Schwachen kostenlos annahm und zweimal pro Woche nachmittags in einem alten Pullover unrasiert und ungekämmt offenes Haus hielt. Als ich das Studium beendete, wollte ich gutbezahlter Kompagnon in einer großen Kanzlei werden und in tadellosen Räumlichkeiten an glänzenden Konferenztischen in einem Anzug von Corneliani höflich plaudernd mit den *Multis* Geschäfte machen. Ich landete bei Euro Textil International mit einem *Kreischer* an der Firmenspitze, einem Schreihals in auffallend teuren Anzügen, der die Armut und den Hunger seiner Jugend mit einem starken Hang nach *Zuviel* kompensierte.

Das erste Jahr meiner Tätigkeit bei ETI war mühsam und frustrierend. Mein Vater brachte mir alles bei, was ich jetzt weiß, das Spiel der Kräfte im Textilgeschäft, die Rolle der großen Kaufhäuser, der Einkäufer und der asiatischen Sweatshops, und ich lernte, wie er selbst seine Angelegenheiten regelte. Er war ein ehrlicher Geschäftsmann, verlangte viel und hatte einen unbarmherzigen Blick, aber auch den Blick für Kleinigkeiten und die menschliche Dimension. Er war der Chef, ich war sein Assistent.

Eine meiner ersten Amtshandlungen war der Besuch einer Mailänder Textilmesse. Mit großer didaktischer Einfühlung hatte er mich gleich in meiner ersten Woche bei ETI nach Italien geschickt, und ich mußte dort mutterseelenallein einkaufen. In den riesigen Messehallen waren Hunderte von Ständen aufgebaut, in denen Modeschöpfer, Fabrikanten und Einkäufer von Warenhäusern und Ladenketten um das beste Geschäft rangelten. Ich war eigentlich nur der Laufbursche meines Vaters, der alle Termine vorher festgelegt und mir ganz genaue Richtlinien mitgegeben hatte. Einfache Cafés waren über die Hallen verteilt, in denen man Panini, Croissants und Kaffee der Marke Segafredo bekommen konnte. Es geschah am dritten Tag meines dortigen Anschauungsunterrichts. Ich war als Einkäufer unterwegs, leicht erkennbar an meinem Namensschild, und die meisten Verkäufer waren hinreißend schöne Frauen, die den Eindruck erweckten, sie würden einen Kaufabschluß in Naturalien entlohnen. Ich hatte noch nichts in eigener Regie eingekauft und mich bisher streng an die Aufträge von Papa gehalten.

Ich trank cremigen Espresso aus einer dicken irdenen Tasse, und neben mir stand ein Mann mit südländischem Aussehen.

»Sind Sie der Sohn von Simon Breslauer?«

»Das ist richtig«, sagte ich.

»Jean Pierre Mohammed«, sagte er. Er schob mir ein Kärtchen zu.

Er war Fabrikant in Casablanca, Direktor einer Firma, die *Les Frères Mohammed* hieß. Unter seinem Namen stand *manufacturers*.

»Kennen Sie meinen Vater?«

»Recht gut, ja. Ich habe früher mal Geschäfte mit ihm gemacht.«

Er war klein, hellhäutig und sorgfältig gekleidet, ohne das Übertriebene, das man in arabischen Ländern oft findet, und trug ein sorgloses aristokratisches Lächeln zur Schau, als habe seine Familie schon Generationen lang keine finanziellen Probleme mehr gehabt. Bestimmt hatte er in Frankreich studiert.

»Wie gehen die Geschäfte?«

»Ich kann nicht klagen«, antwortete er, »und bei Ihnen?«

»Es geht.«

»Könnten wir mal miteinander sprechen?« fragte er.

»Natürlich«, sagte ich.

»Wie wäre es... heute abend?«

Wir verabredeten uns zum Abendessen bei Savini, einem der schicksten Restaurants in Mailand.

Jean Pierre war nicht allein gekommen. Sein Bruder Louis saß neben ihm, etwas jünger, etwas größer und mit treuherzigem Augenaufschlag. Sie trugen Anzüge von Armani, Krawatten von Hechter und Schuhe von Christofiori. Ich setzte mich neben sie auf die Eckbank im Restaurant. Von dort hatten wir einen Überblick auf wunderschöne schlanke Mannequins und Verkaufsleiterinnen von Modefabrikanten, die von den herrlichen Speisen vorsichtig das eine oder andere Häppchen probierten. Oberkellner schossen durch den Saal und gaben mit ausladender Bewegung Bestellungen weiter, die Gäste benahmen sich, als wären sie auf einer Party, bei der jeder jeden zu kennen schien. Nur ich nicht.

Die Brüder waren charmante Gastgeber. Sie sorgten dafür, daß ich mich wohl fühlte und erzählten mir ungefragt, welche Berühmtheit gerade wieder vorbeikam (»sieh mal an, dort drüben ist Jane Weiss, sie kauft für Neiman Marcus aus Dallas ein«). Ich aß Parmaschinken (»ach, Sie essen Schinken? Ihr Vater doch nicht?« – mein Vater aß in

Gesellschaft offenbar koscher) und Capellini mit Lachs und Kaviar. Sie tranken keinen Wein, ich wohl. Beim Kaffee kamen sie zur Sache.

»Herr Breslauer«, begann Louis, »wir möchten Ihnen einen Vorschlag machen.«

»Dafür habe ich immer ein offenes Ohr.«

»Der Vorschlag ist sehr ungewöhnlich, wir möchten, daß Sie sich darüber im klaren sind.«

»Was ist daran ungewöhnlich?«

»Sie werden das Ungewöhnliche sofort bemerken.«

»Ist es denn illegal?«

»Nein, illegal ist es nicht. Aber nicht alle finden es ganz legal.«

»Warum sprechen Sie gerade mich darauf an?«

Jean Pierre übernahm die Antwort: »Weil wir Ihren Vater kennen. Vor ein paar Jahren hat er uns bei einer Sache sehr geholfen. Jetzt können wir uns revanchieren.«

»Ich wußte gar nicht, daß mein Vater Ihnen behilflich war«, bohrte ich nach, aber sie gingen nicht darauf ein.

»Wir haben einen Mann kennengelernt, der uns viel Geld einbringen kann«, sagte Louis.

»Weiter«, sagte ich.

»Er ist Marokkaner, und wir haben einen besonderen Vertrag mit ihm gemacht.«

»Was ist er? Designer? Geldgeber?« wollte ich wissen.

Sie schüttelten den Kopf.

»Sein Name«, sagte Louis, »er hat einen besonderen Namen.«

Er stand auf. »Bitte entschuldigen Sie mich einen Augenblick.«

Er verließ den Raum. Ich schaute erwartungsvoll zu Jean Pierre hinüber.

»Ich verstehe immer noch nichts«, sagte ich.

Wer waren die beiden eigentlich? Ich hätte meinen Vater in der Zwischenzeit anrufen und fragen sollen. Aber ich wollte stark und selbständig sein, und ein Telefonanruf in Buitenveldert hätte die Rangordnung von uns beiden – die völlig eindeutig war, von mir aber nicht anerkannt wurde – nur bekräftigt. Also beschloß ich, vorsichtig zu sein und meinen Mund zu halten.

»Gleich werden Sie verstehen«, sagte Jean Pierre mit freundlichem Lächeln.

Louis kam wieder in den Saal. Hinter ihm ging ein Mann mittleren Alters mit hochgezogenen Schultern, der seine Füße so aufs Parkett setzte, als liefe er über die tückischen Felsen des Rif-Gebirges. Er hielt den Kopf gesenkt und schaute überrascht mit schiefem Blick auf die mondäne Gesellschaft im Lokal. Es gibt Leute, die können sich nicht verkleiden, und zu diesen gehörte er: Sein perfekt geschnittener Anzug sah an ihm aus wie eine Zwangsjacke.

Louis lächelte gezwungen. Ich stand auf, um dem Neuankömmling die Hand zu schütteln.

»Herr Breslauer, darf ich vorstellen?« sagte Louis. »Dies ist Yves Saint Laurent.«

Ich schüttelte eine breite, rauhe Hand. Er verbeugte sich schüchtern vor mir wie jemand, der sein Leben lang in Knechtschaft gelebt hat. Er war ungehobelt und hatte ein verwittertes Gesicht.

»Herr Saint Laurent«, sagte ich mit einer Verbeugung.

Louis schaute mich erwartungsvoll an.

»Sie haben verstanden?« fragte er.

»Selbstverständlich«, sagte ich. »Herr Saint Laurent bedarf keiner weiteren Einführung.«

Jean Pierre fing laut zu lachen an. Sein Meckern kam tief aus dem Bauch. Auch Louis konnte ein erlösendes Gelächter nicht unterdrücken. Saint Laurent stand abwartend neben ihm und fixierte seine glänzenden Schuhe. Ich war ein Neuling in der Branche und hatte keine Ahnung, wie Saint Laurent aussah, aber mir war bekannt, daß er der erfolgreichste aller Couturiers war, reicher als Lagerfeld oder Ungaro. Er verdiente viele Millionen jährlich allein durch die Lizenzen, die er den Herstellern von Parfums, Taschen und Sonnenbrillen auf seinen Namen gab. Was bewog die Brüder Mohammed dazu, mir diesen Bergbauern vorzustellen? Glaubten sie vielleicht, ich wäre so naiv? Ich sah mir den Mann noch einmal an. In seiner Krawatte waren die berühmten Initialen YSL eingewebt.

»Setzen Sie sich doch«, sagte Louis.

Ich setzte mich wieder. Jean Pierre sagte zu YSL etwas auf arabisch, worauf sich der Mann noch einmal verbeugte und demütig zwischen den Brüdern Platz nahm. Er starrte auf die Tischdecke. Sein Gesicht war von einem Faltenlabyrinth durchzogen. Ich war ein Neuling in der Branche, aber dieser Scherz roch nach Beleidigung.

»Was wollen Sie von mir?«

»Herr Saint Laurent hat eine Lederwerkstatt in Casablanca«, sagte Jean Pierre. »Er macht Taschen, Koffer, Schuhe, Handschuhe – er ist ein Meister der Lederverarbeitung.« Er sagte etwas auf arabisch, vermutlich die Übersetzung dieser kleinen Lobeshymne, und der Mann lächelte nervös und nickte dankbar.

Ich nickte auch, ganz vorsichtig.

»Wir haben mit Herrn Saint Laurent einen Vertrag geschlossen«, sagte Louis, »wir haben ihm unsere Dienste angeboten, und als Gegenleistung dürfen wir seinen Namen verwenden.«

»Yves Saint Laurent«, sagte Jean Pierre langsam, »das ist sein Geburtsname, so wurde er getauft – ja, er ist katholisch, einer der wenigen marokkanischen Katholiken –, und so steht es in seinem Paß.«

»Aber... was wollen Sie denn damit machen?« stotterte ich.

Die Brüder schauten mich an, tiefbewegt und ernst. Jean Pierre beugte sich zu mir herüber.

»Wir werden Kleider mit dem Markenzeichen *Yves Saint Laurent* herstellen«, flüsterte er. Der Gedanke schien ihn direkt zu rühren, er schluckte ein paarmal mit feuchten Augen. »Wir können den offiziellen Markt für Konfektion überschwemmen mit bezahlbaren Yves-Saint-Laurent-Kleidern, -Kostümen, -Hemden, mit allem.«

»Die Werkstätten und die Entwerfer haben wir schon«, erklärte Louis weiter, »jetzt haben wir auch den Namen.«

Ich nickte, obwohl mir das alles nicht unbedingt klar war.

»Ja...«, sagte ich und suchte nach Worten, »ja... aber was wollen Sie von mir?«

»Von Ihnen«, sagte Jean Pierre feierlich, »von Ihnen wollen wir die Benelux.«

Ich kam mir vor wie Churchill auf der Konferenz von Jalta, der sich mit Stalin und Roosevelt über die Karte von Europa beugt.

Ich nickte.

5

»Was sagte denn Ihr Vater dazu?« fragte Frau Dr. Jansen. Sie hatte ruhig zugehört und nur gelegentlich ein leises ermutigendes »Ja« geflüstert, aber auch zweimal ein kritisch-fragendes »Ja?« eingeflochten. Sie hatte verschiedene Jas zur Auswahl und setzte sie je nach Art der Pause ein, die meinen Erzählfluß unterbrach.

»Er wollte wissen, ob ich verrückt geworden sei. Es sei ungesetzlich, man riskiere damit einen Prozeß.«

Ich lag auf der Couch und schaute von unten in ihr Altmädchengesicht. Ihr Sessel stand vor mir. Letztes Jahr hatte er neben mir gestanden, und ich hatte nur ihre Stimme und das Kratzen des Bleistifts hören können.

»Und heute? Wie beurteilen Sie seine Einstellung heute?« fragte sie mit zwinkernden Augen und berufsmäßig aufmerksamem Lächeln.

»Spielt das irgendeine Rolle?«

»Ich weiß, daß Sie sich das selbst schon gefragt haben.«

»Seine Haltung war eindeutig. Aber er hatte mit solchen Geschäften einfach keine Erfahrung, er war zu gradlinig dafür, auf seine Art.«

»Und was war seine Art?«

»Ein stures Nein. Er sagte, daß falsche Saint Laurents schon seit Jahren auf dem Markt wären und daß er damit nichts zu tun haben wolle, Schluß, aus.«

»Und Sie haben das akzeptiert?«

»Nein, natürlich nicht!« rief ich aufgebracht.

Er lag unter der Erde, und ich mochte mir gar nicht vorstellen, was von seinem Körper nach einem Jahr noch übriggeblieben war, aber er war noch genau so gegenwärtig wie vor seinem Sturz in den See. »Ich habe eine GmbH gegründet, die *Maximal*, und in meiner Freizeit habe ich mit den Brüdern Mohammed Geschäfte gemacht.«

»Wie lief das?«

»Es war die reinste Goldgrube. Niemand konnte uns etwas anhaben. Die Franzosen drohten uns mit juristischen Konsequenzen, strengten aber nie einen Prozeß an, denn jeder Anwalt, den sie konsultierten, sagte ihnen das gleiche: Der Mann heißt ja wirklich so, er hat seinen Namen nie verändert, sein ganzes Leben lang hieß er schon Saint Laurent. Das Signet des echten Saint Laurent, das ineinandergeschlungene Y und S und L, das durften wir natürlich nicht verwenden, es ist urheberrechtlich geschützt, aber der Name war frei. Ich belieferte Geschäfte damit, die früher nichts von dem Betrug wissen wollten, und das brachte mir so viel ein, daß ich die ETI getrost hätte verlassen und nur noch davon hätte leben können.«

»Hat dies die Beziehung zu Ihrem Vater beeinflußt?«

»Es ging mir besser.«

»Und er?«

»Ach, er sprach nicht mehr darüber. Manchmal warnte er mich noch. ›Max, du wirst die Rechnung dafür schon kriegen‹, sagte er dann.«

»Und? Haben Sie die Rechnung bekommen?«

»Ich habe glänzend daran verdient.«

Ich habe sogar ein Vermögen daran verdient. Aus Steuergründen ließ ich das Geld in der GmbH stehen. Als Äpfelchen für den Durst, das heißt eine ganze Apfelplantage.

»Direkt nach der Messe in Mailand sind Sie mit ihm nach Bangkok geflogen. Und danach?«

»Es war ein schwieriges Jahr. Mein Vater hatte nicht daran gedacht, daß die ETI vollkommen veraltete juristische Strukturen aufwies, und innerhalb von wenigen Monaten verwandelte ich die Firma in eine Holding mit Tochtergesellschaften. Er versprach mir jede nur denkbare Mitbestimmung und Eigenverantwortung, aber sobald ich irgend etwas auf eigene Faust machen wollte, entpuppte er sich als der alte Tyrann, und ich mußte kuschen.«

»Nachträglich betrachtet: Warum sind Sie dort geblieben, was meinen Sie?«

»Nur wegen des Geldes. Weshalb denn sonst? Ich stand mit zweihundertfünfzigtausend jährlich auf der Lohnliste bei ETI, kaufte mir den Porsche, wohnte in der Apollolaan, und weil mein Vater wie ein Autokrat regierte, konnte ich am frühen Nachmittag die Bürotür hinter mir zumachen und denken: Dann schau doch selber, wie du fertig wirst.«

»Zwiespältig das Ganze, finden Sie nicht auch?«

»So? Vielleicht schon. Aber so war es eben.«

»Kein Respekt?«

»Vor ihm, meinen Sie?«

»Ja.« Dieses Ja ging am Ende melodisch in die Höhe, neutral, aber doch randvoll mit dem Wunsch nach näherer Erklärung.

Ich sagte ehrlich, was ich meinte: »Er war ein Arschloch.«

»Er hat im Krieg das Schlimmste mitgemacht. Davor hatten Sie auch keinen Respekt?«

»Als Kind will man darunter nicht leiden.«

»Wäre dieses Leiden denn mit seinem zu vergleichen gewesen?«

»Ach, wissen Sie, damit machte er jede Diskussion kaputt. Er schnitt einfach alles mit der Frage ab: ›Weißt du, was ich in deinem Alter tun mußte?‹ Oder: ›Weißt du, was ich damals essen mußte, und du sagst, du magst das nicht?‹ Man konnte mit ihm eigentlich kein vernünftiges Wort reden.«

»Bei dieser Reise nach Bangkok...«

»Ein geiler Bock war er obendrein.«

»Wie kommt es bloß, daß Sie sich von dieser Entdeckung so schockiert fühlten?«

»Ich zahle Ihnen zweihundertfünfzig Gulden pro Stunde, um das herauszufinden.«

»Letztes Jahr sind wir leider nicht so weit gekommen.«

»Warum nicht?« wollte ich wissen.

»Weil Sie weggeblieben sind, wissen Sie das nicht mehr?«

Ich schluckte und fand keine Antwort. Den Tod meines Vaters hatte ich als Befreiung erlebt, merkte ich plötzlich. Und ich hatte die Notwendigkeit, hier auf der Couch zu liegen, mit ihm zusammen begraben wollen.

»Warum hat Sie der sexuelle Appetit Ihres Vaters so schockiert?«

»Ich weiß es nicht. Die plötzliche Entdeckung, daß er meine Mutter betrog, war schrecklich.«

»Ihre Wut entstand also aus dem Bedürfnis, Ihre Mutter zu beschützen?«

»Ich glaube schon. Möglich. Ich weiß es nicht.«

»War er Ihnen gegenüber jemals vertraulich?«

»Er? Natürlich nicht.«

»Und Sie zu ihm?«

»Nein. Unmöglich.«

»Warum ?«

»Er verstand mich nicht. Für ihn existierte ich nur in dieser einen Funktion: als sein Sohn.«

»Verstanden Sie ihn denn?«

»Ja.« Mein Ja war knapp und endgültig. Aber in der Stille, die darauf folgte, hallten ihre Bedenken förmlich nach. Ich sah sie an, worauf sie beruhigend lächelte.

»Können Sie ihn beschreiben?« fragte sie, als bäte sie mich um eine besondere Gunst.

Ich hörte mich selber durch die Nase schnauben. Plötzlich bereute ich meinen Besuch schon wieder. Der Vormittag war absurd genug gewesen, und am Wahnsinn meiner Vergangenheit konnte dieses Gespräch doch nichts ändern. Was wollte ich überhaupt von ihr?

»Ich kann ihn nicht beschreiben«, antwortete ich. Ich fand sie reichlich zudringlich, ärgerlich, bedrohend.

»Sie können Ihren eigenen Vater nicht beschreiben?« In ihrer Frage klang Spott.

Sie hatte recht. Mein Ärger wurde von ihr nur verstärkt, nicht verursacht.

»Vielleicht sollte ich etwas über ihn erzählen«, sagte ich. »So abstrakt kann ich nicht über ihn reden.«

6

Ich arbeitete also an der juristischen Erneuerung der Euro Textil International GmbH und merkte dabei immer deutlicher, daß unsere SuperTex-Läden ihre beste Zeit bereits hinter sich hatten. Der Umsatz war schon ein paar Jahre lang konstant geblieben, und der einzige Zuwachs, den der Markt erlaubte, lag hauptsächlich bei der »gehobenen Mittelklasseware«, wie man Produkte von Marken wie Benetton, Scapa, Mondi oder Escada nannte.

Wir dagegen waren marktführend in allerbilligster Konfektionsware. Unsere Kontinuität schien nicht bedroht, aber die Probleme im Sektor direkt über uns (Kreymborg oder Peek & Cloppenburg) waren für mich Alarmsignale. Wir mußten unsere Politik ändern. Schon vor Jahren hatte C&A endgültig die billige Mittelklasse erobert, und ich war der Meinung, die kleineren Betriebe sollten sich stärker auf Qualität werfen, denn es bestand die Gefahr, daß C&A, längerfristig gesehen, unseren Sektor einfach schluckte.

Ich wollte SuperTex zu einer Textilkette hochzüchten, in der man *designer's quality* bekommen konnte, ungefähr im Stil amerikanischer Konfektionäre wie Calvin Klein und Ralph Lauren, zu bezahlbaren Preisen. Aus Billigware sollte *casual chic* werden, fand ich, etwa wie bei diesem Society Shop, aber trendgemäß und jugendlich und ohne das bedächtige Image von SS (sie kürzen sich tatsächlich so ab, ich habe einmal in einer ihrer Filialen in der Van Baerlestraat eine Krawatte gekauft und zu Hause lange auf diese Initialen geschaut – demnächst wird man Kranken-Zusatzversicherung wohl mit KZ abkürzen).

Eines Tages erklärte ich meinem Vater diese Zusammenhänge und gewann den Eindruck, daß er meine Überlegungen recht interessant fand. Ich schlug ihm vor, hierüber einen Bericht zu erstellen, komplett mit Marktforschung und Grafiken und Statistiken, und er sagte, ich solle das ruhig tun. Ich hab es getan. Einen Monat lang arbeitete ich mit einem *think tank*, der aus unseren besten Filialleitern bestand, an einer gründlichen Studie zur Modernisierung unserer Läden und zur Erneuerung unserer Einkaufspolitik.

Weil ich wußte, wie schwierig mein Vater war, hatte ich mir eine Multimediashow ausgedacht, die den größten Skeptiker in Euphorie versetzen mußte. Ich mietete im Textilzentrum einen Saal, ließ von einer Werbeagentur ein Videoband herstellen, das man auf einer *video wall* betrachten konnte, legte den Bericht gedruckt vor, und zwar auf Hochglanzpapier, und engagierte die attraktivsten Models, die den Qualitätsunterschied auch sinnlich erfahrbar machen sollten. Außerdem bestellte ich bei De Kersentuin Delikateßhäppchen und Getränke. Eine ganz besondere Show, ganz allein für ihn.

Um halb ein Uhr mittags betrat er barsch und unwillig den Vorführraum und ließ die anderthalbstündige Vorstellung regungslos über sich ergehen. Er saß in einem großen Ledersessel mitten im verdunkelten Saal, und ich hatte mich mit schweißnassen Händen in ein Eckchen verkrochen. Mein Denkteam saß auf einer Stuhlreihe hinten im Saal, und auch ihre Spannung konnte ich spüren. Über die hohe Rückenlehne ragte unbeweglich ein immer noch dicht bewachsenes Hinterhaupt, das nur ganz oben in der Mitte eine kleine kahle Stelle aufwies. Links und rechts auf den Armlehnen ruhten zwei Ellbogen in sündhaft teuren Jackettärmeln von Versace.

Als das Neonlicht stockend wieder aufflackerte, blieben wir alle wie hypnotisiert sitzen und starrten auf den kleinen kahlen Fleck über der Rückenlehne. Wir warteten auf eine Reaktion. Ich weiß nicht mehr, ob es mir jemand zuflüsterte oder ob ich es selbst als erster hörte – aber durch den stillen Saal klang nach zehn Sekunden laut und deutlich das zufriedene Schnarchen von Simon Breslauer, der in aller Ruhe ein Mittagsschläfchen hielt. Geschlagen floh ich aus dem Saal. Ich fuhr zum Hilton, ging dort an die Bar und betrank mich unter Tränen der Wut.

Abends saß ich mit einer ausgewachsenen Depression zu Hause und brütete ziellos über der Frage, ob dies der Moment für meine Kündigung sei. Vor mir auf dem Tisch stand eine Flasche Chivas Regal, deren Pegel ich langsam und verbissen senkte. Da klingelte es. Irgendwie fand ich die Wohnungstür, und da stand mein Vater.

Damals wohnte ich noch in der Apollolaan, in der Nähe der Beethovenstraat, und er hatte seinen Mercedes auf dem Bürgersteig geparkt. Es regnete. Er begrüßte mich mit einem geflüsterten Hallo, ging an mir vorbei und ließ sich schweigend auf das Sofa fallen. Ich saß ihm gegenüber, sagte auch nichts und trank noch einen Schluck Whisky. Er hatte seinen schwarzen Stetson auf den Schoß gelegt, seine Finger spielten mit dem weichen Filzrand, der mit einem Streifen Seide abgesetzt war. Er ließ seine Hüte bei Finkelstajn in Brüssel machen, bei einem Polen, der genau wie er den Holocaust überlebt hatte.

»Seit wann bietest du mir nichts zu trinken an?« fragte er, als ich mir nachschenkte.

Ich gab ihm ein Glas.

Er saß zusammengesunken auf dem Sofa, die Schöße seines weichen dunkelblauen Kaschmirmantels breiteten sich fächerförmig um ihn aus, ein weißer Seidenschal bedeckte die Revers. Darunter trug er einen Smoking, als wollte er den Abend im Kurhaus oder im Kasino in Zandvoort verbringen.

Minutenlang blieb es still. Ich schaute an ihm vorbei, er schaute an mir vorbei. Wir leerten schweigend unsere Gläser. Ich überlegte, ob ich es ihm gleich sagen oder lieber bis morgen warten sollte, bis ich wieder nüchtern und innerlich gestärkt war. Ich haßte den Mann, der dort unerreichbar und unverwundbar auf meinem monströsen Des-Bouvrie-Sofa (einer Wohnlandschaft aus gelben und grünen Inseln, das Sofa habe ich später weggegeben) saß, und ich nahm mir vor, endgültig Abschied von ihm zu nehmen und wieder Rechtsanwalt zu werden. Er war eine Bestie. Ich mußte mir eine Zukunft suchen, die nicht von ihm beherrscht wurde.

Als er sich vorbeugte und das Glas mit lautem Geräusch auf dem Marmortisch absetzte, merkte ich, daß dies das Ende seines Besuchs war. Er setzte den Hut auf, stemmte sich seufzend aus dem Sofa empor und knöpfte im Stehen sorgfältig seinen Mantel zu. Der Regen trommelte ans Fenster.

»Ich war müde«, sagte er auf einmal.

Die Worte dröhnten mir im Ohr. Natürlich hatte er sie nicht geschrien, und die unerträgliche Lautstärke ging allein auf das Konto meines Alkoholkonsums. Taumelnd stand ich ebenfalls auf. Seinen Vater bringt man höflich zur Tür. Also das war die Entschuldigung für sein Benehmen. Müde war er gewesen. Ich hatte ihn noch niemals müde erlebt. Er arbeitete ohne sichtbare Anzeichen von Ermattung, und wenn es an der Zeit war, schlief er. Wie ein Urmensch.

»Wieviel hat der Spaß gekostet?« fragte er mit unverhohlener Abscheu.

Die Wut in meinen Gliedern war plötzlich kaum noch zu bezwingen, ich hielt mich an einer Sessellehne fest. Antworten konnte ich nicht, Haß schnürte mir die Kehle zu, verkrampfte meine Muskeln. Der Spaß, wie er es nannte, war eine fundierte Studie von einer ganzen Gruppe intelligenter und gewissenhafter Leute, die einen Monat lang Tag und Nacht gearbeitet hatten, um sein Lebenswerk über das Jahr 2000 hinüberzuretten. *Der Spaß*.

Er drehte sich um und ging in den Flur.

»Ich fand es Blödsinn«, sagte er. »Für das Geld hättest du besser zu den Huren gehen können.«

Ich griff nach der Textilschere, die auf dem Tisch lag. In diesem Augenblick besaß ich die rohe Gewalt, die nötig war, um ihm die scharfe Schere mit der Spitze mitten durch den unschuldigen Kaschmirmantel in den Rücken zu stechen und sein Herz von hinten zu durchbohren.

Völlig ahnungslos ging er vor mir zur Wohnungstür und sah sich nicht um. Ich torkelte mit erhobener Schere hinter ihm drein, fühlte im stählernen Arm den blinden Mut zu diesem Mord, aber ich war langsam. Wäre er stehengeblieben, dann würde ich dies alles jetzt in meiner Zelle schreiben, aber so gewann er im Weitergehen die paar Sekunden, die ihm das Leben retteten. Ich taumelte wie ein betrunkener Bär hinter ihm her, schaute auf seinen breiten Rücken und verlangte danach, seine Unverwundbarkeit zu zerstören. Er ging ein paar Schritte Richtung Wohnungstür, und ich näherte mich der Mauer seines Rückens mit der Spitze der scharfen Schere, die garantiert rostfrei im deutschen Solingen erzeugt worden war. Gleich würde ich die Mauer einreißen und mich aus dem Ghetto seiner intellektuellen Gefangenschaft befreien. Ich roch sein teures After-shave und witterte schon den Rausch der Freiheit.

»Nettes Foto«, hörte ich ihn sagen.

Er stand vor der Aufnahme, die ich im Flur aufgehängt hatte. Ich war fünf, und er küßte mich.

»Ich wollte euch alles geben, was ich selber nie gehabt habe«, sagte er.

Ich erstarrte in meiner Bewegung und schaute auf die Mordwaffe in meiner Hand. Er rührte sich nicht und blieb mit dem Rücken zu mir stehen, als ob er mich gerade jetzt nicht sehen wollte.

»Ich hab nicht studiert, so wie du«, sagte er, »ich bin ein einfacher Mensch. Aber ich habe euch gegeben, was ich konnte.«

Ohne sich noch einmal nach mir umzudrehen, öffnete er die Tür. Kalte Luft drang herein und machte mich wieder nüchtern. Scham verdunkelte mir den Blick, und ich versteckte die Schere hinter dem Rücken.

»Die Pläne, die du da hast«, sagte er noch immer abgewandt, »ich glaube, da wird nichts draus.« Er schaute in den Regen. Die Tropfen lagen wie dicke Murmeln auf der gewachsten und polierten Motorhaube des Mercedes.

»Wer es wert umzist beroigets, wert umzist wider gut.« – Wer grundlos böse wird, wird auch grundlos wieder gut.

Das war an meine Adresse gerichtet. Er fand, ich sollte mich nicht so aufregen, seiner Meinung nach gab es keinen Grund dazu. Er drückte sich den Hut etwas tiefer in die Stirn und ging mit hochgezogenen Schultern zum Wagen.

Ich dachte: Und du wolltest einen Menschen vom Angesicht der Erde vertilgen, der solche Sprüche kennt? Wolltest du unbedingt tun, was sie im Krieg versäumt haben? Bist du wirklich so verrückt? Während die jiddischen Klänge in meinem Kopf widerhallten, ließ er seinen Wagen an. Aber er fuhr nicht los.

Hinter der getönten Scheibe leuchtete eine Flamme auf, und er sog das Feuer in eine echte Havanna, Marke Romeo y Julieta. Die Glut erhellte sein Gesicht, und plötzlich sah ich in seinen Zügen nicht nur den Mann, der er im Augenblick war, sondern auch den jungen Vater, der seine Kinder küßte, und den jungen Mann, der bei Sal Meijer mit einem Mädchen flirtete, und den Jungen, der von den Russen einen Kanten Brot gereicht bekam. Die Flamme erlosch, die Zigarrenspitze glomm weiter.

Grüßend tippte er kurz auf die Hupe und gab Gas. Aber nach ein paar Metern leuchteten plötzlich die Bremslichter auf und dann die Rückscheinwerfer. Er fuhr zurück.

Ich ging auf seinen Wagen zu und blieb am Beifahrerfenster stehen. Leise summend fuhr das kugelsichere Glas herunter. Ich beugte mich mit regennassem Gesicht in den Wagen. Er lächelte und nahm die Zigarre aus dem Mund. Rauchschwaden wölkten um seinen Kopf, ich roch die Zigarre.

Er sagte: »*Az der Tate schenkt dem zun, lachn beide – az der zun schenkt dem Taten, weinen beide*. Na?« Es war eine Aufforderung, ich sollte es übersetzen.

Ich sagte: »Schenkt der Vater seinem Sohn etwas, lachen beide – schenkt der Sohn seinem Vater etwas, dann weinen beide.«

Er öffnete die Hand und zeigte mir eine leere Handfläche. Dabei legte er den Kopf schief, und ein kurzer Laut kam aus seinem Mund, etwas zwischen *oi* und *uj*. Es war eine jüdische Geste, und sie bedeutete: So ist das Leben. Ich nickte. Er lachte mir noch einmal zu, und einen Moment lang sah ich in seinen Augen dieselbe Zärtlichkeit wie auf dem Foto. Er drückte auf den Fensterknopf. Ich trat zur Seite. Er fuhr weg.

Ein paar Tage später aß ich mit Robbie Goudsmit ein Rindfleischsandwich bei Sal Meijer in der Scheldestraße. Diese Angewohnheit haben wir aus der Zeit beibehalten, als wir noch Kollegen waren. Auch Boy kam regelmäßig hierher und aß mit alten Schulfreunden zu Mittag, so daß wir manchmal alle zusammen um einen der kleinen Tische saßen.

Ich hatte kein Auge zugetan und mich die ganze Zeit mit dem Bild der Schere in meiner Hand gequält. In Gedanken war ich ein Vatermörder, und diese Selbsterkenntnis hätte ich mir gerne erspart.

»Robbie, sag mal, was würdest du tun, wenn du den Eindruck hättest, du müßtest dringend mit jemandem reden?«

Robbie biß gerade in sein Pökelfleischsandwich und hatte sich über seinen Teller gebeugt, damit das Fett nicht auf seine seidene Krawatte tropfte. Er warf mir von unten einen prüfenden Blick zu.

»Dr. Jansen«, sagte er, »Dr. Jansen ist ein guter *shrink*. Ich war selber schon dort.«

»Was, du hast eine Therapie gemacht? Davon hast du aber nie etwas erzählt!«

»Nach meiner Scheidung. Auf Empfehlung.«

»Und das sagst du erst jetzt?«

»Ach, was soll's«, sagte er schmatzend, »wenn du therapiebedürftig bist, dann geht es dir meistens so dreckig, daß du mit niemandem drüber reden willst. Du brauchst also eine Therapie?«

»Nein, es ist nicht für mich«, behauptete ich.

»Max, hör auf mit dem Blödsinn.«

Gerade hatte ich von meinem Leberwurstsandwich abgebissen und schüttelte den Kopf. »Jemand hat mich darum gebeten«, sagte ich mit vollem Mund.

»Aber ich bin dein Freund, Max, du weißt, mir kannst du alles anvertrauen.«

Ich schluckte den Bissen hinunter und spülte mit einem Schluck heißen Tee nach. Ein Glas Milch wäre mir lieber gewesen, aber Sal Meijer hat einen koscheren Imbiß und verkauft keine Molkereiprodukte zu seinem Fleisch.

»Schieß los, Max, ich bin auf alles gefaßt. Bist du vielleicht schwul geworden? Oder katholisch?«

»Erwartest du darauf eine Antwort von mir? Meinst du das ernst?«

»Max, zeig mir, daß du mein Freund bist. Vielleicht kann ich dir helfen.«

Ich brachte es nicht fertig. Am Nachmittag machte ich mit Lydia Jansen einen Termin aus, und als mein Vater zwei Monate später ertrank, hatte ich gerade viermal bei ihr auf der Couch mit dem Loch gelegen.

Der neue juristische Status war schließlich ein Faktum, und ich kümmerte mich nicht weiter um die Betriebsführung. Bei ETI arbeiteten fünfunddreißig Leute, in den Filialen beschäftigten wir zweihundertsechzig Menschen. Nominell war ich stellvertretender Direktor, aber nach dem Reinfall mit der Marktstudie ließ ich die Finger von der eigentlichen Betriebsführung. Mein Vater redete mit den Einkäufern und traf die Entscheidungen, und ich pflegte die Beziehungen, die nichts mit Geschmacksfragen oder dem Profil unserer Firma zu tun hatten. Ich besuchte unsere Zulieferer, ging ab und zu mit den Einkäufern auf eine Messe und behielt die unzähligen Kontakte im Auge, die wir mit thailändischen, südkoreanischen und englischen Subunternehmern geknüpft hatten.

Boy war der Chef unserer Buchhaltung, und er tat seine Arbeit gewissenhaft und unauffällig, wie es sich für einen guten Buchhalter gehört. Gemeinsame Freunde hatten wir nicht, und außerhalb des Büros sah ich ihn nur, wenn ich einen Besuch bei uns zu Hause oder bei Sal Meijer machte. Er wohnte immer noch in Buitenveldert und kam so in den Genuß des guten Essens meiner Mutter. Manchmal traf ich ihn mit einem Mädchen, aber es sah nicht so aus, als wäre die weibliche Gesellschaft für ihn eine angenehme Offenbarung.

Robbie hatte mich sogar einmal gefragt, ob Boy schwul sei, und die einzige Antwort, die ich ihm darauf geben konnte, lautete, daß er in diesem Fall sicher nicht zu Hause wohnen geblieben wäre.

Boy war ein Problemkind gewesen. In der Schule kam er nicht richtig mit, hatte immer Bronchitis, und mit sieben Jahren bekam er eine Augenkrankheit, die ihn beinahe sein Sehvermögen gekostet hätte. Stundenlang saß er mit seiner dicken Brille still am Tisch oder auf dem Boden und zeichnete. Es wurde nie etwas, Talent fehlte ihm völlig. Aber er war ein zufriedenes Kind, das niemals quengelte und mit dem kleinsten Zeichen von Aufmerksamkeit glücklich war.

Die vielen Kämpfe, die ich ausgefochten habe, gewann ich dank seiner Unterstützung. Obwohl er genau wußte, daß er mit fliegenden Fahnen untergehen würde, sagte er nie nein, wenn ich ihn bat, mit mir und meinen Panzermodellen, Bombern, Panzerfahrzeugen und Kriegsschiffen zu spielen. Und wenn ich durch eine Unaufmerksamkeit zu verlieren drohte, veränderte ich schnell die Spielregeln, und dann schaute er betrübt auf das Schlachtfeld, das ich auf dem großen Tisch in der Garage angerichtet hatte, auf dem ein Vermögen an Modellhäuschen, Bäumen und Soldaten stand. Ich hatte das Spielfeld sorgfältig aufgeteilt, in eine schwer verstärkte Festung und in eine offene Fläche, wo der Feind wartete. Boy war immer der Feind. Jede Woche wurde er in die Pfanne gehauen.

Als ich ins Gymnasium ging und er zwei Jahre später auf

die Realschule, verlor ich ihn als willfährigen Feind aus dem Auge. Wir waren Brüder, aber weil wir in verschiedenen Welten aufwuchsen, hatten wir nach kurzer Zeit nicht viel mehr gemeinsam als unsere Eltern. Schon in der Grundschule war beschlossen worden, daß Boy in der Obhut unseres Vaters bleiben sollte, und er hat nie mit einer Silbe dagegen protestiert. Soviel ich beurteilen konnte, verlief seine Pubertät lautlos und milde, während meine mir schon die ersten Gefechte mit meinem Vater eingetragen hatte.

Boy hatte Realschüler zu Freunden, die natürlich tief unter meiner Würde als Gymnasiast standen. Ich las Cicero und Camus und Böll in der Originalsprache, und Boy las den *Telegraaf*.

»Warum liest du dieses Buch?« fragte er mich einmal.

»Weil ich das lesen will.«

»Mußt du's für die Schule lesen?«

»Nein.«

»Und du liest es trotzdem?«

»Es macht mir Spaß.«

»Spaß macht dir das? Aber warum gerade dieses Buch?«

»Es ist ein wichtiges Buch.«

»Was glaubst du, wie viele Bücher sind auf der Welt geschrieben worden? Vielleicht hundert Millionen?«

Ich nickte. »Warum? Was willst du damit sagen?«

»Wieso liest du grade dieses Buch und kein anderes?«

»Weil ich dieses Buch lesen will.«

»Aber wenn du dich für dieses hier entscheidest, kannst du ein anderes dafür nicht lesen.«

»Dann lese ich das andere eben morgen.«

»Aber man hat doch nie im Leben genügend Zeit, um alle zu lesen!«

»Na und? Das macht doch nichts, oder?«

»Doch, finde ich wohl.«

»Ich verstehe nicht, wo dein Problem liegt.«

»Ich schon«, sagte er aufmüpfig und ging weg. Ich vertiefte mich wieder in die *Türkischen Früchte*.

Als Vater ertrank, war Boys Kummer völlig anders als meiner. Er weinte zusammen mit unserer Mutter und brach vor Kummer am offenen Grab zusammen, während ich ernst und tränenlos dabeistand und den Gedanken abzuwehren versuchte, daß ich diesen Augenblick im stillen seit Jahren herbeigesehnt hatte. Ich hatte ihn überlebt. Und vergoß keine Träne.

Der lange Trauerzug war von der Leichenhalle des Bestattungsinstituts PC nach Muiderberg gefahren, eine Autoschlange von über einem Kilometer Länge, die von zwei Polizisten auf Motorrädern eskortiert wurde. Auf dem Rücksitz des ersten Fahrzeugs versuchten Boy und ich, unsere Mutter aufrecht zu halten. Sie jammerte und wehklagte mit tiefen Seufzern. Sie hatte sich ihrer Trauer rückhaltlos hingegeben wie eine Araberin nach einer verheerenden Autobombe. Manchmal schlug sie um sich, sank dann wieder nach vorne und ließ sich fallen, warf den Kopf in den Nacken und schrie gellend den Namen ihres Mannes. Boy weinte lauthals mit ihr mit und rief den Namen dessen, der für immer gegangen war. Boys Kummer war rein und echt, meiner doppeldeutig und verworren.

»Boy hat eine unschuldige Seele«, dachte ich, »ihm kann es nichts anhaben, daß die Welt schmutzig und gemein ist.«

Boy hatte zuletzt mit unserem Vater in Loosdrecht zu Mittag gegessen und hatte ihn lebend abfahren sehen. Inwiefern man die Trunkenheit meines Vaters erkennen konnte, als er ins Auto stieg, wußte ich nicht – ich hatte ihn überhaupt noch nie betrunken gesehen –, und ich überlegte, ob Boy ihn nicht daran hätte hindern sollen, selber zu fahren. Boy war in seinem Mercedes 190 zurückgefahren, Papa in seinem 560er. Warf Boy sich jetzt vor, daß er ihn hatte ziehen lassen? Bevor der Sarg in die Erde gesenkt wurde, sprachen Boy und ich mit dem Rabbiner den Kaddisch. Boy wurde wieder vom Kummer übermannt und sackte in sich zusammen. Ich stützte ihn, und während er an meiner Schulter weinte, wiederholte ich die Silben, die der Rabbiner mir vorsprach.

Alle waren erschienen, sogar ein Brenninkmeijer von C&A erwies meinem Vater die letzte Ehre. Beim Empfang im Hilton blieb meine Mutter beherrscht und stark, und wir schüttelten Hunderte von Händen. Maria behauptet, auch sie sei in Muiderberg dabeigewesen, aber sie war mir damals nicht aufgefallen.

Beim Schiwesitzen, das die Hinterbliebenen acht Tage lang in einem niedrigen »Trauerstuhl« durchhalten müssen, leisteten wir unserer Mutter Gesellschaft.

Einen Monat nach dem Begräbnis bekam ich bei mir zu Hause einen Anruf. »Hier spricht Elisabeth Junghans«, sagte jemand. »Ist dort Max Breslauer?«

Ich versuchte mir gerade ein Bild von der Betriebsführung der ETI zu machen, die mein Vater nie aus der Hand gegeben hatte, und war bis über beide Ohren damit beschäftigt, alle Verträge und Vereinbarungen durchzuackern. Das Leben, das ich bis dahin geführt hatte, war mit meinem Vater verschwunden, und plötzlich stand ich an der Spitze eines Betriebes, von dem Hunderte von Familien abhingen. Seit dem Ende der Trauerwoche arbeitete ich Tag und Nacht, um meine Einsicht in Handel und Wandel der ETI zu vertiefen.

»Nein, hier ist Otto Rolex«, erwiderte ich.

Diese Antwort brachte sie aus der Fassung.

»Woher haben Sie meine Nummer?« fragte ich, als sie stumm blieb. Ich hatte eine Geheimnummer.

»Ihr Vater«, sagte sie.

»Mein Vater ist gestorben.«

»Das weiß ich«, flüsterte sie.

»Was wollen Sie?« fragte ich.

»Mit Ihnen reden.«

»Worüber?«

»Über Ihren Vater.« Sie hatte einen leichten Amsterdamer Akzent.

Ich verstand nicht, worauf sie hinauswollte.

»Ich kenne Sie nicht«, sagte ich, »ich kann mich nicht erinnern, daß mein Vater jemals Ihren Namen erwähnt hat.«

Wieder war sie still.

»Hören Sie mal, Frau Swatch, ich schaue gerade auf meine Uhr und sehe, daß ich's eilig habe. Bitte nehmen Sie es mir nicht übel, wenn ich jetzt...«

»Ich heiße Maria de Jong«, sagte sie schnell.

»De Jong? Jetzt heißen Sie plötzlich De Jong? Also, Frau de Jong, für solche Scherze habe ich keine Zeit.«

Ich legte auf. Es war mir ein Rätsel, wie sie zu meiner Telefonnummer gekommen war. Ich vermutete, daß sie in der Zeitung vom Tod meines Vaters gelesen hatte und nicht ganz richtig im Kopf war.

Eine Viertelstunde später, ich hatte das Gespräch schon vergessen, klingelte das Telefon erneut.

»Ich hatte mit Ihrem Vater ein Verhältnis«, hörte ich.

Es war dieselbe Stimme. Nichts sprach dafür, daß sie die Wahrheit sagte.

»Hören Sie mal, erzählen Sie dieses Märchen jemand anderem...«

»Er hat noch mit mir zu Mittag gegessen«, hörte ich sie sagen. Sie schluckte mühsam und fuhr fort: »Er kam bei mir vorbei. Wir hatten schon etwas getrunken, und...«

»Er hat mit meinem Bruder zu Mittag gegessen, hören Sie mal...!«

Ich wollte wieder auflegen, nahm aber davon Abstand, als sie rief: »Boy hat das nur gesagt, um Ihrer Mutter keinen Kummer zu machen! Er war bei mir! Anderthalb Jahre lang kam er jede Woche ein- oder zweimal zu mir, und dann...«

Verblüfft hörte ich, daß sie weinte.

»Sie kennen Boy?«

»Ja«, sagte sie. Sie schneuzte sich und nahm sich zusammen.

»Woher denn?«

»Er... wir sind Boy zufällig einmal über den Weg gelaufen. Boy sah sofort, was los war.«

Diese Frau behauptete allen Ernstes, sie sei die Geliebte meines Vaters gewesen, und mein kleiner Bruder Boy, eigentlich der *Nebbich* der Familie, soll davon gewußt haben. Ich konnte das nicht hinnehmen.

»Hören Sie, gute Frau, wissen Sie eigentlich, was Sie da sagen?«

»Simon, Ihr Vater, hat gesagt, wenn ihm etwas passieren sollte, dann würde für mich gesorgt werden...«

»BITTE WAS?«

»Das hat er immer gesagt.«

»Also Frau Rolex...«

»De Jong, Maria de Jong. Ich habe mich mit Junghans gemeldet, weil ich dachte, ich sollte meinen richtigen Namen nicht nennen, aber das ist Unfug. Ich habe anderthalb Jahre ein... sagen wir, eine *Beziehung* zu Ihrem Vater gehabt. Er hat dieses Appartement für mich gekauft, und ich habe hier eigentlich immer nur auf ihn gewartet, bis er vorbeikommen konnte...«

»Nun mal langsam«, sagte ich so beherrscht wie möglich, »Sie hatten also ein Verhältnis mit meinem Vater?«

»Na ja... so kann man es nennen, ja.«

»Sprach er mit Ihnen über seine Arbeit?«

»Auch.«

»Über mich?«

»Auch manchmal, ja.«

»Wissen Sie was, Frau... wie war der Name doch gleich wieder?«

»Maria de Jong.«

»Frau de Jong, ich glaube Ihnen kein Wort.«

Am anderen Ende war es einen Augenblick still, dann sagte sie: »Rufen Sie doch Ihren Bruder an. In zehn Minuten melde ich mich wieder.«

Sie legte auf und ließ mich verwirrt sitzen. Spielte mir jemand einen üblen Streich? Aber wenn dies kein Scherz war, sondern die bittere Wahrheit, dann zeigte mein Vater noch über seinen Tod hinaus, wozu er imstande war. Ich rief Boy an.

»Kennst du eine Maria de Jong?« fragte ich.

Er saß zu Hause in seiner Dachwohnung, im Hintergrund lief der Fernseher.

»Sie hat dich also angerufen?« sagte er.

»Ist das wahr, was sie behauptet?«

»Ich weiß nicht, was sie behauptet hat...«

»Daß sie und Papa...«

»Ja.«

»Warum wußte ich davon nichts!«

»Er hat mich darum gebeten.«

»Gibt's da noch mehr, wovon ich nichts weiß?« fragte ich empört.

»Nein, das ist das einzige.«

»Das einzige? Schön. Und was soll ich nun damit? Warum ruft sie mich an? Warum soll ich dich anrufen?«

»Ich weiß nicht, warum du *mich* anrufen sollst. Also, Papa hat einmal gesagt, daß wir für sie sorgen müßten, falls ihm was zustieße, aber du mußt das veranlassen, denn du bist jetzt der Chef.«

»Und was heißt das konkret?«

»Gestern nachmittag war sie bei mir im Büro. Wir müssen Papas Versprechen erfüllen. Aber du mußt das unterschreiben. Ich darf es nicht.«

»Müssen wir ihr Unterhalt zahlen?«

»Ja, jedenfalls, wenn wir sein Versprechen halten wollen.«

»Was sind denn das für Sachen? Und warum hat man mir nichts davon gesagt?«

»Es war ein Verhältnis, Max, es war geheim! Papa fand es unnötig, dich auch noch einzuweihen.«

»Na, und ich finde es unnötig, jetzt noch weiter darüber zu reden.«

»Leg nicht auf!« hörte ich ihn rufen. »Ich verstehe ja, daß du wütend bist, aber wir müssen dieses Problem irgendwie lösen. Wir müssen sie zufriedenstellen. Man weiß nie, was sie sonst tut.«

»Du meinst, sie geht sonst zu Mama und erzählt es ihr?«

»Das hat sie so nicht gesagt, aber es wäre leichtsinnig von uns, dieses Risiko einzugehen.«

»Das ist Erpressung, Boy.«

»Ich sagte doch, sie selbst hat nicht damit gedroht! Ich meine nur, sie könnte es möglicherweise tun. Und außerdem, Papa hat ihr versprochen…«

»Himmelherrgott…«

»Ach, es ist nur halb so schlimm. Wir geben ihr das Appartement, in dem sie wohnt…«

»Wieviel ist das wert?«

»Vierhundertfünfzigtausend…«

»Hoho!«

»Und setzen sie auf die Lohnliste…«

»Mit wieviel?«

»Papa wollte, daß sie angenehm leben kann.«

»Wieviel?«

»Neunzig- oder hunderttausend pro Jahr. Mit Inflationsausgleich, denn sie möchte ihren Lebensstandard behalten.«

»Ich finde das den reinen Wahnsinn. Gefällt mir nicht. Und wie lange soll das so weitergehen?«

»Bis zu ihrem Tod, fürchte ich.«

»Weißt du, wieviel das ist mit Zinsen? Ein Vermögen!«

»So ist es nun mal, Max, wir müssen es tun.«

»Vielen Dank, lieber Vater, für diesen Scherz.«

»Wir haben keine andere Wahl, Max.«

»Wer weiß, was unser Alter sonst noch alles ausgefressen hat?«

»Sie ist die einzige. Das hat er mir Hand aufs Herz geschworen.«

»Ah, du warst ja recht intim mit ihm.«

»Auch nicht mehr als du, Max. Aber ich bin ihm in Den Haag zufällig begegnet. Mit ein paar Wirtschaftsprüfern von der KPMG bin ich dort abends ausgegangen, und, verdammt noch mal, da saß Papa mit ihr in einer Bar. Sie sieht unglaublich gut aus, Max, Geschmack hatte er. Ich wollte sofort wieder gehen, nachdem ich ihn entdeckt hatte, und was sehe ich? Er küßt sie! In aller Öffentlichkeit! Ich traute meinen Augen nicht!«

»Und dann?«

»Er drehte sich plötzlich um und sah mich, bevor ich abhauen konnte. Er erschrak fast zu Tode. Am nächsten Tag bestellte er mich zu sich und erklärte mir das Ganze.«

»Was hat er denn erklärt?«

»Daß er sie bei der Vorführung einer Kollektion getroffen habe. Sie war früher Model, dann hatte sie einen Autounfall und behielt eine Narbe auf der Wange. Er ging mit ihr essen, und so ergab es sich dann.«

»Und Mama? Das störte ihn wohl gar nicht?«

»Nein. Mit Mama hatte er ja keinen Sex mehr.«

»Ach nein?«

»Nein.«

Ich hätte nie geglaubt, daß ich hierüber je mit Boy sprechen würde. *Sie hatten keinen Sex mehr.* Du liebe Zeit, meiner Ansicht nach hatten sie überhaupt *niemals* Sex gehabt. Boy kannte unseren Vater besser als ich. Ich hatte studiert, war jetzt Direktor dieses Vereins und wußte von nichts.

»Darüber sprach er also ganz locker mit dir?«

»Also *ganz locker* würde ich es nicht nennen.«

»Wie finde ich denn das...«

»Ach, weißt du...«

»Und warum hat sie mich angerufen?«

»Ich habe ihr gesagt, daß ich deine Zustimmung brauche, und daraufhin sagte sie, sie wolle dich selber anrufen. Ich habe ihr deine Nummer gegeben.«

»Und was nun?«

»Das mußt du entscheiden.«

»Vielen Dank...«

»Ja, Max, ich kann es nicht ändern. So liegen die Dinge nun mal.«

Ich legte auf, und im selben Augenblick klingelte das Telefon.

»Haben Sie ihn angerufen?« fragte sie.

»Ja.«

»Also wissen Sie jetzt, was los ist?«

»Los war. Ich weiß jetzt, was los war.«

»Ich bin aber noch da«, sagte sie, »vergessen Sie das bitte nicht.« Sie drohte.

»Keine Sorge, kein Grund zu Aufregung. Wir müssen miteinander reden.«

Wir verabredeten uns für den nächsten Abend, und ich machte mich auf harte Verhandlungen gefaßt. Ich hatte nicht vor, ihr noch rund fünfzig Jahre Lohn für die Dienste zu bezahlen, die sie meinem Vater erwiesen hatte. Sie konnte einen einmaligen Betrag bekommen, und im übrigen sollte sie brav ihren Mund halten.

Ich traf sie in Le Ciel Bleu, dem Restaurant im obersten Stockwerk des Okura-Hotels. Weil ich soviel zu tun hatte, konnte ich erst um halb elf Uhr dort sein. Die Stadt lag unten im Dämmerlicht. Man konnte bis in die Außenbezirke sehen, und die glitzernde Straßenbeleuchtung zeichnete in der Altstadt das Spinnennetz der Grachten nach. Ich war auf die Minute pünktlich, und der Geschäftsführer, Joop de Boer, brachte mich auf meine Bitte zu einem Tisch in einer Ecke.

»Wir haben Sie lange nicht mehr gesehen, Herr Breslauer«, sagte er, während er meinen Stuhl zurechtrückte. »Wie geht es Ihnen?«

»Danke, bestens«, sagte ich.

Ich gönnte ihm ein freundliches Lächeln, als ob wir uns jede Woche einmal begegneten. Vor ein paar Monaten war De Boers eigenes Restaurant, L'Atelier, pleite gegangen, und hier fing er wieder ganz von vorne an.

Er sagte: »Vielleicht ist es Ihnen nicht bekannt, Herr Breslauer, aber ich bin der Freund von Rudi, Rudi de Graaf.«

Rudi de Graaf war eine Woche zuvor in meinem Büro erschienen. Ein affektierter Schwuler, der extravagante und absolut untragbare Herrenmode entwarf. Er hatte mich dazu bringen wollen, eine ganze Produktlinie von seiner Hand zu finanzieren, was ich ablehnte. Daraufhin endete unser Gespräch ziemlich brüsk.

»Darf ich Ihnen im Namen des Hauses einen Aperitif anbieten?«

»Gerne. Einen Wodka. Eisgekühlt. Ohne Eis.«

Er verbeugte sich, wie sich nur Dirigenten oder Geschäftsführer von Spitzenrestaurants verbeugen können.

Es wunderte mich gar nicht, daß sie die üblichen fünf Minuten zu spät kam. Ich wußte nicht, wie sie aussah, aber als eine auffallende Frau das Restaurant betrat, die ihre Brötchen im Bett braver Geschäftsleute zu verdienen schien – sie trug hochgesteckte Haare, war schwer mit goldenen Armreifen und Ringen beladen, ihr enges Kleid schnürte den großen Busen hoch und ließ Hals und Schulter frei –, da stand ich auf und winkte ihr.

Lächelnd schaukelte sie auf superhohen Absätzen herbei.

»Toll, dich auch mal leibhaftig zu sehen«, sagte sie.

Huldvoll streckte sie ihre Hand aus, als erwartete sie einen Handkuß.

Ihr Amsterdamer Akzent *(doll* statt *toll)* war stärker, als ich am Telefon wahrgenommen hatte. Ich deutete auf den Platz mir gegenüber.

Der Geschäftsführer schoß herbei, um ihr den Stuhl zurechtzurücken. Dankbar sah sie sich nach ihm um. Sie hatte schwarze Haare, dunkle Augen und ein grelles, auffallendes Make-up: hellblauer Lidschatten, hellroter Lippenstift, die Farben von Blut und hartem Sex. Ihre weißen Ohrringe hoben sich scharf von der gebräunten Haut ab, die sie offenbar dem wöchentlichen Besuch einer Sonnenbank verdankte. Sie war höchstens fünfundzwanzig und eine erfahrene Nutte. Mit zwanzig mußte sie prachtvoll gewesen sein. Hatte er sie damals kennengelernt? Es war durchaus nicht verwunderlich, daß mein Vater auf sie verfallen war.

»Wollen Sie etwas trinken?« fragte ich.

»Kir Royal. Bin ganz wild drauf«, sagte sie lachend. »Und sag ruhig du.«

Breit grinsend reichte uns der Geschäftsführer zwei Speisekarten.

»Herr Breslauer, wir haben heute abend ein besonderes Menü.«

Ich konnte seine Gedanken lesen: Was tut Breslauer mit der Hure?

»Ist der Wodka so recht?«

»Hervorragend.«

Dann sah ich, wie er einen Augenblick zögerte. Er beugte sich vertraulich zu mir herüber.

»Herr Breslauer, es ist ungewöhnlich, ich weiß... aber hätten Sie wohl einen Moment Zeit für mich? Ich werde Sie auch nicht lange in Anspruch nehmen.«

»Ist es dringend, Herr de Boer?«

»Ich verstehe, daß Ihre Zeit kostbar ist, aber könnten Sie nicht doch...«

»Warum redste denn nicht mit dem Typ?« erkundigte sich meine Tischgenossin.

Ich warf ihr einen tödlichen Blick zu, sie lächelte unverdrossen weiter. De Boer nickte ihr dankbar zu. Dann beugte er sich zu mir.

»Ich würde gerne kurz mit Ihnen über Rudi reden«, flüsterte er mir ins Ohr.

»Nicht flüstern in Gesellschaft!« rief Maria.

Der Mann klappte vor Unterwürfigkeit fast zusammen.

»Herr de Boer, ich bin zu meinem Vergnügen hier, Geschäftstermine machen Sie bitte mit meinem Büro aus.«

»Man verbindet Rudi am Telefon aber nicht mehr weiter, Herr Breslauer.«

Das stimmte. Nach unserer Unterhaltung hatte Rudi de Graaf mich noch ein paarmal angerufen, und ich hatte Yvonne angewiesen, ihn nicht mehr durchzustellen.

»Dann soll er sich eben schriftlich um einen Termin bemühen.«

»Selbstverständlich, Herr Breslauer, ich verstehe. Es tut mir leid.«

Er verschwand mit eisigem Gesicht.

»Die kennen dich hier«, sagte sie beifällig.

»Reden wir vom Geschäft«, sagte ich.

»Was, jetzt schon? Das kann doch noch warten, oder?«

»Was willst du?«

»Menschliche Nähe, Erotik«, sagte sie mit einem tiefen Seufzer.

»Also gut, noch mal von vorn«, sagte ich. »Wieviel willst du?«

»Was wir ausgemacht haben!« sagte sie verblüfft.

»Schön, daß ich das hier gleich klarstellen kann: Ich denke nicht im Traum daran. Diese Summe zahle ich nicht.«

Sie warf mir einen gemeinen Blick zu.

»Abgemacht ist abgemacht! Und keine Zicken.«

Sie redete laut, ihr Akzent wurde immer schlimmer. Heftig zog sie an ihrer Zigarettenspitze.

»Du bist zu gierig«, sagte ich leise und beugte mich über den Tisch zu ihr, »ich lasse mich nicht erpressen. Du kriegst die Hälfte, und darüber darfst du noch froh sein. Für mich existiert überhaupt keine Verpflichtung, kapierst du? Ich bin nicht wie der Rest meiner Familie.«

»He, was geht mich der Rest von deiner Familie an, du Pinscher! Deal ist Deal. Sonst steh ich auf und geh weg, und mein Boss kümmert sich um den Rest, aber der hat andere Methoden.«

»Boss?! Hast du denn einen Boss?« Im Geist sah ich die Amsterdamer Unterwelt bei uns aufmarschieren und die Regenbogenpresse in meinem Vorzimmer warten, weil eine Zuhälterbande die Schaufenster unserer Geschäfte demolierte. Mein Alter hatte mir da was Schönes eingebrockt.

Am Eingang des Restaurants sah ich De Boer mit einer Frau auftauchen, die ich lieber als Tischdame gehabt hätte. Er nickte in meine Richtung, sie folgte seinem Blick und sah mich an. Er sagte etwas zu ihr, worauf sie nickte, ohne die Augen abzuwenden. Sie kamen beide näher.

Es war eine ungewöhnliche Frau. Im Gegensatz zur Gespielin meines Vaters hatte sie etwas Schlichtes an, ein schwarzes Samtkleid, eng, glatt und ohne Firlefanz, aber so vollendet geschnitten, daß ich einen großen Modeschöpfer dahinter vermutete. Schwarze Strümpfe, schwarze Schuhe. Um den Hals trug sie eine unauffällige Silberkette und kleine weiße Ohrringe. Sie war kaum geschminkt. Ich schaute von ihr wieder zu Maria. Was hatte mein Vater doch für einen vulgären Geschmack.

Joop de Boer sagte: »Herr Breslauer, es sieht so aus, als hätten Sie mit dieser Dame auch eine Verabredung.« Er machte eine Kopfbewegung zu der blonden Frau.

Sie hatte eine Narbe über ihrer linken Augenbraue, desgleichen auf der rechten Wange. Ich erinnerte mich plötzlich an das, was Boy über Maria erzählt hatte. Ein unangenehmer Gedanke beschlich mich. Die Frau lächelte mir nervös zu.

»Ach wirklich? Nicht daß ich wüßte«, sagte ich wider besseres Wissen.

Die Schönheit überwand ihre Scheu, trat einen Schritt näher und sagte: »Wir haben gestern abend einen Termin ausgemacht.« Sie wechselte einen Blick mit der Dame, die ich für Maria gehalten hatte.

»Zu spät, Schätzchen«, sagte diese, »er gehört mir.«

Hilfesuchend wandte sich die Blonde an De Boer. Er stand dabei wie der Papst, mit andächtigem Gesicht und gefalteten Händen, und hörte zu.

»Wir wollten uns noch über Ihren Vater unterhalten«, sagte sie, nachdem sie sich wieder zu mir umgedreht hatte.

Ihre Worte legten sich wie ein eiserner Ring um meinen Kopf. Ich fing den Blick meiner Tischgenossin auf, sie zuckte mit einem Grinsen die Achseln. Ich war ein Vollidiot.

»Einen flotten Dreier vielleicht?« schlug sie vor.

De Boer witterte seine Chance und griff ein.

»Gnädige Frau...«, sagte er zu meiner Tischdame, »haben Sie einen Moment Zeit für mich?«

Sie sah von ihm zu mir und dann zu der blonden Frau, die beherrscht ein paar Schritte zurücktrat.

»Ich glaube, hier liegt ein... äh, Mißverständnis vor«, sagte ich. »Sind Sie Maria?« fragte ich die Blonde.

Sie nickte.

Ich schaute meine Tischdame an. »Und wer sind Sie?«

»Jemand, der hier sein Geld verdient, was denn sonst!«

De Boer versuchte noch einmal sein Bestes und beugte sich zu ihr herunter. »Gnädige Frau, wir bringen das in meinem Büro in Ordnung.« Er sprach betont deutlich.

»Nein, tun wir nicht«, sagte sie. »Erst will ich mein Geld.«

»Ich habe Sie überhaupt nicht bestellt«, sagte ich.

»Haben Sie doch.«

Es wurde langsam peinlich. Ich zückte mein Portemonnaie. Wenn etwas käuflich war, konnte man sich davon auch wieder loskaufen. »Wieviel?«

Ich schaute dabei auf Maria. Sie drehte mir unruhig den Rücken zu, als sie meinen Blick bemerkte.

»Siebenhundertfünfzig.«

»Was, so viel?«

»He, Mann, ich bin nicht einfach bloß ne Nutte!«

»Aber wir haben gar nichts gemacht!«

»Dein Pech, Macker«, sagte sie.

Unter solchen Umständen mache ich merkwürdige Fehler, und auch jetzt konnte ich mich nicht beherrschen.

»Ich zahle doch nicht siebenhundertfünfzig für nichts und wieder nichts«, sagte ich und stand auf.

Maria wartete vor dem Fenster und schaute auf die Stadt. Ich sah ihre fließende Rückenlinie, ihr Hinterteil. Es war nicht zu fassen, daß mein Vater es geschafft hatte, diese wunderschöne Frau zu seiner Geliebten zu machen. Jetzt blickte sie über die Schulter zu mir herüber und sah aus wie eine der schönen, traurigen Frauen auf den Bildern von Vermeer.

Meine Tischdame stand auf.

»Ich habe Sie nicht angerufen«, sagte ich drohend. »Es handelt sich um ein Mißverständnis. Ich hatte etwas mit ihr ausgemacht.« Ich wies auf Maria, die nervös ihr Handtäschchen an den Bauch drückte und sicherheitshalber wieder die Aussicht bewunderte.

Jetzt wurde die Hure böse.

»Bilde dir bloß nichts ein, du Arsch. Ich kriege von dir noch Knete, sieben Blaue und einen Zerquetschten.«

»Von mir nicht, Schätzchen. Geben Sie mir bitte die Rechnung, Herr de Boer?«

»Das war Sache des Hauses, Herr Breslauer.« Zur Hure sagte er: »Kommen Sie doch einfach mit mir, wir bringen das in Ordnung.«

»Rufen Sie mich morgen an«, sagte ich zu ihm.

Ich ging zu Maria.

»Frau de Jong?«

Sie drehte sich um, und ihre traurigen Augen machten mich verlegen.

»Es tut mir leid«, sagte ich. »Ich habe… es war ein Mißverständnis.«

Sie nickte mit wahrhaft aristokratischem Stolz.

»He du!« klang es hinter meinem Rücken.

Ich drehte mich um. Vor mir stand die Nutte mit ihrem Kir Royal und meinem Wodka.

»Deine Bestellung!« rief sie.

Sie warf mir die Gläser an den Kopf.

Diese Situation hatte ich bereits früher mit meinem Vater erlebt, aber jetzt war ich bedeutend älter und dicker, meine jugendliche Gelenkigkeit war verschwunden.

Das eine Glas traf mich an der Brust, das andere am Kopf, beide zerbrachen. Ich roch den Kir und den Wodka. An einem entfernteren Tisch hörte man einen leisen Aufschrei.

Mit hocherhobenem Haupt ging das Hürchen an mir vorbei. Während ich mir den Alkohol aus dem Gesicht wischte, musterte ich rasch die anderen Gäste des Ciel Bleu. Freunde saßen nicht dort, stellte ich fest. Hoffentlich auch niemand, der mich vom Sehen kannte.

Im Vorübergehen blieb sie vor Maria stehen, die ihr mit offenem Mund zugeschaut hatte.

»Und du kriegst auch noch dein Fett«, drohte sie.

Ich zog Maria zur Seite und sah ihre erschrockenen Augen.

»Gehen wir.«

Jetzt tauchte De Boer mit einem schwergewichtigen Ober neben der Hure auf und zeigte mit gebieterischer Geste zum Ausgang.

Schweigend gehorchte sie. Sie verschwand in aufrechter Haltung unter Begleitung des Oberkellners, wobei sie ab und zu auf den hohen Absätzen einknickte.

»Ach, Herr Breslauer«, sagte De Boer und gab mir eine Serviette, »das ist mir aber peinlich.«

Schnell führte er Maria und mich zu einem Büro in der Nähe der Küche. Plötzlich standen wir in einem totenstillen, neonbeleuchteten Raum.

»Du blutest«, sagte Maria. Auch der Geschäftsführer

besah sich aufmerksam meinen Kopf. Ich strich über meine Schläfe und sah Blut an meinen Fingern. Glassplitter glitzerten. Es gab mir einen Stich in den Kopf.

»Mist«, sagte ich.

»Es muß genäht werden«, sagte Maria. Ich sah in besorgte braune Augen. »Ich bringe dich zur Notaufnahme. Bist du mit dem Wagen da?«

Wir fuhren in einem Lastenaufzug hinunter. Ich preßte mir ein Handtuch an den Kopf.

De Boer begleitete uns und entschuldigte sich dabei immer wieder.

»Es war meine eigene Schuld«, sagte ich, aber er wollte unbedingt der Sündenbock sein.

»Hast du schon mal einen Porsche gefahren?« fragte ich Maria.

»Ich habe selber einen Ferrari«, gab sie zur Antwort.

Von wem sie den wohl hatte? De Boer half mir ins Auto. Ich merkte, daß ich in meinem Porsche noch nie auf dem Beifahrersitz gesessen hatte. Maria setzte sich neben mich ans Steuer, und dank der niedrigen Sitzschalen hatte ich eine wunderbare Aussicht auf ihre langen Beine.

»Darf ich Sie im Namen des Hotels um Entschuldigung bitten?« fing De Boer wieder von neuem an.

»Schon gut«, sagte ich.

»Darf Rudi Sie noch einmal anrufen?«

»Nein.«

Er warf die Tür zu. Ich hörte, daß er mir noch etwas zuflüsterte.

»Elender Prolet…«

Ich öffnete mein Fenster mit Knopfdruck.

»Wundert mich nicht, daß du Pleite gemacht hast!« rief ich.

Er drehte sich zu mir um, und ich sah Tränen in seinen Augen.

»Weißt du eigentlich, was du Rudi angetan hast, Mensch? Er kam völlig gebrochen nach Hause. Was du dir erlaubst, das ist einfach unmenschlich! Eine Mappe wirft man doch nicht einfach weg!«

Inzwischen sehe ich wohl die Parallelen zum Benehmen meines Vaters, der auch so grob und unbarmherzig das Unkraut vor seinen Füßen wegmähen konnte, wenn er wütend war, aber damals steckte ich noch in der Zwangsjacke meiner Emotionen.

»Fahr los«, sagte ich zu Maria, und sie gab Gas.

Fahren konnte sie. Wir rasten durch die Scheldestraat und dann zur Stadtautobahn hinter der Messehalle.

»Was war mit diesem Mann?« wollte sie wissen.

Ich sah einen großen roten Fleck auf dem Handtuch, der mir verriet, daß ich wie ein Ochse blutete. Ich erzählte ihr, daß sein Freund, der Modeschöpfer, zu mir gekommen war und daß ich ihn nicht sehr gastfreundlich behandelt hatte. Er hatte die Mappe mit seinen Entwürfen bei sich gehabt, und als er immer lästiger wurde, hatte ich diese Mappe aus dem Fenster geworfen.

»Wie bitte?!« sagte sie. Sie schüttelte mißbilligend den Kopf, wobei sie die Straße scharf im Auge behielt. »Warum tust du so etwas?«

»Gut, es war nicht richtig, was ich getan habe, aber der Kerl wollte einfach nicht weggehen und jammerte und sagte, er hätte solche Probleme und versuche seit zwanzig

Jahren vergeblich, zum Zuge zu kommen. Ich sagte ihm, kein Wunder bei den Entwürfen!«

»Jemand in deiner Position sollte nicht so reagieren.«

»Da hättest du mal meinen Vater sehen sollen«, sagte ich eine Spur zu schnell. Sie schwieg und rutschte in ihrem Sitz hin und her.

»Entschuldige«, sagte ich. »Darüber müssen wir ja auch noch reden.«

»Aber warum hast du seine Mappe auf die Straße geworfen? Du weißt doch, was das für Leute bedeutet, die entwerfen.« Später erzählte sie mir, daß sie selbst auch Modeentwürfe machte und ebenfalls eine Mappe hatte.

»Ich hatte ihm gerade mit Engelsgeduld erklärt, daß ich nicht der Mann bin, der neue Modelinien lanciert, ich bin ja eigentlich nur ein Einkäufer, ein Händler, und er wollte mir weismachen, daß ich mit seinen Entwürfen ein Vermögen verdienen würde. Ich sagte zu ihm, ich will aber nicht, ich habe noch eine Menge zu tun, bitte gehen Sie jetzt. Da fiel er vor mir auf die Knie. Wirklich, er kniete vor mir. Und fing an zu weinen, daß er nirgendwo zum Zuge käme. Darauf sagte ich, jetzt gehen Sie mal schön nach Hause und probieren es morgen irgendwo anders. Ich stand auf, und er hielt meine Beine fest! Ich schwöre es! Laß mich los, sagte ich, aber nein, er wollte nicht. Irgendwie riß ich mich los, und da setzte er sich auf meinen Sessel! Er sagte, er gehe nicht weg. Da schnappte ich mir seine Mappe, ging zum Fenster und sagte: Dann fliegen Sie eben Ihrer Mappe hinterher.«

»Bist du immer so aggressiv?«

»Ich wurde provoziert, meine Beste.«

»So was kann man auch anders lösen.«

»Du nimmst kein Blatt vor den Mund, wie?«

»Wenn es sein muß...«

Wir rasten zum Algemeen Medisch Centrum. Ich saß neben der früheren Geliebten meines Vaters, der vor kurzem gestorben war, und hatte von einem Callgirl ein Glas an den Kopf bekommen. Alles, was mit meinem Vater zu tun hatte, war unmöglich und grotesk.

»Du hast sie für mich gehalten?« fragte sie plötzlich.

»Ja.«

»Blöd.«

»Ja.«

»Ich habe das nie so gewollt«, sagte sie. »Ich hatte ganz andere Pläne mit meinem Leben.«

»Das glaube ich dir.«

In der Notaufnahme des AMC wurde ich verarztet. Die Fleischwunde wurde desinfiziert, und ein junger Assistenzarzt nähte sie. Maria wartete auf mich in der Halle. Nachdem man mir einen weißen Mullverband um den Kopf gewickelt hatte, bat ich sie, mich nach Hause zu bringen.

»Findest du es schlimm, wenn wir unser Gespräch verschieben?« wollte ich wissen, als wir wieder zurückfuhren.

»Ich kann warten.«

»Dein Telefonanruf kam für mich ziemlich überraschend.«

»Verständlich.«

»Ich hatte ja keine Ahnung.«

»Und du warst nicht sehr nett.«

»Ich bin auch nicht nett.«

»Das ist dein Problem.«

»Gering zu sogen, schwer zu trogen.«

»Es sagt sich leicht und trägt sich schwer«, übersetzte sie. »Hab ich früher schon mal gehört. Willst du mich testen, ob ich deinen Vater wirklich gekannt habe?«

7

»Und dann haben Sie sich mit ihr geeinigt?« Frau Dr. Jansen glitt von ihrem Sessel und ging um ihren Schreibtisch herum.

»So könnte man es nennen«, sagte ich.

»Und?«

»Das Appartement und das Auto durfte sie behalten, und wir vereinbarten jährlich eine bestimmte Summe.«

»War es Erpressung?«

Sie steckte den Bleistift in eine primitive Spitzmaschine. Seit Jahren hörte ich das mahlende Geräusch zum ersten Mal wieder. Eine lange Schlange kroch aus der Maschine, ohne zu reißen. Ich sah, daß sie mit Andacht spitzte, als sei es eine Art Zwangshandlung. Ich selber habe Zeiten gekannt, da ich das Haus nicht verlassen konnte, ohne vorher rituell alle Knöpfe am Gasherd berührt zu haben. Ich überlegte mir, wie Dr. Jansen wohl einen Apfel schälte.

»Ich glaube, sie wäre zu meiner Mutter gegangen, wenn wir zu keiner Einigung gekommen wären.«

»Drohte sie damit?«

»Nein. Aber das Risiko war mir zu groß.«

Die Schlange riß, und ich glaubte, einen Schimmer von Verzweiflung in ihren Augen zu erkennen. Jetzt, da sie meine Worte einen Augenblick lang nicht notierte, merkte ich, daß ich lieber warten wollte, bis sie wieder auf dem Sessel saß und meine Geschichte aufschrieb.

»Haben Sie mit Ihrem Bruder darüber geredet?«

»Natürlich, was glauben Sie denn? Ich fühlte mich übergangen.«

»Sie dachten, als Ältester hätten Sie das alleinige Anrecht auf das Vertrauen Ihres Vaters?«

»Mein Vater war ein *Kreischer*, ein Schreihals, aber gleichzeitig verschlossen, wissen Sie. Er blieb immer unpersönlich. Wenn er vom Krieg redete, dann nur, um uns auf unsere Plätze zu verweisen. Und das eine Mal, als ich etwas Intimes von ihm zu sehen bekam, in Bangkok, da war ich nicht besonders angetan.«

»Was hatte er mit dieser Frau für eine Beziehung? Haben Sie mit ihr darüber gesprochen?«

Sie setzte sich wieder, schaute mich ganz offen an und wartete auf Antwort.

»Natürlich. Sie behauptet, sie habe ein rein platonisches Verhältnis mit ihm gehabt.«

»Und Sie glauben das?«

»Na ja... also, sie nannte es platonisch, aber sie erzählte auch, daß er sie gerne ansah...«

»Ja, und? Das kann man schließlich noch kein Verhältnis nennen.«

»Er sah ihr zu, wenn sie sich streichelte, wollte ich sagen.«

»Das ist allerdings eine Form von Sex.«

»Ich habe es nie geglaubt. Er war ein kräftiger und männlicher Mann, erst neunundfünfzig, als er ertrank, vergessen Sie das nicht, und er hatte bestimmt noch Bedürfnis nach Frauen.«

»Und seine Ehe?«

»Was glauben Sie wohl?«

»Ich stelle hier die Fragen.«

»Mein Vater war ein ziemlicher Tyrann, er duldete keine Widerrede. Meine Mutter ist eine ruhige, praktische Frau, die langsam in die Breite gegangen ist. Sie ertrug die Charakterschwächen ihres Mannes wie eine gute jüdische Ehefrau: stolz und mit unendlicher Geduld.«

»Wie hat sie den Krieg überlebt?«

»Sie war untergetaucht.«

»Und ihre Familie?«

»Alle wurden deportiert. Bis auf ihre älteste Schwester, Tante Sara. Sie ist vor ein paar Jahren gestorben. Sara war die Älteste einer zehnköpfigen Familie, meine Mutter die Jüngste.«

»Wie alt war sie bei der Befreiung?«

»Dreizehn.«

»Kam sie zu Pflegeeltern?«

»Nein, Sara war zwölf Jahre älter und nahm sie zu sich.«

»Also haben Sie niemals Großeltern gekannt?«

»Nein.«

»Wie empfanden Sie das?«

»Ja, wie fand ich das? Was denken Sie?«

»Ich denke nicht so viel, Herr Breslauer.«

»Und ich finde es eine typische Therapeutenfrage. Natürlich finde ich es schrecklich, daß ich meine Großeltern nie gekannt habe.«

»Was waren das für Leute?«

»Der Vater meines Vaters war, wie gesagt, Professor der Abholkunde, der Vater meiner Mutter Schammes in einer Synagoge in Den Bosch. Ein Schammes ist eine Art Küster.

Beide Familien waren bettelarm, jüdisches Proletariat. Mein Vater war das Genie, dem der Sprung in die zivilisierte Welt gelungen ist.«

»Wie haben sich Ihre Eltern kennengelernt?«

»Mein Vater zog durch Europa. Eines Tages landete er in Amsterdam mit etwas Kleingeld in der Tasche. Er kaufte ein Dutzend Unterhosen und Unterhemden und stellte sich auf den Dappermarkt. Meine Mutter arbeitete in Sal Meijers Imbiß am Nieuwmarkt. Dort hat er sie kennengelernt. Sie servierte ihm ein Pökelfleischsandwich. Er wird nicht schlecht geschmatzt haben.«

»Finden Sie, daß Ihre Mutter sich nach seinem Tod verändert hat?«

»Weiß ich nicht. Vielleicht hat sie seine bestimmende Art übernommen, ja, das kann man wohl sagen.«

»Inwiefern?«

»Vor einiger Zeit hat sie mich besucht – um nur ein Beispiel zu nennen –, und tags darauf rief sie mich an.

›Hör mal, du hast doch manchmal auch Gäste?‹ fragte sie.

›Jawohl‹, sagte ich.

›Und deine Gäste kommen doch auch bei Regen?‹

›Ich nehme es doch an‹, sagte ich.

›Haben sie dann ihren Regenschirm dabei?‹

›Durchaus möglich.‹

›Und wo stellen sie den hin?‹

Also darum ging es. Ich sagte: ›Ach weißt du, den stelle ich dann ins Bad, dort kann er trocknen.‹

›Ja, das hab ich gemerkt, als ich bei dir war. Sag mal, soll ich dir einen Schirmständer schenken?‹

›Mama, ich brauche keinen Schirmständer!‹

›Wieso brauchst du keinen Schirmständer?‹

›Wenn ich einen Schirmständer bräuchte, dann hätte ich schon einen.‹

›Gib doch zu, daß du nicht daran gedacht hast. Du kriegst von mir einen Schirmständer. Aus Holz oder Schmiedeeisen?‹

›Aus Holz‹, antwortete ich, obwohl ich eigentlich gar keinen wollte.

›Warum aus Holz?‹

›Finde ich schöner.‹

›Aber das fault so schnell. Was hast du gegen einen schönen schmiedeeisernen Schirmständer?‹

›Nichts. Aber ich brauche ihn nicht.‹

›Nie willst du was von mir annehmen. Du weißt ja immer alles besser. Ich suche dir einen schönen aus.‹«

Dr. Jansen sah mich mit gerührtem Lächeln an. Ich grinste.

»Was glauben Sie?« fragte sie.

»Ich fürchte, sie liebt mich«, antwortete ich.

Sie lächelte weiter, weise und gütig.

»Hatte Tante Sara Kinder?«

»Nein. Sie war nie verheiratet.«

»Sonst Familie?«

»Ich habe nachgeforscht, aber alle Breslauers aus Lemberg sind ermordet worden. Mein Vater hat als einziger überlebt.«

Bei diesen Worten fing sie an, mit den Augen zu zwinkern. Dahinter entstand eine Aktivität, die ich nicht deuten konnte.

»Aber jetzt gibt es zwei Breslauers«, sagte sie, als ob sie diese Hoffnung unterstreichen wollte.

»Ja, uns beide. Max und Benjamin.«

Ich wußte nicht, was sie in solche Aufregung versetzte. Sie beugte sich wieder über ihren Schreibblock – wie viele Blätter hatte sie wohl schon vollgekritzelt? –, und ich spürte ein warmes und prickelndes Gefühl der Dankbarkeit durch meinen Körper strömen. Sie schrieb alles auf. Alles, was mich beschäftigte, jede Erschütterung meiner kindlichen Seele hatte für sie die Dimension eines globalen Problems.

»Können Sie sagen, was Sie so geärgert hat, als Sie merkten, daß Ihr Vater Benjamin ins Vertrauen gezogen hatte?«

Ich war bereit, mein Bestes für sie zu tun. Sie mußte für ihre Aufmerksamkeit und Fürsorge belohnt werden.

»Ich kannte meinen Vater gar nicht. Ich hätte gerne mit ihm über die Jahre gesprochen, die er durch Europa gezogen ist. Ich hatte eine Menge Fragen. Wovon lebte er damals? Wovon träumte er? Hatte er Freundinnen? Aber ich bin nie in seine Nähe gekommen. Und in dem kritischen Augenblick, als Boy ihn zufällig erwischte, da läßt er ausgerechnet *ihn* an sich heran, den geringeren von uns, den Unterlegenen.«

»Warum reden Sie so über Ihren Bruder?«

»Boy konnte niemals für sich selber sorgen! Immer wurde für ihn gesorgt! Er war in jeder Hinsicht ein Versager!«

»Aber nicht wirklich…«, sagte sie mit verzeihendem Lächeln.

»Sie haben recht«, gab ich zu. »Er scheint ziemlich stark zu sein.«

»Stärker als Sie?«

»Vielleicht wohl...«

Ich merkte, daß wir den Punkt erreicht hatten, an dem ich die Marokkanische Geschichte aus dem Sack lassen mußte. Sie nagte an ihrem Bleistift und war in Gedanken versunken.

Ich fragte: »Soll ich jetzt von Casablanca erzählen?«

Sie sah auf: »Wäre das chronologisch richtig?«

»Ja, ich glaube schon.«

Sie kaute auf ihrer Lippe und zwinkerte rasend schnell mit den Augen. »Ich möchte gern noch mal zurück zu der Zeit, bevor Sie bei Ihrem Vater zu arbeiten anfingen. Bevor Sie zu mir kamen. Geht das?«

»Ist das irgendwie wichtig?«

»Die Frau, die Sie so liebten, trennte sich von Ihnen. Das war wohl der Grund, warum Sie Ihre Tätigkeit als Anwalt aufgegeben haben? Wenn das nicht passiert wäre, wären Sie vermutlich nie hierhergekommen.«

»Glauben Sie?«

8

Mein Vater ging jede Woche in die Synagoge, aber er war nicht orthodox. Der Synagogenbesuch gehörte zu seinen Gewohnheiten. Andere Gewohnheiten waren, nach dem Essen zu furzen (»Simon! Nicht vor den Kindern!« »Ach, *wos ejner hot in sich, warft er fun sich*«, pflegte er meiner Mutter zu antworten.) und sich mit dem Wohlstand zu brüsten, den er erworben hatte (»Iß alles auf, man weiß nie, ob schlechte Zeiten kommen. Was, du hast keinen Hunger? Du weißt nicht, was Hunger ist.«).

Boy und ich feierten Bar-Mizwa und wuchsen unter jüdischen Freunden und Bekannten auf. Meine Freundinnen waren allerdings meist Schicksen. Aber ich spürte das Gewicht der Tradition, in der die Ehe mit einer Jüdin für unabdingbar erachtet wurde, weil nur sie dem bedrängten und dezimierten Volk Beständigkeit versprach, und deshalb sah ich in meinen Muscheln und Schweinefleisch essenden christlichen Freundinnen nie die potentiellen Mütter meiner Kinder. Denn die Mutter meiner Kinder mußte von einer jüdischen Mutter geboren sein und sich koscher ernähren, so hatte ich das schon früh gelernt.

Wie jeder Schüler und Student hatte ich Freundinnen, aber ich blieb auf Abstand, dosierte meine Verliebtheiten mit erwachsener Nüchternheit und wußte, daß ich in Wirklichkeit nach jener einen auf der Suche war, die von meinen Eltern und der jüdischen Tradition gutgeheißen wurde. Aber all dies war nicht etwa die Folge einer bewußten Entscheidung, die ich getroffen hätte. Meine Einstellung war vielmehr ganz natürlich gewachsen, wie die Augenfarbe eines Menschen oder die Form seiner Lippen.

Einmal nahm mich meine Mutter beiseite und erklärte mir, ich müsse in meinem Alter noch keine Torschlußpanik haben (ich war damals neunundzwanzig) und könne mir in aller Ruhe eine Braut aussuchen.

»Ein Mann wie du, mit deinem Einkommen und deinem Aussehen, der kann an jedem Finger zehn haben.«

»Aber Mama, was soll ich denn mit hundert Frauen?«

»Ah, das weißt du nicht? Du bist ein Heimlichtuer, ein stiller Genießer! Übrigens, gestern sprach ich zufällig mit Frau Klein, erinnerst du dich noch an sie?«

»Natürlich, ihr Mann ist doch der Regenmantel-Klein? Wie geht es ihr?«

»Er hat seine Firma verkauft. Sehr gut verkauft. Sie hatten einen Sohn, der auf der Schule so gut lernte, Rudy, weißt du noch?«

Ich nickte. Ein Scheusal von einem Jungen, der schon mit acht Jahren an seine Hypothek dachte.

»Er ist jetzt Gehirnchirurg in Amerika. Hat für zwei Millionen Dollar ein Haus gekauft. Selbst verdient. Ach, sie sind so stolz auf ihn.«

»Sie hatten doch auch noch eine Tochter?«

»Mirjam. Sehr hübsches Mädchen. Und sie kann sogar denken, denn das wollen Männer heutzutage.«

»Nein, Mama, Männer wollen immer noch am liebsten einen großen Busen und einen knackigen Arsch.«

»Huch, Max!«

»Und lange Beine, hätte ich fast vergessen.«

»Fast vergessen? Wieso?«

»Ach, Mama, ich mach doch nur Spaß.«

»Warum bringst du nie ein Mädchen mit nach Hause? Papa und ich hätten gar nichts dagegen, weißt du!«

»Ich bin der Richtigen halt noch nicht begegnet.«

»Du arbeitest auch zuviel. Du solltest mehr unter Menschen gehen. Weißt du, daß man in der Freien Synagoge bunte Abende für junge Leute organisiert?«

Sie meinte diese Tanzveranstaltungen für Unverheiratete mit Musik von Julio Iglesias und Volksliedern aus Israel zum Abschluß. Sie wußte nicht, daß ich praktisch jedes Wochenende neben einer anderen Frau aufwachte.

»Das ist doch nichts für mich, Mama.«

Daraufhin schaute sie mich eindringlich an und legte ihre Hand auf meinen Arm.

»Max... du kannst es mir ruhig sagen, wenn es so ist... magst du etwa keine Frauen?«

»Mama, wie kommst du denn darauf?«

»Wir sehen dich nie mit einem Mädchen!«

»Also da kann ich dich beruhigen: Ich liebe Frauen.«

»Du darfst es uns ruhig sagen, wenn es so ist! Heutzutage ist sowieso alles anders, und uns ist lieber, du sagst es ehrlich, als daß wir herumrätseln müssen.«

Ich seufzte und sagte: »Mama, ich gestehe: Ich küsse lieber einen Mann.«

Sie schlug die Hand vor den Mund: »Du meine Güte, nein! Ist es wirklich so, Max? Sag, daß es nicht wahr ist!«

»Natürlich nicht, und hör auf mit dem Blödsinn!«

»Wirklich nicht, Max?«

»Stell dir nur mal vor, ich wäre wirklich homosexuell – das hättest du gar nicht gerne, oder?«

»Ach ...«

Sie stieß einen Seufzer der Erleichterung aus und schenkte mir Kaffee nach.

»Du trinkst doch noch eine, oder?« fragte sie, als sie eingegossen hatte.

»Jetzt ist die Tasse schon voll.«

»Ein Täßchen ist kein Täßchen.«

Meine Familie hatte es mit Sprichwörtern.

»Mama, du willst doch irgend etwas loswerden.«

»Ich? Wie kommst du darauf? Ich wollte nur ein bißchen mit dir plaudern.«

»Was wolltest du mir denn erzählen?«

»Eigentlich nichts, ich dachte nur: Du hast doch die Tochter von Kleins jetzt so lange nicht mehr gesehen ...«

»Mama!«

»... und sie ist ein hübsches Mädel und hat eine gute Stellung bei ...«

»Mama, Mirjam Klein ist die häßlichste Frau, die ich je gesehen habe!«

»Sie ist keine Schönheit, aber häßlich ist sie nicht!«

»Doch, das ist sie wohl.«

»Nein, ist sie nicht. Ich würde niemals behaupten, daß sie eine Schönheit ist, aber sie sieht nett aus, gib es zu.«

»Nein. Sie ist häßlich.«

»Dann eben nicht.«

»Was?«

»Nichts.«

»Komm, komm, du hattest doch was vor, Mama!«

»Ich hatte gar nichts vor, aber ich bin Frau Klein zufällig bei der Hergo begegnet, und wir kamen ins Gespräch, und man sprach dann so allerlei.«

»Aha, du wolltest mich verkuppeln!«

»Nein, absolut nicht. Aber du könntest doch wenigstens einmal mit Mirjam Klein ausgehen!«

»Zwick mich, ich träume!« sagte ich.

Das mir – einem typischen Amsterdamer Single der Vor-Aids-Zeit, der sich munter aus dem wohlgefüllten Gabenkorb bediente. Die Frauen, die mir über den Weg liefen, ließen sich gerne auspacken, und ich deckte meinen Bedarf an Sex und menschlicher Nähe mit losen Beziehungen, die selten länger als ein paar Wochen dauerten. Mirjam Klein paßte nicht in dieses Muster.

»Ach, du verstehst überhaupt nichts«, sagte meine Mutter. »Ich hab doch bloß gesagt, daß ich zufällig Frau Klein begegnet bin.«

»Du hast mich verschachert.«

»Mit dir kann man nicht reden«, sagte sie wütend und stand auf.

Es war auch höchste Zeit, daß sie die Suppenklößchen rollte, und während sie mir lang und breit die besonderen Vorzüge der Hühnersuppe beschrieb, die schon einen Tag lang auf dem Herd köchelte, formte sie auf einem Holzbrett, vor der Anrichte stehend, die zartesten Klößchen der Welt. Und immer noch schob sie mir schnell und verstohlen eines dieser Bällchen zu, denn sobald ihr Mutterauge meinen tiefen inneren Hunger nach einem Suppenklößchen zu erkennen glaubte, mußte sie in ihrer grenzenlosen Güte das strenge Verbot einfach übertreten, sie konnte nicht anders.

»Mama, hast du eigentlich noch nie selber so ein rohes Klößchen genascht?«

»Natürlich nicht.«

»Warum nicht?«

»Erst wenn sie in der Suppe schwimmen, darf man sie essen.«

»Aber warum nicht vorher?«

»Darum nicht. Das tut man nicht.«

Dies war die Quintessenz der rituellen Verbote: *Das tut man nicht.* Mir wurde klar, daß Fleisch in der Suppe, auch wenn es nur Rindergehacktes war, in der Familie, in der sie als kleines Mädchen aufgewachsen war, ein seltenes Fest darstellte. Diese Armut lag weiter hinter ihr, aber sie konnte sich immer noch nicht erlauben, ein Suppenklößchen zu naschen. Ich aß es auf und küßte sie.

Ein paar Wochen später begegnete ich Esther d'Oliveira. Bei einer Konferenz wurde sie uns als neue Teilhaberin unserer Gemeinschaftspraxis vorgestellt. Sie trug ein einfaches Kostüm und hatte die dunklen Haare aufgesteckt. Sie war groß und schlank und begrüßte selbstsicher der Reihe nach die zwanzig Herren rings um den großen ovalen Tisch. Sie war auf unnachdrückliche Weise schön. Wir standen auf und schüttelten ihr die Hand.

»Esther d'Oliveira, angenehm. Esther d'Oliveira. Esther...«

Als sie zu mir kam, sah ich winzige Schweißtropfen auf ihrer Oberlippe glitzern. Ihr Händedruck war kräftig, ihre Stimme klar. Sie hatte ein schmales Gesicht mit beweglichen, intelligenten Augen. Ihr Mund war im Verhältnis zum Ganzen vielleicht eine Spur zu groß, aber ihre Lippen waren so hübsch geformt, daß ihre Größe den Reiz nur verstärkte.

»Max Breslauer, hallo.«

»Esther d'Oliveira.«

Ich sah, daß ihre Augen rasch mein Gesicht abtasteten, sie zögerte einen Augenblick. Sie war nervös, verbarg es aber meisterhaft.

Als sie meine Hand losließ und meinen Nachbarn begrüßte, war ich überzeugt, daß sie dasselbe fühlte wie ich: Von einer Sekunde zur anderen war mir klargeworden, daß ich sie schon vor dieser Begegnung gekannt hatte, daß ich sie schon liebte, bevor ich geboren war.

Sie nahm zwischen uns Platz, die erste Frau im letzten rein männlichen Anwaltskollegium in Amsterdam, und als sie ihren Stuhl an den Tisch rückte, warf sie mir einen kurzen verblüfften Blick zu. Dann ging die Konferenz weiter.

In der ersten Woche gelang es mir nicht, in ihre Nähe zu kommen. Ich arbeitete mit ein paar Kollegen an der schwierigen Fusion zweier Versicherungsgesellschaften, und wir blieben bis spät in die Nacht hinein schreibend und diskutierend in der Kanzlei. Esther hatte in einem anderen Stockwerk ihr Büro bezogen, und der Zufall spielte nicht mit, weder im Aufzug noch in der Cafeteria. An einem Samstag arbeiteten wir den ganzen Tag durch, und als ich bei Sonnenuntergang nach Hause ging, lief ich Esther unten in der Halle über den Weg.

Ich ging die Marmortreppe hinunter, meine ledernen Schuhsohlen klapperten in exotischem Rhythmus. Als ich sie sah, blieb ich stehen. Sie trug jetzt Jeans und einen weiten Pullover. Sie versuchte, mit zu vielen Ordnern und Mappen das Gebäude zu betreten und hatte sich zwischen der Tür – die sie offenhalten mußte – und dem Aktenberg auf ihrem Arm eingeklemmt. Der ganze Stapel drohte ihr wegzurutschen. Würde sie weitergehen, fiele die Hälfte ihrer Sachen auf den Boden, deshalb stand sie da und wartete hilflos auf einen Passanten.

Sie drehte vorsichtig den Kopf und sah mich mit großen Augen an. Ihr rechtes Bein hatte sie angewinkelt, um den rutschenden Stapel von unten zu stützen, und ich sah, daß sie keine Socken anhatte. Sie trug flache weiße Turnschuhe.

Wir sahen uns an. Wir wußten, hier mußten wir uns begegnen. Hier oder anderswo. Wir wußten, es war Schicksal, daß sie eines schönen Tages in dieser Halle von einem Stoß Aktenordnern gefangengehalten wurde und ich ihr Erlöser sein würde.

Ich blieb noch einen Moment stehen, eine Sekunde, die ein Leben ankündigte, und ich war zu keiner Bewegung imstande, unfähig, den Blickwechsel zu unterbrechen. Sie schaute ernst und streng. Ihre Augen versuchten folgendes auszudrücken: Richtig, ich bin in einer idiotischen Situation, aber glaub ja nicht, daß ich um Hilfe flehe. Wenn es sein muß, bleib ich hier das ganze Wochenende stehen. Und meine Augen sagten: Ich möchte das Tal zwischen deinen Brüsten küssen, deine Hände, deine Ohrmuscheln, überall, wo es dich gibt.

Diese lange Sekunde hatte für mich etwas Zwingendes. Wirklichkeit und Erwartung fielen zusammen, Vergangenheit und Zukunft bildeten eine neue Legierung, die meine Phantasie entzündete.

Plötzlich flackerte Unsicherheit in ihrem Blick auf, ich sah, wie sie schluckte. Ich konnte mich nicht rühren und wartete, ohne es recht zu wissen, auf ihr Zeichen. Ich dachte: »Glückliche Welt, in der sie geboren wurde.« Da rutschten ihr die Mappen und Ordner endgültig aus der Hand und knallten nacheinander auf den Boden, während wir uns weiter anstarrten.

Verlegen und verblüfft fing sie an zu lachen, und auf einmal schrien wir beide vor Lachen. Dann hörte sie plötzlich wieder auf, und unser Lachen erstarb im marmornen Treppenhaus.

Ich machte mich endlich los von meiner Erstarrung vor der Treppe, um ihr zu helfen. Wir sagten nichts. Die Vertraulichkeit des gemeinsamen Lachens hatte uns beide erschreckt. Jetzt mußten wir den Abstand wiederherstellen. Also murmelten wir höflich »Entschuldigung«, wenn wir zufällig denselben Ordner anfaßten und unsere Hände sich dabei berührten. Sie bewegte sich in einem Kokon aus warmer süßer Luft, sie roch nach Eau de Parfum und nach Schweiß.

»Vielen Dank, sehr lieb«, sagte sie.

»Wie bist du eigentlich zu dieser Stelle gekommen?«

»Ich hatte Glück.«

»Gehst du rein oder raus?«

»Rein. Ich fange an.«

»Was, jetzt noch?«

»Meistens arbeite ich samstags nicht vor Sonnenuntergang.«

»Nein?«

»Drückst du mal auf den Knopf?«

Wir stiegen in den Aufzug und schwebten zu ihrem Stockwerk. Sie war verunsichert und wandte nach Sekundenbruchteilen ihre Augen wieder ab.

»Gut eingelebt?«

»Als ob ich schon jahrelang dazugehörte.« Sie betrachtete die Knöpfe auf der Bedienungsleiste. Ich sah an ihren Händen nur einen silbernen Schmuckring.

»Findet es deine Familie nicht ärgerlich, wenn du am Samstagabend arbeitest?«

»Wie bitte?« Sie sah mich kurz an und lächelte. Sie trug eine Zahnspange. Ich schmolz dahin.

»Ich meine: Bist du verheiratet?«

»Nein.«

»Was machst du heute abend?«

»Das, was du hier siehst.«

»Und danach?«

»Danach bin ich müde und gehe ins Bett.«

»Letzte Woche hab ich gar nicht gesehen, daß du eine Zahnspange trägst.«

»Nur am Wochenende und abends. Ich kann sie herausnehmen.« Sie wirkte auf einmal ganz jung, wie ein Schulmädchen.

Die Türen glitten auf, und ich folgte ihr zu ihrem Büro. Verstohlen besah ich ihren Hintern in den engen Jeans. Sie drückte den Lichtschalter mit der Schulter. Sie hatte noch keine Zeit gehabt, dem Zimmer ein persönliches Aussehen zu geben. Ich legte die Sachen auf ihren Schreibtisch. Es war totenstill im ganzen Gebäude. Das Neonlicht ging flackernd an.

»Das war wirklich sehr nett von dir«, sagte sie.

»Nicht der Rede wert.«

Sie fing sofort an, die Mappen und Ordner zu sortieren.

»Leider muß ich direkt an die Arbeit«, sagte sie und wich meinem Blick aus. Ich hörte jetzt, daß die Spange ihre S-Laute leicht verwischte.

»Gehst du morgen auch zu dem Spiel?«

Sie zuckte mit den Achseln, sah mich immer noch nicht an.

»Ich bin nicht so scharf auf Fußball«, sagte sie. »Und wenn ich diese Sache heute abend nicht schaffe, dann auf keinen Fall.«

»Alles Gute«, sagte ich.

Ich ging nach Hause und versuchte, noch etwas zu arbeiten, aber ich konnte meine Gedanken nicht von ihr losreißen. Die Liebeleien, die ich bisher gehabt hatte, waren nur lockere Verzierungen des Lebens gewesen. Was ich jetzt erlebte, war schwer und schicksalhaft. Auf einmal stand ich sehenden Auges vor dem Ende meines leichtsinnigen Singledaseins. Ich mußte immerzu an ihre Stimme und ihr Gesicht denken, sie war mein Schicksal, meine Bestimmung. Ich dachte mir alle möglichen Methoden aus, wie ich mit ihr in Kontakt kommen konnte, und nachts grübelte ich weiter und schlief erst gegen fünf Uhr ein.

Ich schlief mich aus und wurde mit dem Gedanken an Esther wieder wach. Nachmittags ging ich in einem Zweireiher ins Fußballstadion. Unsere Kanzlei war von einem Großkunden zu einem Ajax-Spiel eingeladen worden, das wir uns von der Ehrentribüne aus ansahen. Hinterher tranken wir noch ein Glas in der Bar des Apollo-Hotels, und auf einmal kam Esther dort hereinspaziert. Sie trug das Kostüm, das sie am ersten Tag angehabt hatte, und wurde von ihren Kollegen stürmisch begrüßt. Die Herren bildeten sofort einen Kreis um sie wie ein Rudel Wölfe, das seine Beute umringt. Ich sah, wie sie nach rechts und links nickte, und ihr Lächeln erzeugte sichtlich viele prickelnde Gedanken, denn die Wölfe wurden immer lauter. Ich hielt mich von ihnen fern, und nach einer Viertelstunde erschien sie neben mir an der Bar.

»Gewonnen, was?« sagte sie.

»Ja, schönes Spiel. Schade, daß du es nicht gesehen hast.«

»Ich kenne mich mit Fußball nicht aus«, gestand sie.

»Sollen wir das nächste Mal zusammen hingehen? Dann erkläre ich dir die Feinheiten.«

»Gut«, sagte sie.

»Ich vermisse deine Spange.«

»Ach, das Mistding. Es tut immer weh.«

»Es steht dir so gut.«

»Glaube ich nicht.«

Drei Tage später spielte Ajax im De-Meer-Stadion ein Europapokalspiel, aber sie war mit ihrer Arbeit immer noch nicht fertig, und es dauerte weitere anderthalb Wochen, bis Ajax wieder ein Heimspiel hatte. Diesmal ging sie mit.

Ich hatte eine Flasche Champagner, zwei silberne Löffel und ein Glas mit Beluga-Kaviar in eine Tasche gepackt, und Schulter an Schulter tranken wir die Flasche aus. In der zweiten Halbzeit packte sie bei einer kritischen Situation vor dem Ajax-Tor meine Hand. Der Ball ging über die Seitenlinie ins Aus, und das Stadium seufzte vor Erleichterung, aber auch nachdem die Gefahr gebannt war, hielt sie meine Hand noch fest. Während wir das Spiel verfolgten, streichelten sich unsere Finger, intensiv und verzaubert. Meine Hand lag in ihrem Schoß, im Halbrund ihrer Hände, und sie hatte ihren Mantel drübergebreitet, als ob diese Intimität beschützt werden mußte. Wir wagten nicht, einander anzusehen. Als wir unter den Allerletzten das Stadium verließen und auf der Treppe in den Gewölben unser Verlangen nicht mehr zügeln konnten, umarmten wir uns und tauschten den ersten aufgeregten Kuß.

Sie wohnte damals in einer einfachen kleinen Wohnung an der Looiersgracht. In ihrem Bett hielten wir die Zeit an.

Esther war die Tochter eines hohen Beamten, Sproß einer angesehenen sephardischen Familie, und ihre Mutter entstammte demselben großbürgerlichen jüdischen Milieu. Ihre Familien besaßen richtige Chroniken; meine Vorväter waren gesichts- und namenlos.

Die D'Oliveiras waren 1496 aus Portugal geflohen. Es waren wohlhabende und gebildete Kaufleute, und während des 16. Jahrhunderts zogen mehrere Generationen von ihnen über die Handelsstraßen rund ums Mittelmeer auf der Suche nach einem neuen Vaterland. Zu Beginn des 17. Jahrhunderts kamen sie über Antwerpen nach Amsterdam und ließen sich dort nieder. Jeder Sproß hatte seine eigene Tafel im Stammbaum. Die sephardischen Juden heirateten vorwiegend untereinander, und so wurde die spanisch-portugiesische Kultur jahrhundertelang aufrechterhalten. Esther entstammte einem Geschlecht von Ärzten, Verlegern, Druckern und erfolgreichen Kaufleuten; meine

Vorfahren waren unbekannte fahrende Händler, Marktschreier, Betrüger und arme Schlucker.

Ihre Eltern ließen sich scheiden, als Esther drei Jahre alt war, zwei Jahre später heiratete ihre Mutter wieder. Aber auch diese Ehe war nicht von Dauer, und Esther erlebte eine zweite Scheidung, diesmal mit sieben.

Sie selbst war auch verheiratet gewesen. Ihr Exmann war ein Musiker mit Alkoholproblemen, ein brillanter Cellist, der im Concertgebouworchester ohne Aussicht auf eine Solokarriere gestrandet war. Er hatte zwei Selbstmordversuche hinter sich. Ungefähr einen Monat, bevor Esther in die Kanzlei Goudsmit eintrat, war die Scheidung ausgesprochen worden.

»Ich weiß nicht, wie es weitergehen soll, Max. Diese Liebe kommt zu früh.«

Wir lagen unter einem neuen Deckbett in ihrer Wohnung an der Gracht. Sie wohnte in einem einzigen großen Raum mit Küche und Dusche, den sie mit ein paar eleganten Sachen wohnlich gemacht hatte. Ihr Bett stand hinten an der Wand, ein kahler Holzrahmen mit einer schmalen Matratze. Zaghaft schimmerte der neue Tag hinter den Fenstern. Es war der erste Morgen, den wir gemeinsam anbrechen sahen.

»Wann weiß man das schon… So etwas überfällt einen einfach, glaube ich. Es folgt eigenen Gesetzen, aber ich weiß nicht, welchen.«

»Ernst ist noch so anwesend«, sagte sie. »Er sitzt noch in mir. Nicht in meinem Gefühl, aber in meinem Kopf.«

»Wir werden sehen«, sagte ich. Sie küßte mich, und wir kamen zu spät in die Kanzlei.

Zwei Tage später trafen wir uns wieder, und das folgende Wochenende verbrachten wir gemeinsam. Die seltsame Empfindung von damals, als ich sie zum ersten Mal sah, hielt an: Mein Leben lang hatte ich auf sie gewartet. Wir sprachen miteinander, als ob wir schon seit Jahren dieselben Worte verwendeten, wir streichelten uns, als ob wir uns schon Jahre liebten, wir sahen die Welt mit denselben Augen. Nachts schliefen wir ununterbrochen in enger Umarmung, und dasselbe Gefühl zeitloser Erkenntnis verband uns. Unsere Liebe und Freundschaft ähnelte dem Gefühl, das Kinder füreinander empfinden können, bevor Rost und Schmutzschichten des Lebens es zudecken: so bedingungslos und so total. Esther war meine Geliebte, meine Freundin, meine Mutter, meine Schwester, meine Göttin, meine Gegnerin, meine Verbündete, meine Lebensgefährtin.

Eines Abends rief sie mich an. Ich saß genau wie sie zu Hause am Schreibtisch. Ich hatte sie meinen Eltern noch nicht vorgestellt, und wir hatten auch noch keine Zeit gehabt, uns eine gemeinsame Wohnung zu suchen.

»Ernst ist gerade hier gewesen«, sagte sie. Ich hörte, daß sie geweint hatte.

»Er war betrunken und wütend. Er sagte, ich hätte ihn reingelegt, er hätte die Scheidung gar nicht gewollt.«

»Hast du Angst? Dann komm zu mir.«

»Nein, ich darf mich davon nicht unterkriegen lassen.«

»Soll ich zu dir kommen?«

»Nein, lieber nicht. Es geht ihm schlecht. Ich weiß nicht, was ich tun soll, Max. Ich fühle mich so schuldig.«

»Du bist nicht schuld an seinem Schicksal. Er war schon labil, bevor du ihm begegnet bist.«

»Ja, aber ich brauchte jemanden, der mich brauchte. Ich wollte ihm helfen, aber ich habe versagt.«

Sie fing an zu weinen.

»Ich komme zu dir.«

Ernst hatte bereits damit begonnen, die Wohnung zu verändern. Er hatte Stühle zertrümmert, den Pflanzentisch zerschlagen, ein Bild von der Wand gerissen, Bücher im Zimmer herumgeworfen, Blumentöpfe in Scherben geschmissen, die Blumenerde lag über den Fußboden verstreut. Esther saß still in der Ecke hinter ihrem Bett.

Die Trennung von Ernst dauerte länger als die Scheidung.

Wir fanden gemeinsam eine neue Wohnung an der Brouwersgracht. Sie behielt das Appartement an der Looiersgracht, »weil ich doch irgendwo ein Fleckchen für mich haben muß« – tatsächlich aber, weil sie Ernst die Illusion nicht rauben wollte, sie wohne dort immer noch allein. Ich wußte, daß sie ihn ab und zu sah und daß sie telefonierten, aber wenn ich darüber reden wollte, wurde sie verlegen und leugnete, zu ihm Kontakt zu haben. Eines Tages erwischte ich sie in der Brasserie Van Baerle. Sie saß jemandem gegenüber, den ich sofort als Ernst Cohen identifizierte, einen mageren Mann mit schwerer Brille und feurigen Augen, die verrieten, wie verbittert er gegen die böse Welt kämpfte. Ich machte sofort kehrt und rief aus einer Telefonzelle am Roelof-Hartplein meine Verabredung in der Brasserie an. Ich behauptete, ich hätte mich verspätet und bat, den Termin zu verschieben. Ich wollte nicht, daß Esther sich in die Ecke gedrängt fühlte.

Abends erzählte sie mir nichts von diesem Mittagessen, und ich begriff, wie schwierig die Schlacht war, die sie auszufechten hatte.

Ich nahm Esther mit nach Hause und stellte sie meinen Eltern vor, die entzückt waren von der Prachtfrau, die da plötzlich an meiner Seite erschien. Esther hatte ich erklärt, daß sie das Herz meiner Eltern nur über den Magen erobern konnte. Die Spezialitäten meiner Mutter, nämlich Hühnersuppe und Kroketten, mußten in ungeheuren Mengen vertilgt und anschließend stundenlang gepriesen werden.

»Na, wie schmeckt es?« fragte mein Vater, als Esther den ersten Löffel zum Mund führte.

»Papa, sie muß doch erst probieren!« wies ich ihn zurecht.

»Ach, bei dieser Suppe *sieht* man, wie sie schmeckt«, zog er sich aus der Affäre. Wir aßen am Eßtisch im Wohnzimmer, was etwas Besonderes war; zum letzten Mal war dies an Boys Bar-Mizwa passiert. Boy saß jetzt neben meiner Mutter und lächelte Esther ermutigend zu. Eine gigantische Suppenterrine stand auf dem Tisch, groß genug für die Speisung von Buitenveldert samt Umgebung.

»Köstlich, Herr Breslauer«, sagte Esther mit aufrichtigem Lob. Ihre Wohlerzogenheit glänzte bei uns am Tisch wie ein seltener Diamant. Generationen kultivierter und gelehrter D'Oliveiras vereinigten sich in Esther. Ein paar Jahrhunderte Armut und Sorgen hatten zu den Breslauers geführt.

Sie war das Schönste, was ich meinen Eltern zu bieten hatte.

»Anne, hörst du?« Mit dem Handrücken klopfte er meiner Mutter auf den Oberarm. Dies waren die schmerzlosen, aber sehr irritierenden Begleiter seiner Worte. Meist waren es drei kurze Klapse, mit denen er eine besonders aufsehenerregende Aussage vorbereitete.

»Köstlich, sagt sie. Und sie hat recht. Du kochst göttlich, ja das tust du.«

Mein Vater sprach sehr versiert in der dritten Person von Menschen, die persönlich anwesend waren, aber aus irgendeinem Grund – G'tt weiß, warum – nicht direkt angesprochen werden durften. Er klopfte meiner Mutter wieder auf den Arm und zeigte auf Esther.

»Anne, siehst du, wie sie ißt? Die kann essen!«

Meine Mutter strahlte, und Esther aß soviel wie sonst in einer ganzen Woche nicht. Zwei Teller Suppe und sechs Kroketten. Ich sah, wie sie sich abplagte, und fühlte bedingungslos eine unendliche Liebe zu ihr in meiner Brust.

»Schmecken sie dir etwa nicht?« hatte meine Mutter besorgt gefragt, als Esther schon fünf Kroketten gegessen hatte. Boy stand jetzt in der Küche am Herd und frittierte die nächste Portion, eine überaus heikle Angelegenheit, um mit meiner Mutter zu sprechen, die allerhöchstes Einfühlungsvermögen verlangte. Boy mußte gewissermaßen selbst zur Krokette werden, um die Frittierzeit im heißen Ochsenfett auf die Sekunde genau zu bestimmen.

»Sind sie denn noch nicht fertig?« schrie mein Vater.

»Nein! Noch nicht! Noch anderthalb Minuten!«

»Er weiß, was die Krokette will«, sagte mein Vater todernst und ohne jede Ironie. Esther warf mir einen Blick zu. Mein lieber Freund.

»Sie schmecken mir wunderbar, Frau Breslauer. Aber es ist recht fett«, sagte Esther.

»Fett?« fragte mein Vater mit seinem mir wohlbekannten Unterton von rasch anschwellender Entrüstung. Dies war eine Bemerkung, die mißverstanden werden konnte, sich womöglich zu jahrelanger Feindschaft auswuchs, wenn ich nicht schleunigst eingriff.

»Aber Mama, sie hat schon zwei Teller Suppe gegessen. Es kann doch nicht jeder immer so viel essen wie wir.«

»Wir essen nicht viel, wir essen *gut*«, behauptete mein Vater.

»Wenn's einem schmeckt, dann ißt man doch immer weiter, oder nicht? Hauptsache, man hat einen vollen Bauch, nicht wahr, liebe Esther? Dann muß man an diesem Tag wenigstens nicht mehr Hunger leiden«, sagte meine Mutter, als ob die Kosaken vor den Toren von Amsterdam stünden und wir nicht wüßten, was wir morgen auf den Tisch bringen sollten. Sie nickte Esther aufmunternd zu.

»Liebe is wie butter, sie is gut zu brod«, dozierte mein Vater.

Esther schaute mich fragend an. Jiddisch ist die Sprache der Ostjuden, in ihren vornehmen sephardischen Kreisen kannte man es nicht. Die Sepharden hatten ihre eigene Sprache, das *Ladino*, ein mittelalterliches Spanisch.

»Liebe ist wie Butter, sie schmeckt gut zu Brot«, übersetzte ich. »Papa, diesen Spruch kannte ich ja noch gar nicht.«

»Ach, du kennst noch so vieles nicht«, sagte er. *»Zores mit supp is geringer zu vertrogn wie zores on supp.«*

»Das verstehe ich«, rief Esther. »Zores mit Suppe erträgt sich leichter als Zores ohne Suppe!«

»Sie ist ein Genie«, sagte mein Vater gerührt und schlug auf den Arm meiner Mutter. »Hörst du das, Anne? Sie versteht genau, was ich sage.«

Boy kam mit einer neuen Ladung Kroketten herein. Esther nahm als geduldige und liebevolle Märtyrerin heroisch noch eine davon.

»Laß es dir schmecken, mein Mädchen«, sagte meine Mutter wohlwollend. »Man weiß nie, was morgen sein wird.«

»Morgen ist auch noch ein Tag«, versuchte ich es mit einem Sprichwort.

»Kunststück«, sagte mein Vater, selbständiger Firmeninhaber, Besitzer von neunundzwanzig Geschäften und Multimillionär, »aber was für einer? Das weiß niemand. *Got is einer, was er tut, seht keiner.*«

»Allein G'tt ist der Herr«, übersetzte ich, »niemand sieht, was er macht.«

Sie nickte und kaute mühsam.

»Esther, wenn du nicht mehr kannst, laß es einfach stehen«, sagte Boy besorgt.

Ein Sturm der Entrüstung brach über ihn herein.

»Sie findet es *köstlich*!« rief mein Vater. »Laß sie in Ruhe! Ihr schmeckt es, und du willst es ihr vermiesen!«

»Es schmeckt dir doch wirklich, Esther, oder nicht?« fragte meine Mutter, maßlos gespannt auf die unbekannte Antwort.

»Köstlich, Frau Breslauer.«

»Wollt ihr, daß sie sich hier am Tisch übergibt?« fragte ich.

»Also wirklich«, sagte mein Vater, »dieser Knabe hat kein Benimm. Wer sagt denn so was beim Essen?«

Und wer läßt immer Fürze nach dem Essen? dachte ich. »Sie verdirbt sich den Magen«, sagte ich laut.

»Wieviel hast du schon verputzt?« fragte er mich.

»Sechs. Aber ich bin's gewöhnt.«

»Sie doch auch. Oder nicht, Esther?«

»Ich finde sie köstlich«, sagte sie mutig.

»*Hörst* du das?« Mein Vater wandte sich an meine Mutter und bearbeitete ihren Oberarm mit zornigen kleinen Schlägen. »Hörst du, was sie sagt? *Köstlich* sagt sie!« Er wandte sich nun zu mir. »Soll ich dir das übersetzen, oder verstehst du noch normale Menschensprache? Du siehst doch, daß sie in ihrem Leben noch nie etwas so Raffiniertes gegessen hat. Also langt sie einmal im Leben kräftig zu, und das darf sie auch, denn ein bißchen Fett auf den Rippen kann sie schon vertragen, und dann kommst du und vermiest es ihr durch einen so schmutzigen Ausspruch! Also das kann ich dir sagen: Niemand, aber auch niemand hat sich je übergeben nach einem Essen von deiner Mutter, und ich hab auch nie jemanden klagen hören, daß es zu fett oder zu schwer gewesen sei, und ich versichere dir…« – er piekte, um seinen Worten Nachdruck zu verleihen, eine weitere Krokette aus der Schale, die Boy hereingetragen hatte – »daß hierfür ausschließlich die besten Rohstoffe verwendet werden.«

»Simon, das ist deine neunte, du mußt aufhören«, fand meine Mutter, »du verdirbst dir gleich den Magen.«

Er hörte nicht auf sie und fing an, verbissen loszuschmatzen.

»Hier, sieh mal«, sagte er und deutete mit seinem Messer auf die durchgeschnittene Krokette, »reines Rindfleisch, Rinderbouillon und Mehl. Hier ist nichts drin, was nicht reingehört. Ist das köstlich!«

Dabei zog er ein Gesicht, auf dem sich gleichzeitig himmlisches Entzücken und tiefste Qual spiegelten. Ich kannte die verschiedenen Phasen, wir erreichten jetzt die Phase der hemmungslosen Wut auf das Essen.

»Ist das nicht köstlich«, sagte er mit gerunzelten Brauen und schüttelte dabei empört den Kopf. »Ich habe überhaupt noch nie etwas so Leckeres gegessen, das schwöre ich.«

Er schloß die Augen und konzentrierte sich ganz auf seinen Mund. Er schmeckte jetzt mit jeder einzelnen Papille.

»Man glaubt nicht, wie köstlich das ist. G'tt, was ist das köstlich.«

Dann seufzte er und machte die Augen wieder auf, sie füllten sich mit Haß. Er starrte auf den Rest seiner Krokette.

»Das ist nicht mehr normal«, sagte er. »Das kann man kaum aushalten.«

Und als ob er seinem Leiden ein Ende machen wollte, stopfte er das letzte Restchen in den Mund.

»Wie kann jemand so etwas Köstliches zubereiten?« fragte er wieder mit geschlossenen Augen. »Wie ist das um Himmels willen möglich?«

Meine Mutter beugte sich zu Esther hinüber.

»Das Fleisch ist von Meijer«, sagte sie, als ob sie nach reiflicher Überlegung beschlossen hätte, ein Staatsgeheimnis zu verraten. Eines stand fest: zu Esther hatte sie volles Vertrauen.

Nun lächelte mein Vater. Er rutschte tiefer in den Stuhl und legte entspannt den Kopf in den Nacken.

»Das Fleisch ist von Meijer«, sagte er mit himmlischer Zufriedenheit, »aber die Kunst, die ist von dir.«

Zärtlich kniff er meine Mutter in die Hand.

»Liebe«, sagte Esther, als wir zurückfuhren, »deine Eltern wissen, was Liebe ist.«

»Sie drücken dich so fest an sich, daß du fast erstickst«, erklärte ich. »Was hab ich sie früher verflucht.«

»Meine Mutter war berufstätig. Wir sahen sie wenig. Ich bin von Kindermädchen erzogen worden.«

Sie nahm mich mit zu ihrer Mutter, einer schlanken, intelligenten Frau, die mit fünfundfünfzig, nachdem ihre drei Töchter aus dem Haus waren, angefangen hatte, Niederlandistik zu studieren. Sie war fast genau so groß wie Esther, und jede ihrer Bewegungen war anmutig. Sie erinnerte mich an ein Foto von Virginia Woolf, das ich einmal auf der Rückseite eines Buches gesehen hatte. Zwischen meinen Eltern und ihr lagen Welten. Sie wohnte außerhalb von Amsterdam in einem herrlich gelegenen Haus an der Amstel, nicht weit von Ouderkerk, verbrachte ihre Tage mit Schreiben und gab sich ihrem sonderbaren Interesse am Okkulten und an der Seelenwanderung hin.

Wir besuchten sie regelmäßig, und ich fühlte mich in dem parkähnlichen Garten zu Hause. Wenn das Wetter schön war, aßen wir unter Bäumen, Esthers jüngere Schwestern setzten sich zu uns an den Tisch, und die

Abendstunden verstrichen heiter und gelassen. Wenn wir keine Lust hatten, zurückzufahren, blieben wir über Nacht in einer kleinen Dachstube, Esthers früherem Zimmer, und liebten uns unter dem Dach aus dem 18. Jahrhundert sanft oder feurig und schliefen den Schlaf der glücklichen Verliebten in inniger Umarmung.

Ernst blieb für Esther ein Problem. Er war eine Erblast, die sie in aller Stille tragen wollte, und die paar Male, die sie überhaupt bereit war, über dieses Thema zu sprechen, flehte sie mich an, die Sache ruhenzulassen.

»Wir können doch darüber reden?« versuchte ich weiter. »Warum tust du immer so geheimnisvoll dabei?«

»Weil es weh tut. Weil es Zeit braucht.«

»Ich kann dir helfen.«

»Nein. Das kannst du nicht. Ich muß das Problem lösen.«

»Offensichtlich geht das nicht.«

»Laß mich doch, um Himmels willen.«

Wenn wir zu Hause an der Brouwersgracht arbeiteten oder im Garten bei ihrer Mutter in Liegestühlen in der Sonne schmorten, fühlten wir uns so nahe und wohl wie Blutsbrüder. Wir hatten dieselbe Seele, auch wenn wir sie nicht beschreiben konnten.

Auf der Straße war sie oft ängstlich und fürchtete eine zufällige Begegnung mit Ernst. Dann war sie verkrampft und stachelig, gehetzt von Schuldgefühlen, weil sie ihn nicht glücklich hatte machen können.

»Wie lange soll das noch so weitergehen, Esther? Du machst dich damit kaputt. Es macht uns beide kaputt. Wovor hast du bloß solche Angst?«

»Ich möchte nicht darüber reden.«

»Aber ich.«

»Max, hör auf, mich zu drängeln. Es bedeutet gar nichts.«

»Ach nein? Und warum benimmst du dich dann so neurotisch? Bitte, es hat doch keinen Sinn zu leugnen; was ist hier eigentlich los?«

Sie ging aus dem Zimmer und nahm einen Koffer voller Arbeit mit an die Looiersgracht.

Ein andermal, als sie schnell den Hörer auflegte, als ich überraschend nach Hause kam, fing sie zu weinen an, als ich fragte, mit wem sie telefoniert habe.

»Mit niemandem«, sagte sie.

»Gib doch zu, daß du mit Ernst telefoniert hast.«

»Ich telefoniere nicht mit Ernst!«

»Mit wem dann?«

Sie wollte nicht antworten.

Abends fragte ich sie, warum sie solche quälenden Schuldgefühle habe.

»Ich habe keine Schuldgefühle.«

»Wie bezeichnest du es denn dann?«

»Max, wann kapierst du endlich, daß du darüber nicht reden sollst? Es ist keine Sache, die zwischen uns steht. Es ist meine *Vergangenheit. Meine* Misere.«

»Ernst weiß immer noch nicht, daß du hier wohnst, oder?«

»Doch, das weiß er«, sagte sie nervös.

»Nein, weiß er nicht. Du tust so, als ob du immer noch allein an der Looiersgracht wohntest, er denkt, er könnte die Beziehung noch retten.«

»Wir sind geschieden!«

»Aber er möchte noch einmal von vorne anfangen.«

»Er weiß doch, daß ich mit dir zusammen bin.«

»Das glaube ich nicht.«

»Da irrst du dich gründlich.«

»Hast du es ihm denn jemals gesagt?«

»Ich sage dir doch, er *weiß* es!«

»Aber hast du es ihm jemals deutlich gesagt?«

»Laß mich das ruhig auf meine Art machen.«

»Deine Art verursacht eine stinkende Wunde.«

Sie krümmte sich zusammen, als ich das sagte. Ich hielt sie fest, und sie vergrub ihr Gesicht in den Händen. Sie hatte mädchenhafte Finger, glatt und zart und unschuldig, als hätten sie noch nie etwas Schmutziges oder Schmieriges berührt.

»Er zerbricht daran«, flüsterte sie. »Ich habe solche Angst, daß er sich wirklich etwas antut. Ich trau mich nicht, es ihm zu sagen.«

Zwei Jahre lang kämpften wir uns durch den Dschungel ihrer Vergangenheit. Aber wir waren zusammen, nahtlos und vorbehaltlos verbunden, und alles, was wir taten, betrieben wir mit vollem Einsatz. Jeder nahm Anteil an den Problemen des anderen, und wir konnten uns über minimale Details tagelang hitzig streiten, bis wir erschöpft und zufrieden über unsere Ebenbürtigkeit – denn wir waren einander ebenbürtig, wetzten unsere Messer aneinander, korrigierten uns gegenseitig, kämpften verbal bis an die Grenzen unserer Fähigkeiten, wurden aber niemals bitter – darangingen, ein Essen zu kochen oder beschwingt über die Keizergracht zu unserem Lieblingsrestaurant in die Reestraat tanzten.

Eines Tages saß ich im Büro und arbeitete. Ich hatte gerade einen Klienten bei mir, mit dem ich einen Vertrag durchging, als Esther plötzlich ohne anzuklopfen die Tür öffnete. Sie war leichenblaß, und ihr Gesicht war maskenhaft gespannt.

»Verzeihung«, sagte sie, als sie den Besucher sah, und machte die Tür sofort wieder zu. Ich entschuldigte mich und ging ihr nach. Sie war auf dem Weg nach draußen. Ich rief, aber sie hörte mich nicht und verließ das Gebäude. Ich rannte hinterher und packte sie draußen auf dem Bürgersteig an der Jacke.

»Esther! ESTHER! Was ist los? Warum rennst du so aus dem Haus?«

»Er hat's getan«, sagte sie trocken. Ihre Lippen zitterten. Sie riß sich los und ging weg. Wieder setzte ich ihr nach und hielt sie fest.

»Esther, wo gehst du jetzt hin?«

»Sein Bruder hat angerufen. Ich muß hin.«

Sie wollte wieder davonlaufen, aber ich hielt sie an den Schultern fest.

»Es ist nicht deine Schuld! ESTHER! Es ist nicht deine Schuld! Das Leben war ihm einfach zu schwer! Du darfst nicht die Verantwortung dafür übernehmen! Hörst du mir zu?«

Sie nickte und wich meinem Blick aus.

»Laß mich mal machen«, sagte sie.

»Kommst du danach wieder hierher?«

Sie schüttelte den Kopf. »Ich habe alles abgesagt. Wir sehen uns heute abend.«

Sie war schon zu Hause, als ich aus dem Büro kam, und

erzählte gelassen, was geschehen war. Ernsts Mutter hatte ihre Beileidsbezeugungen nicht annehmen wollen.

»Es ist deine Schuld«, hatte die Frau geweint, »wenn du ihn nicht verlassen hättest, wäre dies nicht passiert.«

Esther hatte sich völlig unter Kontrolle, und ich hoffte, sie hätte auch die Kraft, um diesen Schicksalsschlag zu tragen. Sie war in der Lage, die Worte von Ernsts Mutter zu wiederholen, übersah das Schlachtfeld – so dachte ich – und konnte sich offensichtlich erst jetzt, nachdem das Gefürchtete passiert war, von ihren Ängsten befreien. Sie weinte viel an diesem Abend, aber sie sprach sich aus, redete über die Jahre mit Ernst und dessen Unfähigkeit, sein Talent und seine Erwartungen in ein vernünftiges Verhältnis zu bringen. Sie erzählte, wie Ernst immer verbitterter wurde und Esther zunehmend in seine Kämpfe mit Impresarios und Plattengesellschaften einbezog. Er verlor, während sich Esther zu einer gewieften Anwältin entwickelte. Er hatte früher schon zweimal versucht, sich umzubringen, einmal mit Schlafmitteln, das zweite Mal schien es ein Unfall (aber Esther behauptete, er sei einfach vor einen Bus gelaufen), und der dritte Versuch hatte geklappt. Ernst hatte in seiner Wohnung in der Valeriusstraat zwei Flaschen Wodka leer getrunken, hatte sein Cello mittendurchgesägt und war dann vollbekleidet in die Badewanne gestiegen, »so eine alte, gußeiserne Wanne auf Beinen«, erzählte Esther. In einem billigen Anzug von Peek & Cloppenburg hatte er sich im lauwarmen Wasser die Pulsadern aufgeschnitten.

Wir gingen zusammen zum Begräbnis. Ernsts Mutter wich ihr aus, aber die übrige Familie warf ihr nichts vor, und wir sagten an seinem schmucklosen Grab Kaddisch. Juden werden in einem schlichten Leinenhemd begraben, in einem Sarg aus rohem Holz. Weder Musik noch Blumen. Mein Vater liegt jetzt bei ihm in der Nähe.

»Hast du das schon einmal erlebt?« fragte sie. »Jemand, mit dem du geschlafen hast und dessen Körper jetzt unter der Erde liegt?«

Sie hatte bereits einen gewissen Hang zu den jüdischen Ritualen und hielt sich wo immer möglich an die Sabbatruhe. Wir gingen dann nicht einkaufen, arbeiteten nicht und hatten unseren Sonntag einfach um einen Tag vorverlegt. Am Samstag nach der Beerdigung wollte sie plötzlich in die Synagoge. Das erste Mal ging ich mit, weil ich das Gefühl gut kannte, das sie ergriffen hatte. Wir blieben bis zum Schluß des Gottesdienstes in der portugiesischen Synagoge am Meester-Visser-Plein, und auf dem Rückweg erzählte sie mir im Auto, daß sie Trost gefunden hatte.

»Komisch, was?« sagte sie.

»Nein«, sagte ich, »ich finde das nicht komisch.«

»Mir fiel eine ganze Menge wieder ein. Dir auch?«

»Ich habe alles vergessen. Sieben Jahre lang Hebräisch gelernt und jüdischen Unterricht gehabt, aber alles ist weg. Ich dachte mir schon, daß das bei euch anders ist.«

»Bei euch?«

»Den Portugiesen.«

»Seit wann ist das euch?«

Sie ertappte mich bei dem unterschwelligen Minderwertigkeitsgefühl von Juden sogenannter »hochdeutscher« Abstammung, diesen armen Schluckern aus Mittel- und Osteuropa.

»Ich glaube, ich habe das gesagt, weil meine Eltern früher immer zu den portugiesischen Juden aufgesehen haben. Die waren immer reicher und kultivierter. Der jüdische Adel.«

»Plagt dich das heute noch?«

»Nicht daß ich wüßte. Aber Reste davon haben sich bestimmt erhalten. Konntest du noch lesen?«

»Das ging noch ziemlich gut«, sagte sie stolz.

Am Samstag darauf ging sie wieder hin.

Sie wurde gläubig. Oder vielleicht war sie schon gläubig gewesen und hatte nur noch nicht die Katastrophe erlebt, die dafür sorgte, daß ihre Sehnsucht nach einem Ritual die Oberhand über die herrschenden Konventionen ihrer Zeit und ihres Milieus gewann. Ihre Mutter hatte ja dasselbe Bedürfnis nach absoluten Antworten. In ihrem stattlichen Haus an der Amstel lagen oft die merkwürdigsten Bücher herum, Schriften über Geister, Wünschelruten, Hexen, Kabbala, aber Esthers Mutter hatte die Stärke, über ihren eigenen Spleen die Achseln zu zucken.

»Das Hobby einer Verzweifelten«, konnte sie lachend sagen.

Esther nahm Unterricht und vertiefte sich in die Regeln jüdischer Haushaltsführung. Sie ging von da an jeden Sabbat in die Synagoge und nahm sich an jüdischen Feiertagen frei. Monate verstrichen, aber unweigerlich kam der Tag, da sie bei uns die koschere Küche einführen wollte. Sie wollte dem *Kaschrut* folgen, dem jüdischen Speisegesetz.

»Aber wie stellst du dir das vor?« fragte ich. »Wir haben doch keinen Platz für zwei Küchen.«

»Wir können mein Arbeitszimmer umbauen.«

»Und wo arbeitest du dann?«

»An der Looiersgracht.« Sie hatte die Wohnung dort immer noch behalten, als ob Ernst über seinen Tod hinaus im Glauben gelassen werden müßte, daß sie allein wohnte und mit keinem anderen Mann das Bett teilte.

»Ich finde das ein bißchen meschugge«, sagte ich.

»Ich weiß, daß du an nichts glaubst, aber tu es dann wenigstens, weil es gesünder ist.«

»Was ist gesünder?«

»Wir trennen Milch und Fleisch.«

»Ich habe mein Leben lang mittags Brötchen mit Fleisch gegessen und dazu ein Glas Milch getrunken.«

»Das geht doch nicht«, sagte sie. »Ich habe auch nicht koscher gegessen, aber man kann doch nicht einfach ein Glas Milch zum Fleisch trinken. Tee oder Kaffee ja, aber keine Milch.«

»Warum nicht? Esther, es sind Wüstenregeln. Schau mal aus dem Fenster, siehst du Sandhügel? Worin verrennst du dich bloß?«

»Ich will es. Es ist gut so. So empfinde ich das. Gut. Du mußt eine Stunde warten, bevor du Milch trinken darfst.«

Ihr Arbeitszimmer wurde Küche, wir kauften eine zweite Geschirrspülmaschine und eine komplette zweite Kücheneinrichtung und Besteck und Teller und Schüsseln, und wir ließen unsere Wohnung von einem Rabbi *kascheren*, für koscher erklären. Wir kauften bei Mouwes und Meijer ein, und im Restaurant aß sie nur noch vegetarisch.

Ich fand mich damit ab, daß sie in den Schoß der Tradition zurückkehrte, weil es unser Zusammenleben weiter nicht störte. Ich mußte auf eine große Anzahl neuer Regeln achten, aber wir blieben die glückliche Zweieinheit, zu der wir vor ihrer Rückkehr zum Glauben ihrer Vorväter verwachsen waren.

Wir machten Urlaub in Jerusalem. Wir berührten die Felsquader der Klagemauer, die von Millionen Händen glattgeschliffen waren. Sie stand bei den Frauen, ich bei der Männerabteilung, und ich sah, wie sie einen Wunschzettel in eine Spalte zwischen den Quadern steckte, ein abergläubischer Brauch der Frommen.

Als wir später durch die Gassen der Altstadt gingen, fragte ich, was auf dem Zettel gestanden habe.

»Ich habe da keinen Zettel hineingesteckt.«

»Aber ich hab's doch gerade gesehen, Liebes.«

»Nein.«

»Ach. Dann habe ich mich geirrt.«

Wir machten Ausflüge, und beim Besuch von Massada band sie sich ein Kopftuch um. Der Wüstenwind pfiff dort kräftig, und ich dachte mir weiter nichts dabei. Ein paar Stunden später, unterwegs im warmen Bus nach Barscheba, trug sie den Schal noch immer, und ich wollte ihn ihr abnehmen.

»Nein, laß nur«, sagte sie mit einem lieben Lächeln.

»Ist dir nicht furchtbar heiß?«

»Ach, es geht.«

Jetzt wurde mir klar, daß sie ihren Kopf bedeckt halten wollte wie eine richtige Orthodoxe. Als wir zurück in Holland waren, glitt sie trotz unserer Verbundenheit immer weiter von mir und meiner Welt weg.

Auf der Straße behielt sie ihr Kopftuch um. Sie fing an,

auf mich einzureden, die *Halacha*, das jüdische Gesetz, genauer zu befolgen, und wollte, daß auch ich in die Synagoge ging und die jüdischen Feiertage einhielt. Eines Tages war sie nicht zu Hause, als ich spät vom Büro heimkam. Ein Zettel lag da: *Ich bin an der Looiersgracht, ruf mich an*. Ich rief sie an.

»Was tust du denn an der Looiersgracht?«

»Ich habe meine Tage.«

»Na und?«

»Ich bin unrein in dieser Zeit, ich bin *nidda*.«

»Mach keinen Blödsinn und komm nach Hause.«

»Ich tue, was ich für wichtig halte! Du sollst nicht so mit mir reden.«

»Bitte, Esther, das geht zu weit. Es ist noch gar nicht so lange her, da haben wir es in dieser Zeit miteinander getrieben. Du warst dann oft so erregt, wegen der Hormone oder so.«

»Dafür schäme ich mich jetzt, es war Sünde.«

»Eine angenehme Sünde.«

»In der Thora steht, daß man dafür *Karet* bekommt.«

»Was ist das?«

»Deine Seele wird vom jüdischen Volk abgeschnitten.«

»Das ist ja bekloppt.«

»So darfst du nicht mehr reden, Max.«

»Was ist bloß mit dir los, mein Kind?«

»Ich will nach der *Halacha* leben. Nach dem Gesetz.«

»Warum denn?«

»Weil ich daran glaube. Es hilft mir.«

»Wann sehen wir uns wieder?«

»Wenn ich in der *Mikwe* gewesen bin.«

Sie meinte das jüdische Bad, wo sie nach der Menstruation ein rituelles Reinigungsbad nehmen wollte.

»Esther, ich glaube wirklich, daß du übertreibst.«

»Nein. Das ist erst der Anfang.«

»Aber du mußt dich doch nicht ganz zurückziehen? Du kannst doch hier zu Hause sein?«

»Du darfst mich nicht berühren. Aber ich weiß ganz genau, daß du es doch tust, und ich würde dich nicht davon abhalten, ich kenne mich. Also komme ich nicht, ich muß mich vor meiner eigenen Schwäche schützen.«

»Warum machst du das? Geht das nicht sehr weit, was du da tust?«

»Ich brauche das, Max. Laß mich nur machen, ich schade doch keinem Menschen damit, ich mache es nur mir selber schwer.«

»Aber ich muß die Sache ausbaden. Du willst, daß ich dabei mitmache.«

»Ja.«

»Ich kann dir da nicht mehr folgen, Liebes.«

»Es würde dir auch helfen, Max.«

In der ersten Nacht nach ihrer Rückkehr liebten wir uns geduldig und neugierig und mit endloser Gier.

Aber sie glitt immer weiter weg von mir und begann, abends den Talmud zu studieren, das Herzstück des Judentums, eine gewaltige Sammlung von Kommentaren, Legenden, Philosophie, Paradoxen, Geschichte, Wissenschaft, Anekdoten und Humor; redigiert und erläutert von den Rabbinern vieler Generationen. Talmud heißt Studium, und Esther studierte. Wir gingen kaum noch aus, Freunde zogen sich langsam wegen ihrer Bekehrung zurück, und nach einem Jahr war sie eine Stubengelehrte geworden, die die zweieinhalb Millionen Wörter des Talmuds studierte.

Ihren Umzug kündigte sie am Tag nach Jom Kippur an, es ist jetzt drei Jahre her. Sie wollte mit mir nach Israel gehen, und wenn ich nicht mitwollte, würde sie auch ohne mich umziehen.

»Was soll ich denn dort tun?« fragte ich verzweifelt.

»Wie ein Jude leben. Du bist Jude.«

Wir saßen uns am Tisch gegenüber, und sie hatte gerade die *Broche* über die koschere Pasta gesprochen.

»Schatz, ich bin doch auch Niederländer! Wir leben im 20. Jahrhundert! Was soll ich mit meinem Beruf dort anfangen?«

»Wir können umschulen. Das Israelische Recht unterscheidet sich gar nicht so stark von unserem.«

»Doch, das tut es. Ich bin hier zu Hause. Du auch!«

»Ich gehe in die *Alijah*. Wirklich, Max, ich tu's.«

»Und ich? Was soll ich machen?«

»Ich will, daß du mitkommst.«

»Ich kann nicht so leben, wie du das vorhast.«

»Wir leben schon seit ein paar tausend Jahren so.«

»Du machst da einen Rechenfehler, du bist erst zweiunddreißig.«

»Meine Vergangenheit beginnt nicht erst bei meiner Geburt, und deine auch nicht, Max.«

Ich machte alles mit ihr mit, soweit ich konnte, und wir führten Gespräche mit Vertretern jüdischer Einwanderungsbüros. Esther wurde von der Notwendigkeit ihres Umzugs immer überzeugter, ich konnte ihr nicht mehr folgen und ließ sie gehen.

Mein Traum, meine Liebe.

Im Winter 1987, kurz vor Neujahr, sagte sie, daß sie aus der Kanzlei austreten und ihr zukünftiges Leben in Israel nach den orthodoxen Regeln führen würde.

»Und du, Max? Was machst du?«

»Ich weiß nicht. O G'tt, ich weiß es nicht.«

»Ich liebe dich, und ich will, daß du mitkommst.«

»Wenn du nach Neuguinea gingest, um Dschungelrichter am Papua-Gerichtshof zu werden, dann würde ich mitkommen, dem kann ich folgen, aber dies hier...«

»Ich bin nicht wahnsinnig, Max, ich habe sorgfältig darüber nachgedacht.«

»Hast du denn nicht genug an mir, an uns beiden?«

»Es scheint, als hätte... als hätte meine Seele ein Loch oder so. Dort kann es sich wieder füllen.«

Ende Januar zog sie um, und ich begleitete sie. Wir wollten uns als erstes ein Haus suchen, und nach einer Woche fand sie in einem Neubaugebiet von Jerusalem ein Häuschen mit großen Fenstern vorn und hinten, das sie hier in Amsterdam verabscheut hätte. Es stand in einem Stadtteil voller bekehrter amerikanischer Einwanderer, bärtigen Ultrazionisten, die Cowboyhüte und Pistolen an der Hüfte trugen. Ich versuchte es ihr auszureden, aber beim ersten Anblick dieser aus schneeweißen Steinen hochgezogenen Siedlung stand ihr Entschluß fest, und sie kaufte das Haus. Ich flog allein zurück, eine Woche später wollte sie nachkommen, um ihren Umzug zu organisieren.

Aber sie kam nicht.

Mein Traum. Meine Liebe.

9

»Und dann?«

»Dann bin ich drei Monate lang jedes Wochenende nach Tel Aviv geflogen. In Jerusalem wohnte ich im Hotel, denn sie wollte nicht, daß ich bei ihr schlief.«

»Warum nicht? War das jemals ein Problem für Sie beide gewesen?«

»Nicht daß ich wüßte. Aber sie wollte nicht, daß ich sie berührte. Ich lebte nicht nach den Vorschriften. Ich war *treife*. Ich versuchte, sie davon zu überzeugen, mit diesem Wahnsinn aufzuhören, aber das machte es nur schlimmer. Sie blieb stur und wurde langsam eine Fremde für mich.«

»Wie beurteilen Sie das nachträglich?«

»Es war tragisch.«

»Hätte es anders ausgehen können?«

»Vielleicht. Wenn ich gewußt hätte, daß sie viel ängstlicher war, als ich dachte. Später erzählte sie mir, daß sie jeden Tag panische Angst hatte, ich könnte sie verlassen. Sie ist mit Männern aufgewachsen, die weggegangen sind. Zweimal ist ihr ein Vater davongelaufen.«

»Die Scheidungen ihrer Mutter gingen jedesmal von den Männern aus?«

»Ja.«

»Sie glauben, daß sie deshalb mit großen Spannungen aufgewachsen ist?«

»Als sie noch in die Grundschule ging, hat sie einmal fast

ein halbes Jahr lang das Haus nicht verlassen. Sie saß daheim und wagte sich nicht mehr auf die Straße, aus Angst, daß alles verschwunden wäre, wenn sie von der Schule heimkäme. Dieses wunderbare, empfindsame Mädchen hat ihre ganze Jugend lang für die Fehler ihrer Eltern bezahlt.«

»Leben ihre Väter noch?«

»Ihr biologischer Vater schon, der zweite ist gestorben.«

»Kennen Sie ihn?«

»Kaum. Ich habe ihn vielleicht viermal gesehen.«

»Wie haben Sie Esthers Umzug aufgenommen?«

»Ich war vollkommen durcheinander. Ich verstand nicht, wieso ihre Sehnsucht nach Glauben und unsere Liebe nicht miteinander zu vereinbaren waren. Ich verlor sie an über tausendjährige Regeln und Aberglauben.«

»Wurden Sie wütend?«

»Auf wen denn?«

»Auf sie vielleicht?«

»Anfangs nicht, nein. Ich wollte warten und ihr so lange den Rückweg freihalten, bis sich der Sturm in ihrem Kopf gelegt hätte. Aber der Sturm wurde zum Orkan, und sie blieb weg. Wissen Sie, was das heißt, jede geschlagene Woche nach Tel Aviv zu fliegen?«

»Nein.«

»Mit der KLM geht es ja noch, aber sind Sie mal mit der El Al geflogen?«

»Ein einziges Mal.«

»Es ist, als ob Sie in einen Ausflug der Landesirrenanstalt geraten wären. Durcheinander, Lärm, gräßliches Essen, und dann geben die Ihnen noch das Gefühl, daß Sie dankbar sein müssen, daß Sie überhaupt mitdürfen.«

»Was haben Sie dort mit ihr gemacht?«

»Reden. Überzeugen, nach einem Riß in ihrem Panzer Ausschau halten.«

»Sie liebte Sie?«

»Ja.«

»Aber ihre Liebe war nicht stark genug?«

»Sie ging an ihren Schuldgefühlen kaputt.«

»Machen Sie sich Vorwürfe, daß Sie sie nicht halten konnten?«

»Wie meinen Sie das?«

»Vielleicht haben Sie sie doch zu wenig geliebt.«

»Nein. Das ist nicht wahr. Ich wollte alles tun. Aber ich konnte nicht nach Jerusalem umziehen. Damit hätte ich eine Riesenlüge in unser Leben gebracht.«

»Haben Sie etwas versäumt?«

»Das kann gut sein, ja. Wenn ich sie besser getröstet hätte, wäre sie nicht weggegangen. Dann wäre sie nicht so religiös geworden. Wenn ich sie besser getröstet hätte, wäre sie jetzt noch hier.«

»Das ist nicht sicher.«

»Nein.«

Die Tränen stiegen mir in die Augen, aber ich konzentrierte mich auf den Riß in der Decke und unterdrückte das aufsteigende Schluchzen. Auch jetzt, viel später, ist der Kummer noch genauso intensiv wie kurz nach ihrem Umzug.

»Warum haben Sie die Reisen nach Israel eingestellt?«

Ihr Gesicht war voller Mitgefühl. Es war ihr nicht entgangen, daß ich dicht am Losheulen war.

»Weil sie sich verlobt hat.«

»Das ist allerdings deutlich, ja.«

»Mit einem *Jeschiwa Bocher*, einem Gelehrten. Einem Amerikaner, der genau wie sie die Erleuchtung erfahren hatte. Sie war ihm in der Synagoge begegnet. Er sah zur Frauenabteilung hinauf, und ein Lichtblitz verband die beiden. Er arbeitet in der Studiengruppe, die die Schriftrollen vom Toten Meer untersucht. Ein richtig altmodischer Talmudgelehrter.«

»Haben Sie ihn getroffen?«

»Vor einem knappen Jahr, kurz nach dem Tod meines Vaters, kam sie mit ihm zu einem Familienbesuch. Sie wollte ihn mir vorstellen. Wir gingen essen, und ich traf ihn in dem vegetarischen Restaurant in der Utrechtsestraat. Er war nicht mal so übel, ein großer blonder Mann, der mehr Ähnlichkeit mit einem Basketballspieler hatte als mit einem Bücherwurm. Sehr amerikanisch, aber mit schwarzem Hut. Ich wurde nicht damit fertig. Wir verabschiedeten uns noch vor der Vorspeise, und ich fuhr völlig durcheinander nach Hause.«

»Lieben Sie sie noch?«

»Ich liebe die Frau, die sie einmal war. So wie sie jetzt ist, existiert sie für mich nicht.«

»Aber sie existiert trotzdem.«

»Für mich nicht. Ich liebe Esther. Das Mädchen mit der Zahnspange, das ich gekannt habe.«

»Dann wollen Sie die Wirklichkeit nicht sehen.«

»Ich weiß, was die Wirklichkeit ist. In Wirklichkeit lebe ich mit einer anderen Frau.«

Der kratzende Bleistift bekam einen Schubs; sie unterstrich etwas.

»Wie haben Sie die Zeit hier überstanden? Was haben Sie währenddessen gemacht?«

»Ich habe gar nichts getan. In der Kanzlei funktionierte ich irgendwie weiter, aber alles erinnerte mich an ihren Weggang. Und jeden Tag mußte ich durch die Tür, wo ich ihr begegnet war, wo wir die ersten Worte miteinander gewechselt hatten.«

»Und Ihre Eltern, was haben die dazu gesagt?«

»Schrecklich. Ich mußte es ihnen schließlich erzählen, nachdem ich es so lang wie möglich hinausgezögert hatte – ich hoffte ja monatelang, daß sie zurückkommen würde. Ich habe sogar angefangen zu beten, auf eine ganz primitive, kindliche Art. Ich habe alles ausprobiert, ging sogar zu einem Wahrsager, dem ich soviel bezahlte, daß er mir beteuerte, sie würde schleunigst zurückkommen, aber ich blieb allein. Meine Eltern bekamen sie natürlich nicht mehr zu Gesicht, und eines Tages mußte ich es ihnen sagen.

›Das wird wohl deine Schuld sein‹, sagte mein Vater, ›du warst sicher gemein zu ihr.‹

Ich versicherte, das sei nicht der Fall gewesen, ich wäre ihr treu gewesen, aber er sah das anders.

›Eine Frau wie Esther geht nicht einfach so auf und davon. Wenn sie so etwas tut, wird sie ihre Gründe haben.‹

›Ihr Exmann hat sich umgebracht‹, antwortete ich, aber von solchen Erklärungen wollte er nichts wissen. ›Doch, das hat damit zu tun, Papa. Das war der Auslöser. Sie hatte noch aus ihrer Kindheit schreckliche Schuldgefühle und warf sich vor, daß ihre Väter weggegangen waren.‹

›Blödsinn. So was heißt dann Psy-cho-lo-gie. Du

brauchst nicht zu denken, daß ich ahnungslos bin. Aber an dieses Psychozeug glaube ich nicht.‹

›Ob du nun dran glaubst oder nicht, es ist so. Kinder reagieren nun mal so. Die glauben, der Vater geht weg, weil sie nicht lieb genug zu ihm waren.‹

›Du wirst schon irgendwas ausgefressen haben.‹

›Was soll ich denn ausgefressen haben?‹

›Ach, du hast wahrscheinlich die Finger nicht von andern Weibern lassen können.‹

›Ist nicht wahr.‹

›Sonst läuft sie doch nicht davon. Na sag schon: Warum sollte sie dich verlassen, wenn ihr Exmann stirbt?‹ So ging das bei ihm die ganze Zeit.«

»Und Ihre Mutter?« fragte Frau Dr. Jansen.

»Die weinte. Endlich hatte sie eine Tochter gefunden, aber die ging weg.«

Frau Dr. Jansen nickte, nicht etwa zustimmend, sondern um den Empfang meiner Mitteilung zu bestätigen. Ich fragte mich, ob sie mehr wußte als ich, ob sie ein Muster erkannte, das darauf hinwies, daß meine Krise kein persönliches Problem mehr war, sondern eine statistische Zahl in einer Epidemie. Merkwürdig: Einerseits sah ich mit Verwunderung, wie sorgfältig sie meine verbalen Ergüsse zu Protokoll nahm, andererseits wollte ich gar kein individueller Patient sein, der sich nur durch seine höchsteigenen Probleme auszeichnete – und deshalb überhaupt hier lag.

»Haben Sie je erwogen, selber orthodox zu werden? Um sie zurückzugewinnen?«

»Ja. Aber ich konnte es nicht. Mir fehlte die Hingabe. Es wäre nur ein Spiel gewesen, allerdings ein Spiel, das in Jerusalem gespielt werden sollte, nach strengen Regeln. Ich glaubte nicht daran. Darum geht es doch? Mir fehlte der Glaube.«

»Geht es dabei nicht um mehr?«

»Es ist eine Lebensweise, ja. Aber es geht dabei auch um Glauben, um eine *Gesamtvision*. Es erfaßt jede Faser deines Wesens. Als ich in Jerusalem war, habe ich es versucht. Ich bin zu einem Rabbi gegangen und habe mit ihm über Orthodoxie gesprochen. Ich konnte so nicht leben. In Japan werde ich doch auch nicht Zen-Buddhist?«

»Sie sind doch jüdisch erzogen worden!«

»Jüdisch im Sinn einer moralischen Grundhaltung oder so, mit bestimmten Gewohnheiten und einer gemeinsamen Vergangenheit. Aber deswegen konnte ich doch als Max Breslauer ins Kino gehen und danach im *Dynasty* Spareribs essen, ohne in meinen Augen etwas von meiner Identität einzubüßen. Sicher, ich gehöre nun einmal zur Familie der Juden. Dort in Israel, das ist Familie. Diese Männer mit langen Bärten und Peies« – sie nickte, um zu zeigen, daß sie das Wort kannte – »gehören auch zur Familie, auch wenn ich sie merkwürdig finde. Eben Familie. So wie im *Paten*. Kennen Sie den Film?«

»Ich habe ihn leider noch nicht gesehen.«

»Aber ich wohne eben hier! Ich bin Niederländer! Ich mag harte Brötchen mit altem Käse und frischen Matjes und Rinderwurst mit Senf! Damals war ich noch Anwalt, und gar kein so schlechter, und ich liebte ein Mädchen, das auch zur Familie gehörte, aber sie war auf der Suche nach Antworten, die ich nicht geben konnte. Ich stellte mir ja nicht einmal die Fragen, von denen sie so gequält wurde.«

»Was für Fragen?«

»Wer bin ich, was tu ich hier, wohin gehe ich, auf all das wollte sie eine Antwort haben.«

»Und Sie stellen solche Fragen nicht?«

»Sie sind sinnlos.«

»Trotzdem kann man sie stellen.«

»Ich nicht.«

»Wie geht es ihr jetzt?«

»Sie hat ihn geheiratet. Jitzak Goldberg. Sie heißt jetzt Frau Goldberg. Die Trauung war in der Synagoge.«

»Sie sind nicht mehr nach Israel gefahren, seit sie ihre Verlobung bekanntgegeben hatte?«

»Nein.«

»Wie sah Ihre erste Reaktion aus?«

»Nüchtern. Ich hörte mir das an und ging ins Hotel zurück. Sie müssen bedenken, daß ich längst mürbe war. Es war genau der hundertunderste Tag nach ihrem Umzug nach Jerusalem. Ich zählte damals die Tage und machte mir Zeichen in meinen Kalender, ich wollte wissen, wie viele Nächte ich ohne sie geschlafen hatte und wie oft ich morgens allein wach geworden war. Seit unserer ersten gemeinsamen Nacht bei ihr an der Looiersgracht hatte ich keine andere Frau mehr angerührt und wartete wie ein Zölibatär auf ihre Rückkehr. Bis zum hundertundersten Tag. Das war das Ende des Buches Esther. Nun mußte ein neues Buch beginnen. Ich saß in meinem Zimmer im King-David-Hotel und schaute über die Altstadt. Es war ein Werktag mitten in der Woche – diesmal war ich auch wegen eines Klienten hergekommen, dessen Vertrag ich abschlußreif machen sollte –, und ich hatte das Gefühl, daß meine Welt eingestürzt war und ich nur noch in der Vergangenheit leben konnte, wie seinerzeit der Tempel der alten Juden eingestürzt war, weswegen sie ihre Religion der Erinnerung an diesen Tempel weihten. Was sollte ich tun? Mit Erinnerungen alt werden? In der Vergangenheit leben? Ich saß mit dröhnendem Schädel in meinem Zimmer, und eine merkwürdige Panik ergriff Besitz von meinem Körper. Komischerweise nicht von meinem Kopf, sondern von meinem Körper, haben Sie das schon einmal gehört?«

»Ja.«

»Ich bekam Gliederzittern, mein Herz schien auszusetzen, ein prickelnder Schmerz strahlte vom Brustraum aus – ich dachte, ich bekomme einen Herzanfall. Ich hatte Angst, dort ganz allein zu sterben, und rief einen Freund an, der in Jerusalem in der Anwaltskanzlei arbeitete, mit der ich gerade den Vertrag ausarbeitete. Ich wollte einfach eine menschliche Stimme hören und mich für den Abend verabreden. Damit ich mit jemandem über Fußball und das Wetter und die Palästinenser reden konnte. Aber er hatte schon etwas vor und fragte, ob ich vielleicht eine seiner Freundinnen treffen wollte. Er könne sie anrufen, und sie käme dann vorbei. Eine Stunde später stand ein Mädchen in meinem Hotelzimmer im King David.«

»Eine Prostituierte?«

»Ich hatte nicht darum gebeten, aber er nahm an, daß ich das wohl wollte.«

»Und war das so?«

»Nein, natürlich nicht! Was ich brauchte, war eine menschliche Stimme, Aufmerksamkeit! An diesem Nachmittag war ich so allein wie noch nie in meinem Leben! Ich hatte die Frau verloren, an der mir mehr lag als an allem anderen auf der Welt, und ihren Verlust spürte ich körperlich, als würde man sie mir aus dem Leibe reißen! Und dann stand dieses Mädchen da. Ein nettes Mädchen, echt jüdisch, nicht zu groß, dunkel, mit schweren Haaren und dichten Augenbrauen und kleinen, aber hübschen Brüsten. Ich hatte die Minibar in meinem Zimmer schon arg geplündert, und als sie hereinkam, war ich ziemlich betrunken. Sie war nett und setzte sich zunächst wohlerzogen in den Sessel, und wir unterhielten uns ein bißchen. Sie sagte, sie sei Teilzeitsekretärin, ihre Eltern seien jemenitische Juden, die in den fünfziger Jahren mit der Luftbrücke von Jemen nach Israel geholt worden waren. Alkohol wollte sie nicht und trank artig etwas Tomatensaft. Dann fragte sie, was ich gerne hätte, und ich sagte, ich wüßte es nicht, und daraufhin zog sie sich aus... wollen Sie, daß ich es erzähle, oder lieber nicht?«

»Wenn Sie es wichtig finden...«

»Ich weiß nicht, es ist... meine Impotenz begann eigentlich an diesem Punkt.«

»Wenn Sie es nicht erzählen wollen, lassen Sie es ruhig bleiben...«

Müde von meinem eigenen Geschwätz sah ich zum ersten Mal an diesem Vormittag auf die Armbanduhr. Es war schon halb eins. Ich hatte geredet und gequasselt und ab und zu sogar vergessen, daß Frau Dr. Jansen neben der Couch saß. Ich erzählte, was ich schon lange wußte, und hatte noch nichts entdeckt, was hinter den Phänomenen eine neue Wahrheit enthüllte. Aber ich hatte die Geschichte noch nie in einem Zug erzählt. Vielleicht war dies die Wahrheit dieser Unterhaltung: das Entstehen eines Musters, das die einzelnen Anekdoten vereinigte.

»Schön«, sagte ich, »ich will es erzählen. Also... sie zog sich aus, und dann zog sie mich aus. Ich ließ sie einfach gewähren und lag nackt auf dem Bett. Draußen hörte man die Geräusche von Jerusalem, drinnen lag ich mit einer kleinen jüdischen Nutte im King David. Es war meine erste Nutte. Also... sie war exotisch, will ich mal sagen, sie war leidenschaftlicher und feuriger als die Frauen, die ich in Holland kennengelernt hatte. Ich muß sagen, daß ich anfangs trotz des Alkohols ziemlich erregt war. Ich hatte schon so lange keinen Sex mehr gehabt, wissen Sie, und das Ding da unten an meinem Bauch hatte sich massiv aufgerichtet. Und das Mädchen ließ sich wirklich von allen Seiten betrachten und führte allerlei halsbrecherische Kunststückchen auf dem Bett und auf dem Stuhl und an der Tür zur Terrasse aus, und schließlich kam es zur Paarung. Es war schrecklich.«

»Schrecklich?«

»Sie duschte, ich gab ihr hundert Dollar, und sie ging weg. Ich saß jammernd mit meinem abgeschlafften Schwanz zwischen den Beinen da und starrte tränenblind auf die heilige Stadt.«

»Warum?«

»Wen wollte ich damit bestrafen? Esther? Natürlich wollte ich mich an ihr rächen, aber ich schämte mich und fühlte mich schmutzig. Ich hatte meine Selbstachtung verloren. Ich hätte warten sollen, bis sie zurückkäme, und notfalls so lange wie ein Mönch leben. Meine Liebe zu ihr war rein, und auch das Warten auf sie hätte rein bleiben sollen.«

»Rein – ist das für Sie dasselbe wie koscher?«

»Ja. Glaube ich schon«, sagte ich, obwohl ich mir nicht sicher war.

»Haben Sie Esther damals noch einmal gesehen?«

»Ich wollte sofort am nächsten Morgen zurück nach Holland, aber alles war ausgebucht, und ich mußte einen Tag warten. Ich habe an diesem Tag nicht angerufen, ich habe am Vormittag ein Taxi gemietet und mich herumfahren lassen und in einem polnischen Restaurant gehackte Leber gegessen und gefillte Fisch. Als ich wieder ins Hotel zurückkam, lag da eine Nachricht von meinem Freund. Ich rief ihn an, und er fragte, wie es gewesen sei. Ich sagte, es sei nett gewesen. Ja, was hätte ich sonst sagen sollen? Die junge Dame hatte ihr Bestes getan, und sie konnte auch nichts dafür, daß ich mich eigentlich vor mir selbst ekelte.

Er sagte, er müsse nachmittags zu einem Empfang, und ob ich Lust hätte mitzukommen. Ich hatte doch nichts anderes vor, und gegen Abend holte er mich ab. Er sagte, er wolle mir etwas zeigen, und wir fuhren zu einem der kleineren Hotels in der Stadt, einem Hotel, das hauptsächlich von orthodoxen Juden besucht wird.

Dort war eine Hochzeit im Gange, und die Gäste saßen in einem großen, geschmückten Saal. Ich ging mit ihm, weil er sagte, es wäre eine besondere Hochzeit, die man im Westen niemals zu sehen bekäme.

›Was ich dir eigentlich zeigen wollte, ist *sie*‹, sagte er mit einem Grinsen.

Im Gedränge zeigte er auf das Brautpaar, und ich erkannte die Braut, denn sie war das Mädchen, das gestern bei mir gewesen war, wissen Sie. Sie saß da neben ihrem Mann.

Noch keine vierundzwanzig Stunden nachdem sie bei mir die Nutte gespielt hatte, saß sie da neben ihrem Ehemann, allem Anschein nach einem braven Juden, einem Knaben mit flachshaarigem Bart und Festmütze auf dem Kopf, auch Jemenite, und sie feierten eine echte jemenitische Hochzeit mit bunten Kleidern und schallender Musik.

Ich kam gerade noch bis in den Flur, und vor der WC-Tür verlor ich die Kontrolle über meinen Magen und kotzte aus, was ich gegessen hatte.«

»Was hat Sie so schockiert?«

»Was mich schockiert hat? Was denken Sie? Der Betrug. Die Oberflächlichkeit. Die Lügen. Alles. Meine Illusionen. Alles.«

»Was machten Sie dann?«

»Ich habe mich betrunken. Auf diesem Fest. Mein Freund kannte den Vater der Braut. Sie verzog keine Miene, als sie mich sah. Wir wurden sogar zusammen fotografiert. Im Fotoalbum, das sie irgendwo zu Hause in ihrem Schrank aufbewahrt, steht sie auf einem der Fotos zwischen ihrem Mann und einem angeblichen Freund ihres Vaters aus Holland, dem sie einen Tag zuvor für hundert Dollar ihr Geschlecht gezeigt hatte.«

»Sie sind ja naiv.«

So etwas hatte sie noch nie gesagt. Das war eine Wertung. Später las ich, wie die Psychotherapeuten es selber nennen: in den letzten Stunden hatte sie Empathie gezeigt, jetzt wurde sie normativ.

»Warum?« fragte ich überrascht.

»Glauben Sie, daß es etwas gibt, wozu Menschen nicht imstande wären?«

»Menschen sind zu allem fähig. Aber heißt das auch, daß ich damit konfrontiert werden muß?«

»Das würde Sie wohl vor Frustrationen bewahren.«

»Ich bin nun einmal so, wie ich bin.«

»Wenn Sie sich dabei wohl fühlten, säßen Sie jetzt nicht hier.«

»Nein, da haben Sie recht.«

Ich dachte, daß ich mich wahrscheinlich dann wohl fühlen würde, wenn alles etwas klarer und übersichtlicher wäre.

»Und dann?«

»Ich bin wieder nach Hause geflogen. An der Brouwersgracht wurde ich fast verrückt, und ich suchte mir eine Wohnung an der Apollolaan. Und ich wurde impotent.«

»Wann merkten Sie das zum ersten Mal?«

»Als ich es ausprobierte. Als ich trotz meiner Angst vor Sex doch ein Mädchen mit nach Hause nahm und sie mit schönen Reden ins Bett lockte.«

»Haben Sie den Kontakt mit Esther aufrechterhalten?«

»Nein. Es war schlagartig aus. Jeden Tag aufs neue wachte ich in der Hoffnung auf, das Telefon würde läuten und Esthers Stimme würde sagen: ›Ich komme zurück, Liebster, ich komme zurück.‹ Erst als mein Vater starb, telefonierten wir wieder miteinander. Und dann kam sie, dieses eine Mal, zusammen mit Goldberg.«

»Und mit der Arbeit?«

»Ich wurde verrückt dort in dem Haus. In Esthers Zimmer saß nun jemand anders, und ich wurde nachlässig und machte meine Arbeit nicht mehr gut. Dann hatte ich Glück. Der zweite Mann von ETI ging weg. Er konnte bei

Peek & Cloppenburg in den Vorstand kommen, und das war ihm natürlich lieber. Was ist SuperTex denn Großartiges? Mein Vater bot mir ein Spitzengehalt an. Er wollte mich im Geschäft haben.«

»Warum wollte er das?«

»Ich hatte ihm gesagt, daß ich bei Goudsmit weggehen wollte, und er suchte einen Nachfolger. Denn Boy, Benjamin, war nicht der Richtige.«

»Was sagte der dazu?«

»Er reagierte gar nicht darauf. Mein Vater konnte das in Boys Anwesenheit sagen, ohne daß Boy auch nur mit der Wimper gezuckt hätte. Nachdem ich noch ein paar Wochen in der Kanzlei geschuftet hatte, gab ich auf. Ich ging zu Euro Textil International BV, zu SuperTex.«

»Jetzt wird das Bild deutlicher«, sagte sie. »Sie sind dann mit ihm nach Bangkok gereist und haben Ihren Vater dort mit zwei Damen von zweifelhaftem Ruf erwischt.«

»Ja. Er hatte da keine Probleme. Ich schon. Dafür haßte ich ihn. Er verriet meine Mutter, und er verriet mich.«

»Warum Sie?«

»Ich fand, er hätte solidarisch sein müssen.«

»Wußte er denn, daß Sie impotent waren?«

»Nein, natürlich nicht.«

»Warum hätte er dann...«

»Ich weiß es nicht. Gefühle können unfair sein.«

»Sie sagten, daß Ihr sogenannter Defekt nach dem Tod Ihres Vaters ganz spontan wieder verschwand.«

»Ja.«

»Wissen Sie auch, warum?«

»Nein.«

»Und seit dem Tod Ihres Vaters sind Sie Direktor von SuperTex?«

»Ja.«

»Ihrer Mutter ist die Affäre Ihres Vaters nie zu Ohren gekommen?«

»Nein. Sie weiß von nichts.«

»Wie hat Ihr Vater diese Frau kennengelernt?«

»Auf einer Messe. Sie ging mit ihrer Mappe bei Fabrikanten und Ladenketten hausieren, aber niemand interessierte sich für ihre Entwürfe. Sie war ein gefragtes Model gewesen, aber der Unfall hatte alles verändert. Ein schwerer Frontalzusammenstoß in Südfrankreich, sie brach sich so ungefähr alles, was man sich brechen kann. Als sie nach zwei Monaten aus dem Krankenhaus kam, mußte sie neu laufen lernen und eine vollständige Rehabilitation durchmachen. Sie hatte einen Freund, aber der fand ein neues Model. Sie konnte keine Modenschau mehr durchstehen, auch heute noch hat sie Mühe bei längerem Stehen, und sie fing an, von einer eigenen Modekollektion zu träumen. Mein Vater hatte dafür gar nichts übrig. Nur für ihren Körper. Sie hoffte, eines Tages doch noch die Gelegenheit zu bekommen, und machte weiterhin Skizzen und besuchte Messen und die Modenschauen der großen Modehäuser. Aber sie hat kein Talent, sagt sie selbst. Ich weiß nicht, ob sie recht hat. Sie hat mir ihre Mappe niemals gezeigt.«

»Und sie hat niemals geplaudert?«

»Natürlich nicht. Darauf achte ich wohl.«

»Wie denn?«

»Sie wohnt doch jetzt bei mir.«

»Diese Frau?!«

»Seit damals, ja. Sie wurde meine Freundin.«

»Ach, das hatte ich nicht kapiert.«

»Ich dachte, ich hätte Ihnen das erzählt. Maria. Sie ist nett. Und schön.«

»Und bei ihr haben Sie keine Probleme mit...?«

»Aber nein, ganz und gar nicht.«

Sie sah mich mit großen Augen an. »Komisch«, sagte sie.

Ihr Ernst machte mich nervös. Wollte sie damit andeuten, daß ich schwer krank war?

»Warum komisch?« fragte ich.

»Weil sie mit Ihrem Vater zusammen war. Er hat mit ihr geschlafen.«

»Sie behauptet nein.« Was wollte ich von Maria außer ihrem herrlichen Körper? Warum wollte ich das Bett mit der Frau teilen, mit der mein Vater ein Verhältnis gehabt hatte? »Finden Sie mich etwa pervers?«

»Ich finde gar nichts«, sagte sie, »das ist Ihr Ausdruck.«

Ich wollte dieses Thema ruhen lassen. Dann schon lieber die Geschichte von Boy, die, wie peinlich auch immer, im Vergleich zur Sache mit Maria präsentabel und weniger widersprüchlich erschien.

»Soll ich jetzt von meinem Bruder erzählen? Warum er nach Casablanca ging?«

»Wir können auch erst eine Pause machen«, sagte sie und stand auf, ohne meine Antwort abzuwarten, »Sie könnten etwas essen, und in einer Stunde machen wir weiter. Die Pause brauchen Sie nicht zu bezahlen.«

»Sehr gut«, sagte ich.

10

Ich ging durch die Apollolaan an meiner alten Wohnung vorbei und bog in die Beethovenstraat ein. Es war fast ein Uhr. Die Café-Restaurants und Bistros quollen über, teure Schlitten parkten in Doppelreihen, eine ältere Dame mit geschminktem Gesicht beschimpfte mit deutschem Akzent ihren Pudel, Doppelverdiener in McGregor und Agnès-B.-Kleidern frönten in einer der vornehmsten Einkaufsstraßen von Amsterdam ihrem Lieblingsvergnügen: kaufen und konsumieren.

Amsterdam-Süd macht sich immer sorgfältig zurecht für den samstäglichen Bummel entlang den teuren Modegeschäften und Delikateßläden, und wie immer strahlte die Straße etwas Festliches und Unbekümmertes aus.

Ich fiel aus dem Rahmen. Ich hatte nur Jeans und ein T-Shirt an, und in einer spiegelnden Schaufensterscheibe sah ich meine unrasierten Wangen. An der Ecke der Veenstraat zog ich die Tür zu einer Telefonzelle auf und suchte in meiner Hosentasche nach Münzen. Ich rief zu Hause an.

»Hallo, Liebes, ich bin's.«

»Wo bist du?« fragte Maria eisig. »Ich habe überall angerufen, aber du warst nirgends zu finden.«

»Beim Therapeuten. Das war fällig.«

»Hättest du nicht anrufen können?«

»Es tut mir leid.«

»Sagst du das bitte noch mal? Ich höre wohl nicht recht.«

»Hab ich das nicht grade gesagt? *Es tut mir leid.*«

»Nein, hast du nicht.«

»Ach, *das* tut mir dann leid.«

»Dir wird noch viel mehr leid tun, Max. Ich habe schon die Koffer gepackt. Ich gehe nach Loosdrecht zurück.«

»Wie bitte?«

»Ich verlasse dich.«

»Bitte, Maria, mach kein Theater!«

»Theater? *Ich*? Max, du weißt nicht, was du redest.«

»Wann denn?«

»Jetzt. Ich habe nur noch gewartet, bis ich es dir sagen konnte. Sonst wäre ich schon weg gewesen.«

»Maria...«

»Nichts *Maria*. Ich gehe weg, Max.«

»Warte, ich bin in fünf Minuten bei dir.«

Ich hängte den Hörer ein und stieß die Tür auf. Dann fing ich an zu laufen und schleppte meinen schweren Körper wieder zurück zu einem Taxistand Ecke Apollolaan. Ich donnerte zwischen den Kauflustigen hindurch über die Beethovenstraat. Die Leute wichen zur Seite, sobald sie meine wogenden hundert Kilo nahen sahen. All das an einem einzigen Tag. Zuviel für einen Mann. Für zehn Männer gleichzeitig wäre dies noch zuviel gewesen.

Ein Taxi stand wartend am breiten grünen Mittelstreifen der Apollolaan. Ich rannte, hielt mich mit beiden Armen breit rudernd im Gleichgewicht und fühlte das Fett um meinen Brustkorb schwabbeln. Hinter der spiegelnden Windschutzscheibe schien der Fahrer offenbar mein Näherkommen bemerkt zu haben. Er stieg aus und hielt mir die hintere Tür auf, wie man die Stalltür für ein Pferd aufhält, das nur noch eins im Sinn hat: seinen Hafer und seine Ruhe. Er wartete lachend, bis ich bei ihm angekommen war.

»Amstel«, flüsterte ich, »neben dem Theater Carré.«

Die Stiche in meiner Brust waren offenbar der Beginn eines Herzinfarktes. Todmüde ließ ich mich mit dem ganzen Körper auf den Rücksitz fallen. Ich keuchte wie ein alter Dackel und schnappte quietschend nach Luft.

»Sport?« fragte der Fahrer, als er sich hinter das Steuer setzte. Es war ein älterer dunkelhäutiger Mann mit ergrauendem Kraushaar. Er drehte sich zu mir um und betrachtete mich mit öligem Lächeln. Ich spürte den Motor.

»Nein. Einfach nur Eile«, stieß ich hervor, weiterhin keuchend. Meine Luftröhre war zu eng für den Sauerstoffbedarf meines Körpers.

»Ist nicht gut«, sagte der Mann.

»Was wäre denn gut?« fragte ich, schloß die Augen und erwartete keine Antwort. Aber der Mann wußte genau, was gut war.

»Gut ist ein Haus und eine Frau und Kinder und irgendwo anders eine Freundin und genügend Geld.« Ich hörte ihn lachen und machte die Augen wieder auf. Ich sah seine prächtigen Zähne. Warum haben *Schwarze* schöne Zähne und *Jidden* schlechte Füße? »Wenn Sie das erreicht haben, sind Sie glücklich«, sagte er. Dann schüttelte er den Kopf. »Ich bin demnach unglücklich«, rief er augenzwinkernd. Endlich gab er Gas.

Wie zur Bekräftigung seiner Worte nickte ich breit lächelnd in den Rückspiegel, auch wenn ich nicht begriff, was daran so lustig war.

»Aber ich arbeite daran!« sagte er.

Ich nickte wieder und schaute mir die Häuser an. Wir sausten die Churchill-Laan entlang, und die rotbraunen Fassaden der großen Mietskasernen flogen vorbei. Warum hatte ich es so eilig? Immer noch steckte mir Esther im Blut. Ich träumte immer noch von ihrer Zahnspange. Marias Körper war eine unerschöpfliche Quelle sklavischer Anbetung für mich, und das kompensierte mein mangelndes Interesse für alles, was in ihrem Kopf vorging, aber ich tat ihr damit unrecht. Ich mußte zugeben, daß ich nicht einmal wußte, was in ihrem Kopf vorging.

»SuperTex«, sagte der Chauffeur.

Ich schaute ihn fragend im Rückspiegel an.

»Das T-Shirt.«

Auf meiner Brust prangte in großen Buchstaben der Name von unserem Geschäft.

»Ja«, antwortete ich, auch wenn er mich gar nichts gefragt hatte.

»Vor zwei Wochen hat meine Frau dort für mich ein Hemd gekauft. Als es aus der Wäsche kam, paßte es meiner Enkelin.«

Mühsam setzte ich mich gerade hin und schluckte die Unruhe hinunter. Auf mein Gekeuche folgte ein Schweißausbruch, fetter Schweiß quoll mir am ganzen Körper aus den Poren. »Kann vorkommen«, sagte ich, »mir ist das neulich mit einem teuren Hemd von Van Gils passiert.«

Der Mann nickte geduldig. Er bereitete sich auf eine längere böse Geschichte vor.

»Und letzte Woche hat sie mir dort ein paar T-Shirts gekauft. Eins davon fiel sofort auseinander.«

»Warum ist sie überhaupt wieder hingegangen?« wollte ich wissen. Das wurde eine lange Fahrt.

»Sonderangebot. Es war so billig dort, daß sie es noch einmal versuchen wollte. Zum allerletzten Mal.«

»Wahrscheinlich haben Sie einfach Pech gehabt. Es ist immer eins dabei, das irgendeinen Fehler hat. Wenn Sie noch mal hingehen, dann versichere ich Ihnen, daß Sie ein tadelloses T-Shirt bekommen. Wieviel hat es gekostet?«

»Sind Sie vielleicht Teilhaber von diesem Laden?«

»Was hat das Hemd gekostet?«

»Fünfzehn Gulden, glaube ich.«

»Und das T-Shirt?«

»Das waren zwei Stück für zehn Gulden, glaube ich.«

»Wie war das zweite?«

»Das war in Ordnung.«

»Was verlangen Sie denn für zehn Gulden? Wenn Sie woanders hingehen, kriegen Sie für einen Zehner nicht mal ein halbes T-Shirt! Sie haben also ein gutes bekommen und eins, das nichts taugte. Aber zu welchem Preis!«

»Alle beide hätten gut sein sollen. Sonst dürfen sie sie nicht verkaufen.«

»Wissen Sie, wieviel SuperTex monatlich von dem Zeug verkauft? Glauben Sie wirklich, die könnten alles kontrollieren? Wo Menschen arbeiten, passieren Fehler. SuperTex ist ein guter Laden. Wenn dort wirklich Ramsch verkauft würde, hätten die doch nicht soviel Erfolg? Warum ist Ihre Frau zu SuperTex gegangen?«

»Keine Ahnung.«

»Wegen des guten Rufs. Qualität zu Schleuderpreisen. *Schick daine oiren in die gassen*. Schick deine Ohren auf die

Straße und hör auf das, was die Menschen sagen! Deshalb ist deine Frau in diesen Laden gegangen. War es die Filiale in Bijlmer?«

»Das weiß ich nicht. Meine Frau kauft ein Oberhemd, es läuft sofort ein. Sie kauft zwei T-Shirts, und eins fällt einfach auseinander. Das weiß ich.«

»Das ist unmöglich.«

»Warum soll ich das erfinden? Die Nähte waren nicht richtig genäht.«

Eigentlich hätte ich mich über diesen Burschen freuen sollen, denn mit seiner Geschichte konnte ich mich bei Jimmy beklagen. Aber ich hatte das Gefühl, daß ich meinen Vater vor Verleumdung in Schutz nehmen mußte.

»Haben Sie es zurückgegeben?«

»Das sind doch Juden«, erklärte er mir, als ob er mir eine schlichte und einfache Wahrheit offenbarte. »Die geben nie Geld zurück.«

»Ach.«

»Das weiß doch jeder. In Paramaribo war das auch immer so. Welche Nummer ist es?«

Wir fuhren jetzt an der Amstel entlang. Ich nannte ihm die Nummer, und wir hielten vor meiner Wohnung. Ich ging schnell ins Haus. Das Leben war heute nicht nett zu mir.

Der Aufzug hält direkt im Flur der Penthousewohnung, und durch die runden Bullaugen in den Stahltüren sah ich eine Anzahl roter Koffer dort stehen, ein umfangreiches Set der Marke Delsey.

Maria saß auf dem Fensterbrett im Wohnzimmer. Sie lehnte mit Rücken und Hinterkopf am Fenster und starrte

Richtung Opernhaus. Sie drehte sich nicht um, obwohl sie mich hereinkommen hörte.

Ich goß mir einen Wodka ein.

»Du auch etwas?«

»Nein.«

Ich leerte das Glas mit einem Zug und schenkte mir sofort nach.

»Es ist ein Uhr«, sagte sie.

»Was meinst du damit?«

Ich nahm das Glas und setzte mich aufs Sofa. Maria hatte Diesel-Jeans an und einen grünen Pullover von William Lokkie. An den Füßen trug sie flache weiße Turnschuhe. Ohne Socken.

»Ich brauche nichts mehr«, sagte sie, während sie nach draußen schaute, »ich werde wieder für mich selber aufkommen.«

»Was hab ich falsch gemacht?«

»Ich muß einfach wieder für mich selber denken.«

»Warum so plötzlich?«

»Es ist nicht plötzlich. Ich hätte dies hier nie tun dürfen.«

»Was ist denn heute anders als sonst?«

»Der Entschluß«, sagte sie, und nun schaute sie mich an. »Der Entschluß verändert alles.«

»Ich finde das nicht komisch«, sagte ich ohnmächtig.

»Das ist alles? *Nicht komisch*?«

»Du wirst mir fehlen.«

»Du mir auch, Max. Aber wir wollen nicht drum herum reden. Zwischen uns klappt es nicht. Und außerdem: Ich liebe dich nicht.«

»Warum bist du dann so lange bei mir geblieben?«

Ich fragte zwar noch nach, aber es war unnötig, lange über ihren Auszug zu jammern. Sie war nicht Esther. Und ich war nicht ehrlich.

»Was fandest du überhaupt an mir?« fragte ich und ging damit zum nächsten Punkt der Abschiedszeremonie über.

»Klarheit. Sicherheit. Ich konnte meine Zukunft nicht mehr selbst in die Hand nehmen. Der Unfall hat mich eigentlich bis heute gelähmt. Dein Vater hat mich ausgehalten. Dann du. Es wird Zeit, daß ich selbst wieder aktiv werde. Es ist aus, Max. Ich muß irgend etwas tun.«

»Wo willst du wohnen?«

»In der Wohnung in Loosdrecht.«

»Ach, ich dachte, du wolltest für dich selber sorgen.«

»Ich hab es mir verdient, Max! Ich habe hart gearbeitet dafür, bei deinem Vater.«

»Das nennst du arbeiten?«

»Ja!« Sie versuchte, die aufsteigende Wut zu unterdrücken, die meine Frage provoziert hatte. »Und dein Vater war außerdem ein netter Mann, ja!«

»Und der Ferrari?«

»Den verkaufe ich.«

»Er gehört dir ja gar nicht.«

»Dann eben nicht. Steck ihn dir in den Hintern.« Ihre Stimme klang verächtlich.

Das war heute schon das zweite Mal, daß jemand den Wunsch äußerte, ich solle mir etwas in den Hintern stecken: zuerst wollte Yvonne ihren Job darin verschwinden sehen, und nun wollte Maria den roten Testarossa auch noch hinterherschieben.

»Ach, behalt ihn«, sagte ich lustlos.

»*Behalt* ihn? Die Papiere laufen auf meinen Namen! Aber ich laß ihn hier stehen. Ich will ihn nicht mehr haben.«

»Bitte, nimm ihn mit! Um Gottes willen, behalte ihn.«

Sie senkte den Kopf und seufzte tief. Mit dem rechten Fuß berührte sie den Boden, den linken hatte sie auf das Fensterbrett gestützt. Ihre Hände lagen verschränkt auf dem hochgezogenen Knie, und darauf ließ sie nun das Kinn sinken. Schwer fiel ihr das blonde Haar über die Schulter.

»Was könnte ich tun, damit du hierbleibst?«

Sie schüttelte den Kopf. »Es geht nicht.«

»Was habe ich falsch gemacht, Maria?«

Sie zuckte die Achseln und schaute wieder auf die Gracht.

»Diese Aussicht werde ich vermissen. Das Geld. Und dich.«

»Dann bleib doch hier«, sagte ich, aber meine Stimme klang nicht überzeugend, als ob dies alles zu einem obligatorischen Ritual gehörte, bevor sie die Tür endgültig hinter sich zuschlug. Es überraschte mich selbst: Ich wollte nicht um sie kämpfen.

»Als du heute morgen, nach dem Unfall in der Lairessestraat, nichts mehr von dir hast hören lassen, merkte ich erst, wie irrsinnig diese Situation hier war.«

Sie stand auf.

»Ich gehe, Max.«

Sie ging an mir vorbei, und ich hörte ihre Turnschuhsohlen auf dem glänzenden Parkett quietschen. Ich hörte auch, wie sie unter dem Foto meines Vaters ihre Koffer in den Lift zerrte und vor Anstrengung keuchte, denn ihre Koffer waren immer schwer. Ich blieb sitzen.

»Scheißkerl«, hörte ich sie sagen.

Die Türen des Aufzugs schlossen sich, und sie verschwand. Ich rührte mich nicht. Der Elektromotor summte im Aufzugsschacht.

Ich hatte Angst, aber nicht davor, Maria zu verlieren.

Ich trank mein Glas aus und erinnerte mich an unsere erste gemeinsame Nacht, nachdem wir in der Ambulanz des AMC gewesen waren. Es war spannend und zugleich unheimlich, die Frau zu berühren, der mein Vater insgeheim fünf Jahre lang geile Besuche abgestattet hatte. Bei ihr hatte er zuviel getrunken, und bei ihr hatte er seine letzten Worte gesprochen. Ich hatte Maria noch viel fragen wollen, aber das Verhältnis zwischen uns war nie so locker und vertraut geworden, als daß ich ihr die Geheimnisse meines Vaters hätte entlocken können.

Aber ich konnte sie besuchen und ihr, falls nötig, Geld für Informationen bieten. Ich schüttelte bei diesem Gedanken den Kopf und schauderte vor meiner eigenen Gewissenlosigkeit.

Unten röhrte der Ferrari. Wie ein alter Mann stand ich vom Sofa auf. Ich ging zum Fenster und sah das rote Ungetüm von der verbotenen Seite auf die Brücke abbiegen, genau wie ich es heute morgen getan hatte. Auf der anderen Seite der Gracht lenkte sie den Wagen Richtung Frederiksplein. Auf einmal bremste das Auto und blieb stehen. Die Tür ging auf, und sie stieg aus dem niedrigen Schalensitz. Ihre Haare wehten ihr über eine Schulter. Sie winkte.

Schnell öffnete ich das Fenster und winkte mit gestreckten Armen zurück wie ein betrübtes Kind.

»MACH'S GUT!« brüllte ich, obwohl die Chance, daß sie mich über die breite Gracht hinweg verstehen konnte, minimal war. »ICH HOFFE, DU SCHAFFST ES!«

Sie stieg wieder ein, und ich sah zu, wie der Wagen über den Buckel der Achtergracht fuhr und danach aus meinem Blickfeld verschwand.

Ich zog die Nase hoch und schloß das Fenster. Laut, als ob sie mich noch hören konnte, sagte ich: *Hob mich weinig lieb, nor hob mich lang lieb*. Du brauchst mich nicht allzusehr zu lieben, wenn es nur lange dauert.

Ich trank einen Wodka und rief Robbie an.

»Mensch, wo warst du denn die ganze Zeit?« fragte er feindselig.

»Ich hatte noch etwas anderes zu tun.«

»Was denn?«

»Geht dich nichts an.«

»Eine Frau?«

»Nein. Nicht, wie du denkst.«

»Dachte ich mir schon. Wenn man Maria hat, braucht man doch wirklich nichts anderes, finde ich.«

»Wie geht es dem Jungen?«

»Jakov Weiss? Ich habe angerufen. Sie haben ihn geröntgt, und er hat sich tatsächlich ein Bein gebrochen.«

»Wie schrecklich...«

»Aber schön gebrochen, sagten sie. Eine herrlich saubere Bruchfläche, so nannten sie das, ohne Komplikationen. Sie haben es geschient, und in vier Wochen ist er wieder ganz in Ordnung.«

»So schnell?«

»Er ist sechzehn! Erinnerst du dich, was du mit sechzehn Jahren alles vertragen hast? Man onaniert sich dumm und dämlich in diesem Alter, zwanzigmal hintereinander an einem Tag! Aber leider bekommt man ja Gehirnerweichung davon.«

»Ach ja? Das wußte ich nicht. Was für ein Pech für mich«, sagte ich.

»Schick dem Jungen irgendwas, ein Spielzeug oder so was.«

»Ein Spielzeug? Womit spielen denn sechzehnjährige orthodoxe Jungs?«

»Genau wie wir damals: mit ihrem Pimmel.«

»Kommt es zu einer Verhandlung?«

»Ach, alles halb so wild. Sie geben dir eine Geldstrafe oder nehmen dir ein Jahr lang den Führerschein ab…«

»…wie lästig…«

»…aber du brauchst dir weiter keine Sorgen zu machen wegen Schadenersatz.«

»Was mach ich denn, wenn ich nicht mehr fahren kann?«

»Herrje, wenn das alles ist! Außerdem: Deinen Porsche fand ich schon immer einen ziemlichen Zuhälterschlitten.«

»Meinst du das ernst?«

»Du solltest dir ein Jaguar Coupé zulegen. Oder einen Maserati. Nicht diesen ordinären Porsche.«

Wir verabredeten uns für nächste Woche zum Essen, und ich legte auf.

Heute genoß mein Porsche wenig Ansehen. Seine Anschaffung war für mich die Erfüllung eines alten Knabentraums gewesen. Andere träumten von einem Jaguar oder einem Aston Martin, aber die Modellautos, die ich als Kind sammelte, waren entweder Porsche oder die Sportmodelle von Mercedes.

Ich zog einen Pullover über das T-Shirt und bestellte mir ein Taxi, um auf die Couch von Frau Dr. Jansen zurückzukehren. Es wurde Zeit für die Geschichte von Boy.

11

Boy hat das Äußere eines unscheinbaren jungen Juden, der dazu bestimmt ist, ein *Jeschiwa Bocher* zu werden, was in diesem Jahrhundert bedeutet, daß er ein korrekter und penibler Buchhalter wurde.

Er ist etwas kleiner als ich, dafür schlank. Er hat eine Brille mit dicken Gläsern, die seine sanften Augen optisch verkleinern. Seine unauffällige Kleidung kauft er mit Vorliebe bei FÜR IHN.

»Ich hab nicht die Figur für deine schicken Kleider«, sagte er einmal, als ich ihn fragte, warum er sich nicht endlich mal etwas Besseres zulegte, »ich wüßte gar nicht, wie ich in so einem Zweireiher von Armani herumlaufen sollte. Ich bin nicht so ein *Macher* wie du.«

Er stand mit einhundertfünfzigtausend Gulden auf der Lohnliste und steckte sein Geld in sichere Wertpapiere und Pfandbriefe. Mit dreiunddreißig war er ein vermögender Mann und hätte von den Zinsen seiner Kapitalanlagen leben können. Ich kannte ihn als ruhigen Jungen, aufmerksam und lieb zu unserer Mutter, deren Augapfel er war, und mir gegenüber so respektvoll und zurückhaltend, als wäre ich ein bewunderter und gefürchteter Onkel. Ich meinerseits behandelte ihn, glaube ich, wie einen geistig zurückgebliebenen Neffen, dem man unbedingt beibringen muß, wie es in der Erwachsenenwelt zugeht.

Fünf Briefe bekam ich von ihm, innerhalb von fünf

Wochen mit dem Füllfederhalter geschrieben, jeder einzelne ein heroischer Versuch, seine Gedanken auf Papier zu bannen: *Noch nie habe ich jemandem einen persönlichen Brief geschickt, also achte bitte nicht zuviel auf Stil und so. Wahrscheinlich sind auch Fehler drin, aber es geht um etwas Wichtigeres.*

Im Vergleich zu Dir kam ich mir immer vor wie ein Nebbich. Du warst Geschäftsführer des Breslauer Imperiums, und ich versuchte, in Deinem Schatten zu überleben. Das hatte ich auch bei Papa schon getan, und bei Dir tat ich es wieder. Auf dem Gymnasium bist Du zweimal durch die Abschlußprüfung gefallen. Als das passierte, war ich Dir richtiggehend dankbar, denn Du warst sonst auf der Schule in allem besser als ich. Wenn Du wüßtest, wie sehr ich darunter gelitten habe! Papa sprach immer nur über Dich, wie brillant Du warst und wie glänzend Deine Zukunft sein würde. Das Schlimme daran war, daß es stimmte, das spürte ich damals schon. Du warst von Anfang an mein großer starker Bruder, der mich überragte. Körperlich warst Du auch noch größer! Und ich schaffte mit Ach und Krach die Realschule. Es ist nicht immer gerecht verteilt.

Bar-Mizwa ist ein wichtiger Augenblick im Leben jedes jüdischen Jungen. Eltern, Familie und Freunde versammeln sich in der Synagoge, und zum ersten Mal in seinem Leben liest er laut und öffentlich aus der Thora vor. Jeder Fehler, jedes Zögern wird sofort von einem der anwesenden Sachverständigen bemerkt – und an diesem Tag sitzen ausschließlich Sachverständige in der Synagoge –, und auch der Gesangsvortrag muß höchsten Ansprüchen standhalten. Meiner war nahezu perfekt gewesen, aber Boy mußte man bei seiner Bar-Mizwa jedes Wort vorsagen, als wäre er ein kleiner Idiot. »Ich kann mir die Buchstaben nicht merken«, hatte er mir hinterher mit bleichem Gesicht zugeflüstert, »ich verstehe doch nicht, was da steht.«

Wir hatten uns bei Sal Meijer in der Scheldestraat verabredet. Ich war schon früher mit dem Taxi gekommen und wartete mit den Brüdern Cohen und Frits van Praag im vollbesetzten Lokal auf meinen Bruder. Wir beugten uns über unsere Sandwiches. Ich hielt die Straße im Auge, und Boy parkte, weil er nichts anderes fand, seinen Mercedes 190 E (einen Sechzehnventiler mit 2,3-Liter-Motor) neben Frits' BMW in der zweiten Reihe. Er schaltete die Warnblinkanlage ein und stieg aus dem Auto.

Es regnete in Strömen. Boy zog die Schultern hoch, knöpfte sein Jackett zu und eilte über den Bürgersteig in die Imbißstube. Der alte Meijer saß eifrig schwatzend an einem Tisch beim Fenster und hob zur Begrüßung eine Hand. Er war Ehrengast bei der Trauung meiner Eltern gewesen. Ich hörte, wie Boy zurückgrüßte: »Wie geht es, Herr Meijer?«

»Und Ihrer Mutter?«

»Bestens, Herr Meijer.«

»Grüßen Sie sie herzlich von mir. Habe ich Ihren Bruder nicht eben gesehen?«

Wir hatten ihm einen Platz freigehalten, und ich stand auf und winkte ihm. Joel und David Cohen kauten an ihrem warmen Pökelfleisch, und Frits, breit und massig, vertilgte eine saftige halbe Räucherwurst.

»Dieses Pack hier konnte sich nicht beherrschen, aber ich habe mit dem Essen auf dich gewartet«, sagte ich.

»Es sind doch Tiere«, sagte Boy. Dann sah er meine Leberwurst. »Iß bloß nicht zuviel.«

Er schrieb, er mache sich Sorgen, ich könnte einen Herzinfarkt bekommen. Ich sei groß und dick und hätte einen Stiernacken und ein feuerrotes Gesicht, das ihn an einen deutschen Biersäufer erinnerte. Aber er beneide mich um meinen Geschäftsinstinkt. In seinen Augen hatte ich mich nach meiner Anwaltskarriere zu einem Vollblutkaufmann entwickelt, der selbst einen Rothschild vor Neid erblassen ließ.

Frits und die Brüder Cohen waren Boys Klassenkameraden. Sie waren Freunde geblieben. Genau wie Boy war auch Frits in das Geschäft seines Vaters eingetreten – ein Großhandel in Fett und Ölen –, und sein neuer BMW 750 war das sichtbare Zeichen seines Erfolges.

Die Brüder Cohen hatten nach der Realschule bei der Fernuniversität Leiden einen Fernkursus Zahntechnik belegt und waren nun die ungekrönten Gebißkönige des westlichen Ballungsraumes. Ihre beiden Jaguars hatten sie auf dem Parkplatz des Hilton stehengelassen und waren wegen der leidigen Parkprobleme mit dem Taxi hergekommen. Sie trugen schicke Anzüge und sahen trotzdem aus, als könnten sie nicht bis drei zählen.

Ich selbst habe überhaupt nichts zum Erfolg von SuperTex beigetragen, schrieb Boy. *Ich weiß nicht, was ich ohne Dich nach dem Tod von Papa getan hätte. Ich hatte das große Glück, daß ich Dein Bruder war. Sonst wäre ich einfach nur irgendwo Verwaltungsangestellter geworden. Ich konnte nichts und war zu nichts nütze. Mein Mercedes und mein Einkommen erweckten den Eindruck, ich sei eine*

Säule der niederländischen Textilindustrie, aber ich war nur ein kleiner Buchhalter.

Boy versuchte jetzt, die Aufmerksamkeit von Maurits zu erregen, dem blonden Nachfolger von Sal Meijer, aber es war so viel Betrieb, daß Maurits nicht einmal aufsah. Boy winkte ihm die ganze Zeit vergeblich.

»Was willst du denn haben?« fragte ich Boy.

»Dasselbe wie du.«

Ich stand auf und schrie Maurits zu: »Noch eine Leberwurst und einen Tee!«

Maurits nickte, während er hinter der Theke eine ganze Reihe Brötchen mit einem einzigen Schnitt halbierte. Er schwitzte schon wieder, weil er zuviel alleine machen mußte und seine Gäste unruhig wurden. Es waren keine gewöhnlichen Gäste, sondern Juden aus Amsterdam-Süd, die Hunger hatten, mithin die unangenehmsten Gäste, die man sich in einer Imbißbude überhaupt vorstellen kann. Bemerkungen wie »He, Maup, glaubst du vielleicht, ich bin tot?« flogen hier durch die Luft. Und wenn Maurits antwortete: »Nein, ich weiß es noch!«, kam die Replik: »Wissen? Was ist das? Kann ich das in den Mund stecken?« Oder jemand schrie: »He, Maup, ich muß auf den Zug!« »Du auf den Zug? Warum denn?« versuchte Maurits abzuschwächen. Dann hieß die Antwort: »Weil ich dort unterwegs noch was zu essen kriege!«

»Boy«, sagte ich, »ich habe hier mit diesem Gesindel geredet, und wir haben beschlossen, daß wir noch einen Versuch wagen wollen, dich mit dem wirklichen Leben zu konfrontieren.«

Joel mampfte mit vollem Mund: »Wir kennen es ja schon, aber du noch nicht, und deshalb dachten wir…«

»An einen Junggesellenabend«, nahm Frits das Wort und wischte sich den Mund ab, »Wein, Weib und Gesang.«

Und David setzte hinzu: »Das schenken wir dir, bevor auch du in den Stand der Ehe trittst.«

»Dabei denken wir natürlich auch an uns selber«, sagte Frits, »wir können dich unmöglich allein zu den Huren schicken. Aber mach dir keine Gedanken, wir sind deine Freunde, wir stehen dir mit Rat und Tat zur Seite.«

»Und ich hatte schon Angst, ihr würdet es ganz vergessen«, sagte Boy verlegen.

»Hör mal, Boy«, sagte ich als der weise und erfahrene Mann in der Gruppe, »ein gutes Gespräch mit einer Nutte ist genau das, was du vor deiner Eheschließung brauchst.«

Boy wohnte immer noch zu Hause, aß das nahrhafte Essen meiner Mutter und schaute abends neben ihr auf dem Sofa das Fernsehprogramm an. Er hatte ihre Bescheidenheit geerbt. Ihr Leben lang hatte sie im Schatten ihres Mannes anderen gedient. Sie hatte zwischen ihm und mir vermittelt und hatte Boy vor der bösen Welt draußen und vor den Ansprüchen ihres Gatten drinnen beschützt.

»Er kann eben einfach nicht lernen«, hatte ich sie einmal sagen hören, als Boy wieder mit einem seiner niederschmetternden Zeugnisse heimgekommen war. »Es muß doch nicht jeder Professor werden?«

»Lege ich mich dafür krumm?« fragte mein Vater. »Er ist doch kein Idiot, oder?«

»Nein, aber er kann nicht lernen«, erklärte meine Mutter geduldig mit wachsender Überzeugung und Kraft. Sie ließ ihren Boy nicht von den bösen Worten meines Vaters zermalmen. »Boy funktioniert eben anders. Er ist mehr praktisch veranlagt. Max kann lernen, und Boy kann Sachen *tun*. Er ist geschickt. Alles, was er sieht, kann er mit seinen Händen machen.«

»Ich habe mit den Händen gearbeitet. Er soll mit seinem Kopf arbeiten.«

»Er wird tun, was er tun muß, Simon.«

Boy hatte sich einfach hinter Mutters Rücken versteckt. Es war nie soweit gekommen, daß er auf eigenen Füßen stand. Im Lauf der Jahre hatte er Freundinnen gehabt, meist Mädchen aus dem Büro, aber sie hatten ihn niemals zu einer eigenen oder gar gemeinsamen Wohnung verführen können. Bis Lea auf der Bildfläche erschien. Er hat mir ausführlich erzählt, wie er sie kennenlernte.

Er war mit Frits und Helen im Juliana's, der Disco unter dem Hilton, etwas trinken gegangen. Es war Samstag abend, und Frits und Helen tanzten. Boy blieb an der Bar stehen und betrachtete die komplizierten Paarungsrituale der wogenden Menge auf der Tanzfläche.

»Tanzt du gerne?« hörte er plötzlich neben sich.

Er drehte sich um und sah in freundliche Augen unter dichten Augenbrauen. Das Mädchen war blond, aber Boy wußte sofort, daß er eine jüdische Prinzessin vor sich hatte. Sie war klein, und ihr langer Rock verbarg ihre Beine, von denen Boy annahm, daß es kurze dicke Würstchen waren. Sie hatte runde Wangen, volle Lippen und den Anflug eines Flaumbärtchens auf der Oberlippe. Er dachte sofort an einen behaarten Körper, der jeden Tag mit Enthaarungscreme eingeschmiert werden mußte.

»Ach...«, gab er zur Antwort.

Er schrieb mir: *Ich fand sie wohl ulkig. Ich suchte nach einer passenden Antwort. Du hättest natürlich sofort gesagt: »Mit dir? Mit dir tanz ich bis in den Morgen.« Aber im entscheidenden Moment komme ich nie auf so etwas. Später, wenn ich zu Hause bin, fallen mir manchmal Sachen ein, die ich hätte sagen können. Aber dann ist es zu spät.*

Das Mädchen fragte: »Also wollen wir...?«

Er nickte. Zusammen gingen sie zur Tanzfläche, und er sah ihre Figur. Sie war kurz und dick. Zwischen den springenden Leibern und rudernden Gliedern suchten sie nach einem Platz, wo sie sich bewegen konnten, fanden aber keinen. Das Mädchen lächelte und fing an zu hüpfen. Boy auch. Er wurde gegen sie gepreßt und versuchte, wieder Abstand zu gewinnen, aber die Menge zwang sie zu körperlichem Kontakt. Er fühlte ihre schweren Brüste. »Ich tanze nicht so oft«, rief das Mädchen mit verzweifeltem Blick, im vollen Bewußtsein, daß ihre Figur für die akrobatischen Verrenkungen moderner Tänze nicht geschaffen war. Boy fühlte, wie alles wogte.

»Warum kommst du dann hierher?« fragte er.

»Ach, sonst sitzt man doch nur zu Hause herum«, sagte sie.

Sie hieß Lea van Gelder und wohnte bei ihren Eltern.

»Ich auch«, sagte Boy, »ich wohne bei meiner Mutter. Bist du allein hier?«

Lea war mit einer Freundin gekommen, einem bildschönen Mädchen, das sofort nach ihrem Eintritt von einem Jungen angesprochen worden war und in der Menge verschwand. Boy hatte im Lauf des Abends einen Blick auf ihre langen Beine und ihren nackten Rücken, auf dem die Schweißtropfen glitzerten, werfen können.

Am Ende dieses Abends brachte er Lea nach Hause in Blaricum, und ein paar Tage später gingen sie zusammen essen. Bei Lea fühlte er sich nicht wie ein unnützes Fliegengewicht. Bei ihren Eltern zu Hause konnte er sich einfach bequem ins Sofa sinken lassen und *Panorama* oder die *Neue Revue* durchblättern. Lea stellte keine Fragen, die er nicht beantworten konnte.

Lea war einziges Kind. Die Van Gelders wohnten in einem Riesenhaus in Het Gooi, den Wäldern von Blaricum, und waren über Boy erfreut. Ihre Eltern waren auch klein und dick, und Boy kam sich neben ihnen wie ein Riese vor. Es waren einfache Juden aus der Provinz, die vor zehn Jahren wegen der Ausbildung ihrer Tochter in die Nähe von Amsterdam gezogen waren, »für Lea war das besser, denn hier konnte sie unter Juden aufwachsen«. Sie hatten einen weichen Limburger Akzent, was Boy bei Juden noch nie gehört hatte, und waren liebenswürdig und freundlich, was Boy ebenfalls bei Juden noch nie erlebt hatte.

Jaap van Gelder hatte sein Vermögen in Metall gemacht. Nach dem Krieg, den er mit seiner Frau als Untergetauchter überlebt hatte, fing er einen Metallwarenhandel an und machte damit das Geschäft seines Lebens. Boy hatte diese Geschichte zu hören bekommen, als Lea ihn zu Hause vorstellte.

Lea und ihre Mutter, die Boy an seine eigene erinnerte, lauschten still und zustimmend, als ob Jaap seine Geschichte zum ersten Mal vortrüge. Sie saßen bei Tisch in einem Raum, der früher ein Ballsaal gewesen war, unter einem Kronleuchter, der mühelos die Empfangshalle des Amstel-Hotels hätte erleuchten können. Sie hatten Brathuhn gegessen.

»Aus unserem eigenen Stall«, hatte Leas Mutter stolz verraten.

»Mein Vater hält nämlich Hühner«, hatte Lea erklärt.

Ende der vierziger Jahre hatte Van Gelder ein Unternehmen übernommen, das Gullydeckel herstellte. Damit hatte er sich während des Wiederaufbaus eine goldene Nase verdient, denn damals wurden ganze Neubauviertel aus dem Boden gestampft, die alle mit Kanalisation versehen wurden, und die brauchten als Abschluß natürlich Deckel. Deckel von Van Gelder. Und als die Weltwirtschaft in den siebziger Jahren florierte, kamen die Aufträge aus der ganzen Welt.

»Jedesmal, wenn irgendwo auf der Welt jemand aufs Klo geht, verdiene ich daran einen Cent, könnte man sagen. Ulkig, nicht? Wenn die Wirtschaft blüht, essen die Menschen mehr, und wenn sie mehr essen, dann müssen sie auch mehr… du verstehst schon. In Rio zum Beispiel – bist du eigentlich schon mal in Rio gewesen, Boy?«

Van Gelder hatte eine hohe gequetschte Stimme, die viele Jahrzehnte jünger klang, als er aussah.

»Nein, Herr van Gelder. «

Van Gelder nickte seiner Tochter lächelnd zu. »In Rio gibt es wundervolle Strände, Lea, sehr romantisch für ein junges Paar!« Er zwinkerte Boy zu. Lea errötete.

Boy stellte sich Lea in einem Bikini vor und rutschte unbehaglich auf dem Stuhl hin und her.

»Jaap…«, mahnte Leas Mutter.

»Ich mache doch nur Spaß«, entschuldigte sich Van Gelder.

Er beugte sich über den Tisch und konnte gerade die Fingerspitzen seiner geliebten Tochter berühren. Boy sah ihre kurzen Fingerchen, beringt mit glitzerndem Diamantschmuck. »Nur ein Spaß...«, wiederholte Leas Vater mit Wärme.

Dann lehnte er sich wieder in seinen Stuhl zurück und fragte: »Wo war ich stehengeblieben?«

»Rio«, sagte Boy.

»Rio«, wiederholte er, »wenn du in Rio über die Straße gehst und trittst auf einen Kanaldeckel, dann mußt du mal stehenbleiben und lesen, was da draufsteht. Was glaubst du wohl, was du da siehst?«

Boy zuckte die Schultern. Er wollte Leas Vater die Möglichkeit geben, selber zu triumphieren.

»Na?« drängelte Van Gelder.

Boy schaute zu Lea und Frau van Gelder hinüber, die beide lächelnd auf seine Antwort warteten und ihm aufmunternd zunickten. Sie wollten offenbar, daß er die Antwort gab.

»Van Gelder«, brachte Boy heraus.

Er fühlte, wie auf seine Schulter geklopft wurde. »Gut so«, hörte er Leas Vater sagen, »der hat sein Hirn auch nicht im Hintern.«

»Jaap!« warnte ihn seine Frau wieder.

»Nur ein Spaß. Und was glaubst du, steht in Singapur? Und in Seattle? Und in Toronto? Und in... na, sag du mal eine Stadt, eine ganze berühmte, eine besondere Stadt – eine *heilige* Stadt?«

Boy dachte nach. Er wußte, daß dies ein wichtiger Augenblick war, in dem er nicht versagen durfte. Wenn er im Leben noch jemals heiraten und eine Familie gründen wollte, dann mußte er jetzt die richtige Antwort geben. Lea war zwar leider keine Schönheit, aber sie war doch *wenigstens lieb, und ich dachte, Sex mit ihr wäre eben nur, um Nachkommen zu zeugen. Wir sind noch nie so persönlich miteinander gewesen, Max, aber ich will Dir alles ganz genau erzählen. Darum schreibe ich Dir das.*

Und er antwortete, wobei er Van Gelder in die Augen sah: »Jerusalem.«

Der Mann nickte und wandte sich zufrieden an seine Frau.

»Er sieht nicht nur gut aus«, sagte er zu seiner Gattin, »er hat es auch hier.« Dabei tippte er auf seine Stirn, um zu zeigen, daß Boy über ein ungewöhnliches Denkvermögen verfügte. Boy hatte bestanden.

»Dein Vater hatte doch nur Grundschule?«

Boy nickte.

»Und ich, ich habe nicht einmal das!« sagte Van Gelder stolz.

Boy schaute auf seine zukünftige Frau. Mit einer Kopfbewegung unterstrich sie diese besondere Heldentat, in tiefer Bewunderung für die Leistungen ihres Vaters.

Nach dem Essen führte Van Gelder Boy durch das riesige Haus. Er hatte einen Flügel anbauen lassen, weil er seinerzeit viele Gäste empfing. Er ging davon aus, daß all diese Bürgermeister und Stadtdirektoren aus Japan und Südamerika und der ganzen Welt lieber bei ihm zu Hause wohnten als im Hotel. Er hatte zehn Gästeappartements, die seit dem Verkauf seines Unternehmens leerstanden.

»Und dann hatte ich diese Idee«, sagte er mit funkelnden Augen.

Er öffnete eine Tür, und Boy sah den Mittelflur des angebauten Flügels. Große stolze Hühner schritten über den weichen Teppich.

»Jetzt laufen meine Hühner hier herum«, erklärte Van Gelder.

Sie betraten den Flur. Boy schaute in eines der Zimmer. Die Hühner saßen auf einem vollgeschissenen Gästebett. Mit offenem Mund taumelte Boy durch den Anbau. Die Hühner gackerten in den Badezimmern, brüteten auf wertvollen Chesterfield-Sofas, kackten auf seidene Kissen.

»Die besten Hühner der Welt«, sagte Van Gelder ernsthaft, »sie werden besser ernährt als der durchschnittliche Europäer. Wie war das Huhn, das du heute abend gegessen hast? Sag es ehrlich!«

»Vorzüglich!« flüsterte Boy.

»Erinnere mich daran, daß ich dir gleich nachher ein paar Eier mitgebe. Die mußt du erst mal versuchen! Wenn du die am Sonntagmorgen zum Frühstück bekommst, willst du dein Leben lang nichts anderes mehr essen.«

Er bückte sich und fing mit routinierter Armbewegung ein Huhn. Das Tier gackerte und schlug ohnmächtig mit den Flügeln. Er streichelte es, worauf sich das Huhn wieder beruhigte. Es war ein mächtiges Tier mit starken gelben Federn und einem kühnen Schnabel.

»Ich weiß, was Hühner für unser Volk bedeuten«, sagte Van Gelder mit bewegtem Blick. »Wenn ein Jude ein Huhn aß, war entweder das Huhn krank oder der Jid. Erst haben wir eine Hühnersuppe davon gekocht, und dann haben wir es ganz aufgegessen. Hühnerfleisch ist das Beefsteak der Armen. Ich möchte das verändern. Die Hühner hier sind nahrhafter und wohlschmeckender als das beste argentinische Steak.«

Mit Tränen in den Augen betrachtete er das Huhn.

»Es ist eine Mission, Boy, etwas, das mir sehr nahegeht.«

Nach einer Werbung von drei Wochen beschlossen sie zu heiraten. Ihre Eltern waren freudig erregt.

Und Mama freute sich auch. Sie weinte, als ich es ihr erzählte. Aber sie war auch traurig. »Ich werde dich vermissen, liebes Kind«, sagte sie. Und ehrlich gesagt wußte ich tief in meinem Inneren, daß ich eine Dummheit gemacht hatte.

Nach der frohen Botschaft nahm Van Gelder Boy vertraulich beiseite und führte ihn in sein Büro, einen Saal voller Schränke mit Ordnern und Kassenbüchern. Auf dem Schreibtisch stand ein retouchiertes Foto von Lea im Schwimmbad. Boy sah die unabweisbare Ähnlichkeit mit einem kleinen Nilpferd.

»Boy, mein Junge, hör mal zu.«

»Ja, Herr van Gelder.«

»Meine Frau und ich sind so froh über euren Entschluß, daß wir euch gerne etwas schenken wollen, als Geste, gewissermaßen. Hier. Such dir mit Lea etwas aus.«

Er gab Boy die reich illustrierte Broschüre einer Baufirma, die innerhalb von vier Wochen schwedische Landhäuser aufstellte. Die Villen kosteten ein Vermögen.

»Aber, Herr van Gelder…«

»Boy, wir lieben Lea, und wir lieben dich. Das bekommt

ihr von uns geschenkt. Sucht euch ein schönes Haus aus. Es ist auch in unserem eigenen Interesse, denn wir kommen euch dann oft besuchen, und Familienzuwachs würden wir freudig begrüßen.«

Letzteres sagte er mit einem Augenzwinkern (er zwinkerte oft und gern), und Boy hatte es mit einem Lächeln erwidert. Die Belohnung auf Leas Kopf war enorm, und Boy überlegte, ob man ihm seine Zweifel an dieser Verlobung vielleicht an der Nasenspitze ansehen konnte.

»Das ist zuviel, Herr van Gelder.«

»Vater«, verbesserte Leas Vater, »für dich bin ich *Vater*, Boy, und ich fühle mich auch so.«

Er hatte Lea einen Gutenachtkuß gegeben und war mit zwei Dutzend Eiern davongezogen. In vier Monaten würden sie beide in der Synagoge stehen, und er würde das Glas zerbrechen.

Lea war vorläufig unberührbar. Zwar hatten sie sich geküßt, und ihre Hände hatten nervöse Entdeckungsreisen unternommen, aber das Bett hatten sie noch nicht miteinander geteilt. Lea war Jungfrau; er hatte sie einfach danach gefragt, und sie hatte ihn dasselbe gefragt. Darauf hatte er ihr gesagt, daß er in früheren Zeiten wohl einmal mit einer Schickse geschlafen hatte, aber daß sie sich dabei gar nichts denken solle.

Sie hatte genickt und sich wieder in ihre Lektüre der *Cosmopolitan* vertieft.

»Wann soll es also sein?« fragte Boy bei Sal Meijer.

»Am Abend bevor du heiratest natürlich!« sagte Frits.

Er brach auf, die Brüder Cohen ebenfalls, und Boy

mußte mit hinaus, weil sein Wagen neben Frits' BMW parkte.

»Freust du dich?« fragte ich, als Boy sich wieder neben mich setzte.

»Jaja«, sagte er ohne Überzeugung.

»Du kannst ruhig etwas begeisterter sein«, sagte ich, »du heiratest, und wir geben für dich noch ein schönes Fest!«

»Ich bin ja begeistert«, sagte er kühl.

Ich fand mich damit ab, daß manche Menschen ihre Begeisterung eben lieber für sich behalten – ich konnte mir einfach nicht vorstellen, daß er sich nicht freute –, und brachte das Gespräch auf meine marokkanischen Beziehungen und auf die Maximal GmbH.

Vor ein paar Wochen hatten die Mohammeds per Fax dringend um ein Gespräch über die Vertragsverlängerung gebeten, der seinerzeit auf meinen Vorschlag hin auf zwei Jahre befristet worden war, und ich hatte mich mit ihnen für die kommende Woche verabredet. Aber auch Jimmy Tschin hatte ein Fax geschickt. Er wollte Richtlinien für die nächste Wintersaison und kam selbst in die Niederlande. Die beiden Termine überschnitten sich.

»Boy, du weißt doch, daß ich mit meiner eigenen Firma Geschäfte mit den Herren in Casablanca mache.«

Er nickte und hörte interessiert zu.

»Ich habe mich mit ihnen verabredet, aber Jimmy kommt nächste Woche auch. Ich wäre sonst für zwei Tage nach Casablanca geflogen, um den Vertrag zu verlängern, aber das geht jetzt nicht. Könntest du nicht nächste Woche hinfliegen?«

Ich sah, wie er schluckte und kurz nachdachte. Weil er

nicht sofort erfreut reagierte, bekam ich wieder Zweifel an meinem Vorschlag. Er war zu weich und zu unerfahren.

»Worum geht es denn genau?«

»Ich habe mit ihnen einen Vertrag. Ich vertreibe ihre Ware hier. Das habe ich immer von der ETI getrennt. An der Lauriergracht habe ich ein kleines Büro, dort sitzen zwei Leute, die für mich arbeiten.«

»Das hast du ja nie erzählt«, sagte er verblüfft.

»Das war auch noch nie nötig«, sagte ich.

»Und was soll ich genau machen?«

»Vertragsverlängerung«, sagte ich, »einfach verlängern, so wie er war. Ich gebe dir eine Vollmacht mit. Dann sind zehn Prozent im nächsten Jahr für dich.«

»Gut«, sagte Boy niedergeschlagen, »ich mach das für dich.«

Später schrieb er mir: *Vielleicht habe ich ein bißchen lahm reagiert, aber das kam, weil ich Angst hatte, die Sache zu verpatzen. Eigentlich war ich nämlich sehr froh, daß Du mich um so etwas gebeten hast. Endlich wurde ich für voll genommen. Die Reise erschien mir verlockend. Du gabst mir den Schlüssel von Deinem Büro an der Lauriergracht, und wirklich, Du kannst sicher sein, daß ich mein Allerbestes getan habe. Ich habe die Verträge studiert und meine Reisetasche gepackt.*

An einem Donnerstag flog er ab. Lea brachte ihn nach Schiphol, und er glaubte fest daran, in zwei Tagen wieder zu Hause zu sein.

Ein Chauffeur erwartete ihn mit einem Schild am Flugfeld von Casablanca. Boys Name stand mit Filzstift auf einem

Stück Pappe. Der Mann nahm ihm die Tasche mit Wäsche für zwei Tage ab und fuhr ihn in einem Buick ins Hyatt Regency mitten im Stadtzentrum, an der Place Mohammed V.

Von seiner Suite hatte er Ausblick auf den baumlosen Platz. Vor Aufregung fühlte Boy seine Fingerspitzen prickeln. Hier würde er sich bewähren und seinem Bruder zeigen, wie kompetent er war. Sein Leben lang hatte er sich versteckt, aber es wurde Zeit, daß er aus seinem Mauseloch herauskam und seinen Platz im Leben ausfüllte. Er wollte mir ein Geschenk mitbringen: einen Vertrag mit den Frères, wie ich selbst ihn nicht schöner hätte aushandeln können.

Die Fahrt vom Flugplatz hatte ihn durstig gemacht. Er öffnete die Minibar und nahm eine Dose Cola heraus. Er sah das Fach mit den kleinen Fläschchen alkoholischer Getränke in der Tür des Kühlschranks und dachte, es könne nichts schaden, wenn er sich einen kleinen genehmigte. Er erkannte, warum die kleinen Fläschchen an der Innenseite der Tür aufgereiht waren: *wenn man die Tür öffnete, hörte man sie klirren und bekam ganz von selbst Lust auf einen Schluck Whisky oder Wodka. Ich weiß genau, daß Du darüber noch nie nachgedacht hast*. Er drehte den Schraubverschluß von einer Miniflasche Johnny Walker und setzte sich zufrieden mit einer Tüte Erdnüsse ans Fenster.

Er schaute auf die fremdartige Stadt und das Verkehrsgewühl dort unten, auf alte Autos und Pferdewagen und sogar Kamele. *Glaub mir: ich fühlte mich wie ein Weltreisender*.

Abends um sieben wurde er vom Chauffeur zu einem Restaurant außerhalb der Stadt gefahren.

»Viele Touristen gehen dorthin«, erklärte ihm der Mann auf englisch, »dort ist Musik und Tanz.«

Das Restaurant lag im marokkanischen Legoland. Zwischen den nachgebauten Miniatursehenswürdigkeiten Marokkos befand sich ein Lokal, das von amerikanischen Touristen ebenso besucht wurde wie von wohlhabenden Marokkanern. Dutzende von Leuchtern brannten, und ihre vielen hundert Kerzenflammen spiegelten sich im geblümten Porzellan und in den silbernen Bestecken. Dicke Damasttücher verhüllten die Tische. Der Chauffeur brachte ihn zu den Brüdern Mohammed.

»Wir finden es schade, daß Ihr Bruder nicht kommen konnte«, sagte einer von ihnen.

»Sie werden ihn bei mir schnell vergessen«, antwortete Boy, und seine Zufriedenheit mit dieser prompten Erwiderung wärmte ihn von innen, *denn weißt Du, ich war schon ein bißchen betrunken.*

Sie setzten sich. Ein traditionelles Couscous wurde aufgetragen, was ein Abendessen mit vielen Gängen und allerlei scharfen Vorspeisen zu sein schien. Boy trank Wein, und der erste Teil des Abends verlief für ihn in einem Nebel des Behagens und der Zufriedenheit über seinen besonderen Auftrag, der bis dahin reibungslos klappte. Das Essen schmeckte ihm, und er aß mehr als gewöhnlich. Die Brüder hatten überhaupt keine Ähnlichkeit mit den ländlichen Marokkanern, die Boy aus den Niederlanden kannte. Die Herren Mohammed waren keine vierschrötigen Arbeitspferde mit Mützen auf dem Kopf, mit unrasierten Gesichtern und Händen wie Kohlenschaufeln. Jean Pierre und Louis waren charmant und gebildet, gestikulierten mit schlanken Händen, und ihre Maßanzüge saßen wie angegossen um ihre schmalen Schultern, *man konnte genau sehen, daß sie im Leben nie etwas anderes getragen hatten als eine Tasche mit Golfschlägern*.

Beim Kaffee – er wurde in einer großen Silberkanne serviert, ein Kellner hielt sie ungefähr einen Meter hoch über den Tisch und füllte Boys Tasse auf diese Weise mit einem eleganten Strahl – begann einer der Brüder, über das Geschäftliche zu reden. Boy hatte schon längst wieder vergessen, welcher der beiden Jean Pierre und welcher Louis war, aber er war ganz sicher, daß dies kein Problem aufwarf. Der Mann sagte, ihr gemeinsames Geschäft sei so erfolgreich, daß man die Bedingungen unbedingt neu überdenken müsse (»reconsider«). Boy nickte und nahm aus der Innentasche seines Jacketts (auf mein Drängen hatte er sich endlich im Society Shop einen Anzug von Daniel Hechter gekauft) den Brief heraus, den ich geschrieben hatte. Der Vorschlag von Maximal ging von einer Verlängerung des bereits bestehenden Vertrages aus. Beide Brüder schüttelten den Kopf, als Boy den Brief vorgelesen hatte.

»Ihr Bruder hat sehr gut verdient. Jetzt wollen wir einen Teil seines Gewinnes haben. Das finden wir nur recht und billig.«

Boy sagte, darüber könne man reden (ich hatte ihm das eingeschärft, sag niemals sofort nein, sondern »darüber kann man reden« – zeig, daß du kompromißbereit bist) und daß er ihren Standpunkt verstehen könne.

Die Frères fragten, ob er morgen Zeit für sie hätte, und Boy antwortete, daß er jede Menge Zeit für sie habe, er war ja nur ihretwegen nach Casablanca gekommen und würde erst wieder abreisen, wenn sie zu einer Einigung gekommen wären. Daraufhin verabschiedeten sie sich wortreich voneinander, und Boy hörte sich Sätze sagen, von denen er selbst nicht wußte, wie er sie sich hatte merken können (»Unsere Freundschaft ist etwas Bleibendes, gemeinsam werden wir die Textilmärkte Europas erobern, für mich gehört ihr zur Familie«) und ließ sich schließlich zufrieden ins Hyatt zurückfahren.

Es war ausgemacht, daß Boy mich anrufen sollte, wenn er mit den beiden gesprochen hatte, und das tat er auch. Er nahm sich Zeit für seinen Bericht und beschrieb bis in alle Einzelheiten, wie das Abendessen verlaufen war. Es war ungewöhnlich, daß er so viel erzählte, und ich war froh, daß ich ihn auf diese Reise geschickt hatte. Er erzählte, alles sei gutgegangen und faktisch habe er den Vertrag schon verlängert. Er klang selbstbewußt und wiederholte mehrmals, daß er mit einem schönen Ergebnis nach Hause kommen würde. Es schien, als sei mein kleiner Bruder aus seiner Lethargie erwacht.

Boy schlief wie ein Stein und schlug erst gegen Mittag die Augen wieder auf. Sein Kopf dröhnte. *Ich bin kein Schriftsteller, aber ich kann es nicht anders ausdrücken, als daß in meinem Kopf plötzlich eine Schmiede war, und in der Schmiede stand ein Schmied, und der Schmied haute mit einem schweren Hammer auf einen Amboß.*

Unten im Hotelcafé trank er zwischen Fotos von Humphrey Bogart und Ingrid Bergman starke Espressi, aber die Schmiede in seinem Kopf arbeitete unentwegt weiter.

Um halb eins erschienen die Brüder. Sie lächelten und schüttelten ihm herzlich die Hand, was in Boys Schädel helle Funken aus dem Amboß lockte. Sie setzten sich und bestellten einen Salat.

Sie hatten darüber nachgedacht, sagten sie, und waren zu dem Schluß gekommen, daß sie ein Anrecht auf die Hälfte der Gewinne von Maximal hätten. Boy verstand nicht recht, was sie von ihm wollten, und versuchte, zwischen dem Gehämmer in seinem Kopf dem Englisch der beiden Herren zu folgen. Gestern abend hatten sie ihn gefragt, ob er Französisch könne, das sprachen sie am liebsten, aber Boy erinnerte sich nur noch an *Papa fume une pipe*.

»Das sind unsere Bedingungen«, endete Louis.

Boy war inzwischen zu dem Schluß gekommen, Louis sei etwas größer als Jean Pierre, und der größere hatte gesprochen.

»Die Hälfte?« wiederholte Boy.

»Das ist recht und billig«, sagte Jean Pierre.

»Unmöglich«, sagte Boy.

Sag niemals *unmöglich*, hatte ich ihm eingeschärft, und er erinnerte sich an diesen Rat. Er war aber davon überzeugt, daß es jetzt Zeit war, dieses Wort doch auszusprechen. Die Schmiede in seinem Kopf zwang ihn zu kurzen, bündigen Sätzen, und er hatte den Eindruck, die Brüder »verlangten zuviel«. Er erinnerte sich, wie sehr sich sein Vater immer aufgeregt hatte, wenn jemand »zuviel verlangte«, und er wollte jetzt die Zähne zeigen.

Die Brüder schauten ihn überrascht an.

»Herr Breslauer, wir sind die einzigen Zulieferer von Maximal. Dieses Unternehmen wurde extra gegründet, damit Ihr Bruder sich die Taschen dank unserer Konfektion füllen konnte. Dagegen haben wir gar nichts, aber seine Gewinne stehen in keinem Verhältnis mehr. Was Ihr Bruder dort hereinholt, ist das Vielfache dessen, was wir verdienen.«

»Aber es ist Talmi«, sagte Boy, »es ist Nepp-Saint-Laurent. Mein Vater wollte gar nichts davon wissen. Seid froh, daß Max euren Schund verkaufen kann. Wißt ihr, wie wir das nennen, wenn ihr so viel verlangt? Das nennen wir *Chuzpe*. Das ist jiddisch.«

»Sie bleiben also bei Ihrer Ablehnung?«

»Man kann über alles reden«, sagte Boy, »aber nicht über die Hälfte des Gewinns. Wir nehmen euch die Sachen ab, wir bezahlen immer sofort bei Ablieferung und müssen dann erst noch sehen, wie wir euren Talmi loswerden.«

»Ihr Risiko ist minimal«, sagte Louis.

»Maximal«, sagte Boy, »deshalb heißt das Unternehmen auch so.« Zufrieden lauschte er seinen Worten.

»Dann hat es momentan keinen Sinn weiterzureden«, sagte Jean Pierre, der kleinere Mann, der aber, wie es Boy schien, eigentlich das Sagen hatte.

»Herr Breslauer, wir wollen deutlich sein«, sagte Jean Pierre. »Wir verlangen die Hälfte. Jeden Tag, den Sie noch zuwarten, kommen fünf Prozent dazu.«

»Die Hälfte?« wiederholte Boy. »Ich bin mit einem guten Vorschlag hierher gekommen, aber was Sie wollen, ist absolut nicht realistisch.«

»Realismus ist etwas für Dummköpfe«, sagte Jean Pierre, »wir jagen Träumen nach.«

»Bei uns zu Hause jagen die Dummköpfe Träume«, antwortete Boy. Zu spät merkte er, daß er die beiden damit beleidigt hatte.

Nach einer kurzen Stille, in der Boys Worte dröhnend widerhallten, fragte Louis: »Warum ist Ihr Bruder nicht gekommen?«

»Ich bin doch da.«

»Fand Ihr Bruder es nicht der Mühe wert, selbst mit uns zu reden? Schickt er einen Assistenten, um mit den wertlosen Arabern zu verhandeln?«

»Ich bin kein Assistent.«

»Finden wir wohl. Wo ist Ihr Bruder?«

»He, Ali«, sagte Boy in stinknormalem Holländisch und verwendete dabei den erstbesten arabischen Vornamen, der ihm einfiel, »mind your words: Du brauchst nicht zu glauben, daß du hier alles sagen kannst. Wenn es sein muß, dann kaufe ich dieses ganze Scheißland auf, verstehst du?«

Sie erhoben sich, und bevor Boy selbst aus seinem Stuhl aufstehen konnte (er war wie gelähmt vom Dröhnen und Hämmern zwischen seinen Schläfen), waren die Frères bereits grußlos davongezogen.

Boy hielt sich am Tisch fest und starrte durch die Glastüren des Hotelcafés auf ihre selbstsicheren Rücken und glänzenden *slippers*. Sie durchquerten die Hotelhalle. Jean Pierre trug eine teure Aktentasche, und Louis hatte eine schwarze Schreibmappe unter dem Arm. Der Portier öffnete die Eingangstür, und sie traten hinaus in die grelle Sonne, die den Platz erbarmungslos zum Sieden brachte.

Während er zusah, wie sie in einen schwarzen Mercedes stiegen – der uniformierte Chauffeur hielt ihnen die Türen auf –, fragte sich Boy, ob dieser theatralische Abgang die Bedeutung aus der Broschüre hatte, die er sich am Flughafen Schiphol noch gekauft hatte. Ein Kapitel darin hieß

»Sitten und Gebräuche«. Wenn man eine Mahlzeit abbrach, war dies ein Akt der Feindseligkeit – eine Warnung an die Touristen, aber galt es auch für Marokkaner selbst? Die Salate, die die Brüder bestellt hatten, wurden von einer kleinen dicken Bedienung auf seinen Tisch geschoben. Boy unterschrieb die Rechnung und ging vorsichtig nach draußen.

Die Sonne brannte ihm ins Gesicht. In seinem Kopf machte der schreckliche Schmied Überstunden. Boy hoffte, ein Spaziergang würde seine verworrenen Gedanken vielleicht klären. Er irrte durch die Straßen von Casablanca. Es war Ende Juli, und die Nachmittagstemperaturen erreichten etwa fünfunddreißig Grad. Es war seine erste wichtige Reise. Der Schweiß lief ihm den Rücken hinunter. Er fühlte seine Unterhose am Hintern kleben.

Wenn Du das gewußt hättest, dann hättest Du nicht mich geschickt, sondern wärst selber hingeflogen. Die Herren hatten nämlich nachgedacht. Sie waren ja nicht bekloppt. Die Konfektionsware, die sie hier herstellen, können sie auch selber in die Niederlande einführen, dafür brauchen sie Maximal gar nicht. Es gab genügend kapitalkräftige Marokkaner in Holland, die die Rolle von Max Breslauer übernehmen konnten. Deine Zeit war um. Ich war der Überbringer der schlechten Nachricht. Schau mal, Du mit Deiner Überlegenheit und Deinem Wissen hättest die Brüder vielleicht noch umstimmen können. Ich konnte das nicht. Ich wußte, daß Du nicht von diesem Geschäft abhängig warst, daß es ein ausgesprochen lukratives Zubrot für Dich war, aber es war doch jammerschade, daß Du es nun los sein solltest. Ich hatte die Sache verpatzt und fühlte mich wie ein Versager. Ich dachte: Es ist noch ein Glück, daß Papa meinen Untergang nicht miterleben muß.

Boy stiefelte durch die feurige Sonne, die genau so heiß brannte wie seine Schande. Er hatte Angst, nach Amsterdam zurückzukehren, er war überzeugt davon, daß ich ihm die Schuld an diesem Fehlschlag geben würde. Vorgestern hatte er noch am Telefon geblufft und mir versichert, das Geschäft könne weitergehen. Dafür, daß er mir nicht die Wahrheit erzählt hatte, konnte er sich jetzt vor den Kopf schlagen. Sie waren ja von Anfang an widerspenstig gewesen. Und er hatte seinen Mund nicht halten können und das Falsche gesagt. Er hatte Angst, ich würde ihn aus dem Geschäft hinauswerfen. Diese Reise dauerte viel länger als gedacht.

Er setzte sich auf eine schattige Terrasse an einer der schäbigen Seitenstraßen des großen Platzes, nicht weit vom Hotel. Er war im Kreis herumgelaufen und zufällig wieder auf dem Platz herausgekommen. In der Ferne hatte er diese Terrasse gesehen. Kleine schnurrbärtige Männer mit müden Augen saßen hinter Gläsern mit starkem Kaffee. Die gußeisernen Stühle standen dicht an der Straße, und der Verkehr – alte französische Autos, die man in den Niederlanden nicht mehr sah – donnerte dicht an ihm vorüber. Die Abgase rochen irgendwie anders als zu Hause, noch schmutziger, wie es schien, und Mopeds und Motorroller fuhren auf halsbrecherische Art zwischen den Autos Slalom.

Er bestellte einen Kaffee und zündete sich eine Zigarette an. Fast jeder hier auf dieser Terrasse rauchte verbissen, als wäre Nikotin eine neuartige Wunderdroge. Eine Art Vordach beschirmte die Terrasse, es bestand aus einem schmutzigen, fleckigen, verschossenen Stück Stoff. Von den schweren Stühlen war die Farbe abgeblättert, und das bräunliche Gußeisen erinnerte ihn an die Farbe von Scheiße.

Die ganze Stadt war staubig und schmuddelig, nichts war sauber und heil, als ob seit dem Abzug der Franzosen im Jahr 1957 überhaupt nicht mehr geputzt worden wäre *(darüber habe ich was gelesen, über die Kolonialzeit und so)*. Die Häuser waren heruntergekommen, die Straßen voller Schlaglöcher, kurz, die ideale Heimat für einen *schlampigen Denker wie mich*.

»Ist dieser Platz frei?« fragte ein Mann auf englisch.

Boy machte eine einladende Handbewegung.

Der Mann setzte sich. Er legte eine Anzahl Papiere auf den Tisch und steckte umständlich einen Brief in einen Umschlag. Ab und zu warf Boy einen Blick auf die emsige Geschäftigkeit des Mannes und nahm kleine Schlückchen von seinem starken Kaffee. Er dachte an das unglückselige Gespräch vor einer Stunde, und ein stechender Schmerz bohrte sich ihm in die Brust, gewissermaßen die Spitze all seiner Ohnmachtsgefühle. Der Schmied haute munter von oben drauf.

Boy merkte, daß er in die Falle gegangen war. Sie hatten ihn herausgefordert, und er hatte gesagt, was sie hören wollten; jetzt hatten sie einen Grund, die Verhandlungen abzubrechen. Wenn mir dies zu Ohren kam, würde ich wahrscheinlich explodieren.

Der Mann an Boys Tisch wandte sich plötzlich an ihn.

»Ach, Monsieur, können Sie mir helfen?«

»Ja?« fragte Boy mit leichtem Mißtrauen.

»Ich schreibe gerade einen Brief an meinen Bruder in Kanada, aber ich habe Probleme mit der lateinischen Schrift. Lesen, das geht gut. Aber selber schreiben? Oje. Ob Sie wohl so freundlich wären, mir hier die Adresse draufzuschreiben?«

»Ja, natürlich.«

Der Mann gab ihm einen Stift, und Boy schrieb die Adresse drauf. Toronto.

»Danke schön.«

»Gern geschehen.«

»Darf ich Ihnen etwas anbieten?« fragte der Mann.

»Nein, nicht nötig.«

»Es wäre mir ein Vergnügen.«

»Na ja... noch einen Kaffee, bitte.«

Der Mann rief einen Kellner und bestellte Kaffee für sie beide.

»Mein Bruder arbeitet nämlich dort«, sagte der Mann. »Wo kommen Sie her, wenn ich fragen darf?«

»Aus Holland.«

»Aus Holland? Wie schön. Sind Sie hier im Urlaub oder geschäftlich?«

»Geschäftlich.«

»Ich bin Vertreter«, sagte der Mann. »Abdul Khalil.«

»Boy Breslauer.« Er schüttelte die ausgestreckte Hand.

»Sind Sie schon lange hier in der Stadt, Herr Breslauer?«

»Seit gestern.«

»Gute Geschäfte gemacht?«

»Na ja...«

Boy zögerte. Er wußte nicht, ob er diesen Wildfremden in seine Geheimnisse einweihen sollte oder nicht. Er sehnte sich nach einem Zuhörer, dem er sein verzweifeltes Herz ausschütten konnte, aber wahrscheinlich war es besser, den Mund zu halten, auch wenn er sich nicht vorstellen konnte, wie dieser Fremde ihm schaden sollte, wenn er ihm seine Erlebnisse erzählte.

»Sie sind nicht gerade begeistert«, bohrte der Mann nach.

Abdul sah nicht so arabisch aus wie die anderen Männer auf der Terrasse. Er trug keinen Schnurrbart, hatte freundliche Augen, einen gepflegten Haarschnitt und trug einen Anzug, der einen guten Schneider verriet. Boy schätzte ihn auf etwa fünfzig Jahre.

»Ach«, sagte Boy, »ich muß eben Geduld haben.«

Abdul lachte. »Das haben wir euch glücklich weisgemacht«, antwortete er, »ihr glaubt, daß ihr orientalische Geduld braucht, wenn ihr mit uns verhandelt. Aber das stimmt gar nicht. Was für Geschäfte machen Sie denn?«

»Konfektion, Textil.«

»Textil? Ich auch. Dann sind wir ja Kollegen!«

Boys Gemüt erhellte sich, und sofort tauchte in seinem Kopf die Frage auf, ob er jetzt vielleicht Glück hatte. Er saß hier neben einem Fremden, mit dem er möglicherweise die böse Geschichte mit den Gebrüdern Mohammed wettmachen konnte. Er wußte noch nicht, wie er es anstellen sollte, aber er wollte den Mann jedenfalls aushorchen.

Abdul griff in seine Tasche und legte eine Visitenkarte vor Boy hin. Boy sah arabische Buchstaben, die er nicht lesen konnte.

Abdul sagte: »Ich bin der Chefvertreter der Firma Textiles Maroquins. Breslauer heißen Sie?«

Abdul sprach den Namen aus, als müsse er tief nachdenken.

Boy zog seine wertvolle Brieftasche und fischte ein Kärtchen aus einem der Fächer. »Euro Textil International«.

»Das kommt mir bekannt vor«, sagte Abdul nachdenklich und grub in seinem Gedächtnis nach einem Anhaltspunkt. »Mit wem machen Sie hier Geschäfte?«

Boy schlug die Augen nieder und rieb sich die Schläfen. Er wußte nicht, ob er ihre Namen nennen durfte. Konnte Abdul irgendeinen Schaden damit anrichten? Es war seltsam, daß dieser Mann nur arabische Buchstaben schreiben konnte, aber wenn Boy hier aufgewachsen wäre, dann hätte er die europäische Schrift genausowenig beherrscht. Boy beschloß, daß es nichts schaden konnte, wenn er ihm einfach erzählte, mit wem er hier zu tun hatte. Man konnte nie wissen.

»Mit den Frères Mohammed«, sagte Boy.

Abdul lächelte breit.

»Das sind gute Freunde von mir«, sagte er. »Louis und Jean Pierre. Und sie machen Ihnen Schwierigkeiten?«

Boy rutschte auf die äußerste Stuhlkante vor. Der Schmied legte urplötzlich die Arbeit nieder und horchte selber, hoffnungsvoll und erwartungsfroh.

»Kennen Sie sie?« fragte er gierig.

»Kennen?« sagte Abdul. »Es vergeht keine Woche, in der ich sie nicht sehe. Wir gehen meist irgendwo etwas essen, spielen Golf...«

»Golf?« wiederholte Boy. Das hatten sie gestern abend erwähnt. Auf eine solche Einzelheit hatte er gewartet. Das

Glück war ihm hold! Er konnte seinen Fehler wiedergutmachen.

»Also hatten Sie Probleme mit ihnen?« fragte Abdul. Aber er wartete Boys Antwort nicht ab. »Machen Sie sich keine Gedanken. Das tun die immer.«

»Immer?«

Boy fühlte wieder Hoffnung aufsteigen, unwiderstehlich. Er betrachtete den Mann gegenüber mit Vorsicht, aber gerade der gab ihm Hoffnung – genau was Boy brauchte. Er lehnte sich wieder in den Stuhl zurück und schob die Brille so weit wie möglich auf seine fettige Nase hinauf. In der Hitze rutschte sie alle Augenblicke wieder hinunter.

»Es sind gerissene Geschäftsleute, die Brüder Mohammed. Vor allem Europäern gegenüber. Ihr glaubt, daß ihr die hiesige Mentalität nicht versteht. Na, lassen Sie sich von mir gesagt sein, es ist hier dieselbe wie bei euch. Aber ihr habt immer Angst, etwas falsch zu machen. Geschäfte, Herr, äh...«

»Breslauer...«

»Herr Breslauer. Geschäfte kennen weltweit nur eine einzige Sprache, und diese Sprache heißt: wie mache ich Gewinn. Darf ich fragen, womit sie Ihnen Schwierigkeiten bereitet haben?«

»Na ja, sehen Sie, wir machen mit ihnen Geschäfte. Wir importieren Konfektion, die sie hier herstellen, aber sie wollen jetzt selbst in die Niederlande exportieren. Sie wollen uns also eigentlich beiseite schieben.«

Lächelnd schüttelte Abdul seinen selbstbewußten Kopf.

»Bluff«, sagte er voller Überzeugung. »Marokkanischer Bluff. Wie oft habe ich nicht schon gehört, daß sie so etwas auszuhecken versuchen. Aber glauben Sie mir: dazu fehlt ihnen das Know-how. Nicht das Geld, sondern die Erfahrung. Wieviel Umsatz machen Sie denn mit ihrem Anteil? Ich will keine Zahlen wissen, nur Prozente!«

»Na ja, wir haben ein Unternehmen eigens dafür, das nur mit ihnen arbeitet.«

Boy wollte nicht alles auf einmal verraten.

»Verstehe. Aber wenn Sie festbleiben, werden Sie bald von alleine sehen, wie sie klein beigeben.«

»Wir haben zusammen zu Mittag gegessen, und sie sind weggegangen.«

»Ja? Das haben sie getan?« Abdul fing an, breit zu lachen. »Die schämen sich wirklich vor gar nichts. Wenn ich mit ihnen Golf spiele und sie sind am Verlieren, versuchen sie ebenfalls mit allen Tricks zu verhindern, daß sie bezahlen müssen.«

»Sie spielen Golf um Geld?«

»Spielen sitzt uns in Fleisch und Blut. Spielen Sie auch Golf?«

»Nein. Ich spiele Tennis.«

»Das tu ich auch gern. Wenn Sie noch ein bißchen länger in der Stadt bleiben, müssen wir mal eine Partie zusammen spielen, Herr Breslauer.«

»Nenn mich Boy, so nennen mich meine Freunde.«

»Schön, Boy. Für dich bin ich Abdul.«

»Möchtest du noch etwas trinken, Abdul?«

»Nein, danke. Ich habe leider keine Zeit. Ich muß gleich noch in die Apotheke. Meine Tochter ist krank, und ich muß ihr Arznei holen.«

»Hoffentlich nichts Ernstes...«

»Es sah ernst aus, aber sie schafft es. Haben Sie Kinder?«

»Ich bin nicht verheiratet. Noch nicht. In drei Wochen ist es soweit.«

»Herzlichen Glückwunsch im voraus. Und die Brüder Mohammed, wann sehen Sie sie wieder?«

»Ich weiß es nicht. Wir haben keinen Termin ausgemacht. Sie sind einfach weggegangen, ohne etwas zu sagen.«

»Na, Boy, in ein paar Tagen sehe ich sie, und dann werde ich die Ohren spitzen.«

»Abdul, wenn du das für mich tun willst...«

»Ist gar kein Problem für mich, wirklich nicht.«

Ein Glücksgefühl durchströmte Boys Finger. Er konnte G'tt auf bloßen Knien danken, daß er zufällig hier auf dieser Terrasse gelandet war.

»Ich wohne im Hyatt«, sagte Boy, »hier am Platz.«

Abdul nickte. »Ich frühstücke öfter dort.«

»Wann siehst du sie denn?« fragte Boy.

»Übermorgen.«

»Ach, weißt du, dann bleibe ich in der Stadt, bis du mit ihnen geredet hast. Wenn du mit ihnen redest und es mir anschließend erzählst, dann weiß ich, was ich tun muß. Und, lieber Freund, du sollst das nicht umsonst tun...«

Nun schüttelte Abdul beinahe beleidigt den Kopf. »Hör mal, Boy, ich tu es aus Freundschaft, ich rede doch nicht mit ihnen, um etwas daran zu verdienen! Nein, das will ich nicht.«

»Na ja, ich dachte an eine bestimmte Kommission...«

»Nichts Kommission. Freundschaft ist das einzige, das noch über Geschäftemachen geht.«

»Das werde ich dir nie vergessen«, sagte Boy gerührt.

Abdul legte ein paar Münzen auf den Tisch. »Ich muß jetzt in die Apotheke, bevor sie schließen. Der Kaffee geht auf meine Rechnung.«

»Danke schön«, sagte Boy.

Das Blatt hatte sich gewendet. Ein Engel hatte ihm geholfen, ein Unbekannter namens Abdul, der die Herzensbildung gewissermaßen persönlich erfunden hatte. Ein *Mensch*.

Abdul suchte in seinen Taschen. »Unglaublich«, sagte er, »ich habe wohl meine Brieftasche zu Hause liegenlassen. Jetzt kann ich die Arzneien nicht bezahlen.«

Sofort holte Boy aus der Innentasche seines durchgeschwitzten Jacketts die eigene krokodillederne Brieftasche heraus. »Wieviel brauchst du, Abdul?«

»Nein, nein«, antwortete Abdul, »ich warte eben bis morgen.«

»Abdul, ich bestehe darauf, dir das Geld jetzt zu geben. Du kannst es mir übermorgen zurückgeben.«

Boy war mit seinem Angebot sehr zufrieden, denn so erzwang er eine Verabredung mit Abdul.

»Boy, du bist ein echter Freund, aber das kann ich nicht annehmen.«

Boy hatte in seiner Reisebroschüre gelesen, wie man einen Araber zum Handeln zwingen konnte. Er sagte: »Wenn du dieses Zeichen meiner Freundschaft nicht annimmst, dann bin ich sehr enttäuscht, Abdul.«

Abdul gab seinen Widerstand auf und umarmte ihn. »Ich bin dir sehr dankbar«, sagte er mit einem Schluchzer in der Stimme. Boy roch Abduls schweres After-shave. Abdul ließ ihn wieder los.

»Wieviel brauchst du?« fragte Boy.

»Vierhundert Dollar, ginge das?«

Boy erschrak bei diesem Betrag, aber der Gedanke, daß gute Arznei in diesem Land so teuer war, beruhigte ihn wieder. Natürlich mußte alles importiert werden. Und er wußte nicht einmal, wie krank Abduls Tochter wirklich war, Abduls ausgeprägter Stolz erlaubte ihm nicht, darüber zu jammern.

Boy gab Abdul vier grüne Hundertdollarscheine.

Abdul steckte sie sofort ein.

»Ich wohne in der Rue Hassan II., Nummer 36.«

»Rufst du mich an, wenn du mit ihnen geredet hast? Ich habe Zimmer 911 im Hyatt.«

»Boy, ich werde dir dieses Zeichen der Freundschaft nicht vergessen. Überlaß die Brüder Mohammed mir.«

Sie schüttelten einander kräftig die Hand, zwei neue Freunde, die zusammen durch dick und dünn gehen.

»Das Schicksal hat uns hier zusammengeführt«, sagte Abdul, »wir müssen beide dafür dankbar sein. Wenn ich mit ihnen gesprochen habe, mußt du zu mir nach Hause zum Essen kommen. Ich lade dich ein.«

Geschah dies – so wußte Boy aus der Reisebroschüre –, dann hatte der Marokkaner Zutrauen zum Europäer gefaßt.

»Ich betrachte das als große Ehre und freue mich darauf, Abdul.«

Der Mann ließ seine Hand los und ging. Boy setzte sich wieder auf seinen eisernen Terrassenstuhl. Abdul überquerte die Straße ohne Rücksicht auf den Verkehr. Einem heranbrausenden Lastwagen gab er ein Zeichen, er solle gefälligst bremsen, und wartete gar nicht ab, bis dieser zum Stehen kam – als wäre er unverwundbar. Dicht vor dem abrupt bremsenden und kreischenden Vehikel ging er zur anderen Seite hinüber. Boy griff erschrocken nach den eisernen Armlehnen seines Stuhls und spürte, wie sein Herz aussetzte. Er fürchtete schon, seinen neuen Freund sofort wieder zu verlieren, aber Abdul erreichte unversehrt die andere Seite, und der Lastwagen fuhr mit blökender Hupe an der Terrasse vorbei. Auf der anderen Straßenseite drehte sich Abdul noch einmal nach Boy um und winkte. Erleichtert und fröhlich winkte Boy zurück.

Es war vielleicht ein bißchen viel Geld, das er ihm da geliehen hatte, aber er war zutiefst davon überzeugt, daß Abdul seine Rettung bedeutete. Abdul würde ihm Informationen liefern, die er gegen die Gebrüder Mohammed verwenden konnte. Er würde ihnen schon zeigen, wer er war.

Er stand auf, merkte, daß er hungrig war und ging zum Hyatt zurück. Der Schmied war verschwunden, er fühlte sich leicht und stark. So war das also, wenn man Selbstvertrauen besaß. Er hatte seinen Bruder immer darum beneidet, um diese Ruhe, die sich einstellte, wenn Ehrgeiz und Talent sich gegenseitig die Waage hielten. Dieses Gefühl kostete er nun an sich selbst aus. Es geschah spät in seinem Leben, aber es geschah, darum ging es.

Die Unruhe schlug allerdings wieder zu, als der Kellner ihm die Hand auf die Schulter legte. Er war hinter ihm hergerannt.

»Mein Freund hat schon bezahlt«, stotterte Boy.

»Aber nicht genug«, sagte der Ober mit flammendem

Blick, wütend, weil der Tourist sich um die Bezahlung drücken wollte. Er öffnete die Faust, in der die Münzen von Abdul lagen. »Das reicht nicht mal für *einen* Kaffee, und Ihr Freund hat einen getrunken, und Sie sogar zwei.«

Boy bezahlte und versuchte im Geist, Abdul zu vergeben. Abdul war jedenfalls zu sehr in Eile gewesen, er wollte noch rechtzeitig in die Apotheke kommen; Boy dachte an ihr Gespräch zurück und hielt sich an der Wärme und dem Vertrauen fest, die er dabei erfahren hatte.

Im Hyatt aß er ein Sandwich, aber es schmeckte ihm nicht, ein nervöser Kloß saß ihm im Hals. Er kämpfte gegen allerlei Hintergedanken und fragte schließlich an der Rezeption, wie er zu Fuß in die Rue Hassan II. käme.

Ich ging zwischen verschleierten Frauen hindurch, an blinden Bettlern und teuren Juweliergeschäften vorbei, ich kam an dunklen Männercafés vorbei und an modernen Restaurants, an Straßenhändlern mit betäubenden Kräutern, Berbern, Kameltreibern, Wundertätern, Unheilspropheten. Endlich fand ich die Rue Hassan II. In der Nummer 36 befand sich eine Filiale des Schuhkonzerns Bata. Ich hoffte, daß ich die Adresse falsch verstanden hatte, aber tief im Herzen wußte ich schon, daß ich mich nicht geirrt hatte. Aber ich konnte natürlich nicht umkehren, ohne daß ich mich vergewissert hatte, ob Abdul nicht vielleicht der Besitzer dieses Ladens war. Ich ging hinein und fragte nach Abdul Khalil. Der Mann an der Kasse verstand mich nicht. Mit Händen und Füßen versuchte ich klarzumachen, warum ich hier in diesem Laden stand. In meinem Kopf dämmerte es langsam, der Schmied kam auch wieder zurück und hämmerte fröhlich drauflos. Nach ein paar Mi-

nuten hatte mir das Personal klargemacht, daß sie noch nie etwas von Abdul Khalil gehört hatten. Mit hängendem Kopf marschierte ich ins Hyatt zurück. Es war früher Abend, und alles war wunderschön. Der Sonnenuntergang dort ist überwältigend. Alles war rot. Die Straßen waren immer noch sehr belebt, Händler schrien, Tiere machten Lärm. Ich roch Abgase, Urin, Scheiße, frisches Brot, Fleisch am Grill, Kräuter, Parfums, Schweiß. Mein Leben war zerstört.

In seinem Brieffach an der Rezeption lag ein Fax von mir. Ich war neugierig auf den Fortgang des Gesprächs am Mittag und wollte, daß er sich bei mir meldete. Aber Boy traute sich nicht und betrank sich in seinem Zimmer mit den Fläschchen aus der Minibar.

Abends rief ich ihn an, aber er nahm nicht ab. Ich schickte ein zweites Fax: *Bitte sofort Verbindung aufnehmen, Max.* Das Fax wurde abends bei ihm abgegeben, aber Boy ließ nichts von sich hören.

Was sollte ich tun? Ich packte meine Tasche und ging in ein anderes Hotel, eine Pension am Hafen, ein ehemaliges französisches Hotel, das seine Glanzzeit vor dem Krieg erlebt hatte und seitdem von Farbe und Staubsaugern träumte.

Die Wäsche war sauber, und es war billig. Im Hyatt hatte ich nicht Bescheid gesagt, wohin ich ging, und jetzt wußte niemand, wo ich war. Ich wollte nämlich verschwinden. Und nie mehr in den Spiegel schauen.

Bevor ich aus dem Hyatt auszog, hatte ich noch einen letzten Versuch unternommen. Betrunken wie ich war, wollte ich die Sache retten. Ich bekam Louis an den Appa-

rat, und er sagte mir, es habe keinen Sinn, weiter miteinander zu reden. Ich hatte ihre Familienehre beleidigt. Ich mußte mich eben damit abfinden, daß Maximal beim Vertrieb der Yves-Saint-Laurent-Konfektion im Höchstfall eine Kommission bekommen würde.

Dieses Angebot war so erniedrigend, daß ich ihm sagte, er sei ein Arschloch, und auflegte. Aber was sollte ich nun dir erzählen? Tut mir leid, ich hab's vermasselt? Ich saß mit meinem betrunkenen Schädel in der Pension Bellevue und betrachtete die Kakerlaken. Sie krochen auf den schmutzigen Wänden herum und würden bald kommen, um mich anzuknabbern. Ich hoffte, sie würden mich ganz und gar auffressen.

Ich ging die Straße entlang. Aus den Augenwinkeln suchte ich nach Abdul, auch wenn ich wußte, daß er irgendwo in seiner unauffindbaren Wohnung saß und meine Dollars zählte. Er hatte den dummen Holländer schön hereingelegt.

Auch bei Lea hatte ich nicht angerufen. Es kam mir so vor, als ob mich alles in Amsterdam erniedrigte. Ich liebte sie gar nicht und wollte sie trotzdem heiraten. Was war bloß in mich gefahren?

Nun war ich in der Sabbatnacht in Casablanca. Ich ging durch das Hafenviertel. In Amsterdam wolltet Ihr mich zu einer Hure einladen, und hier sah ich eine, die mich so sinnlich anguckte, daß ich der Versuchung nicht widerstehen konnte. Bei ihr würde ich alles vergessen. Außerdem hoffte ich, mir bei ihr eine schmutzige Krankheit zu holen, die meinem Leben rasch ein Ende machte.

Denn was war ich schon? Der Laufbursche meines Bru-

ders Max, eines Diktators und Textilgenies in der Nachfolge von Papa. Ich wußte nichts, konnte nichts und war einem drittrangigen Straßenbetrüger zum Opfer gefallen. Seit Menschengedenken war ich der Idiot der Familie. Ein Taugenichts in einem Mercedes 190.

Ich ging mit ihr mit und weiß nicht mehr genau, was alles passierte, aber es war schmutzig und widerlich. Ihre Haut war mokkafarben, und ihre Finger hatten solche rotgelackten Nägel, mit denen sie mir die Hosenknöpfe öffnete und sonst noch allerlei machte. Ich war in der Scheiße gelandet, weil ich selbst ein Stück Scheiße war. Dort wollte ich jetzt bleiben und saufend und vögelnd zugrunde gehen.

Boy wurde am andern Morgen irgendwo in einem Hauseingang wach. In seinem Kopf sah es wieder wüst aus. Der Schmied hatte Personal eingestellt, und alle hämmerten auf glühendem Eisen herum und probierten ihre Werkzeuge an den Wänden der Schmiede aus. Diese Wände waren sein Kopf. Unwillkürlich tauchten Bilder der vergangenen Nacht in seinem Gedächtnis auf. Seine eigene Schmutzigkeit verblüffte ihn, und er beschloß, einfach liegenzubleiben und das Ende zu beschleunigen. Ein paar Tage Hunger und Durst, und schon wäre es mit ihm aus.

Aber er mußte furchtbar nötig pinkeln. Trotz seiner düsteren Gedanken konnte er unmöglich einfach so im Liegen seine Blase leeren. Mamas gute Erziehung sorgte dafür, daß man nicht pinkelte, solange man noch die Hose anhatte. Eine Hose von Daniel Hechter.

Er richtete sich auf, aber sein Körper protestierte. Sein neuer Anzug war verschmiert und voller Flecken. Er bereute diese Reise und bekam eine Wut auf mich. Er warf mir vor, aus reiner Bequemlichkeit gehandelt zu haben. Ich hätte einfach ein paar Tage später nach Casablanca fliegen können, dann wäre das ganze Elend nie geschehen, aber ich hatte offenbar einfach keine Lust gehabt, schrieb er mir. Es war gar nicht mein Vertrauen in seine Fähigkeiten als Geschäftsmann gewesen, sondern einfach Faulheit. Er verwünschte mich. Er lag auf den Knien und zog sich an der Wand dieses Hauseingangs hoch, als er im Augenwinkel plötzlich etwas Seltsames entdeckte: Auf der anderen Straßenseite standen hebräische Buchstaben auf einer Fassade, über einem Davidsstern. Die goldene Farbe in den Vertiefungen war teilweise etwas matt geworden, und hie und da war etwas von der Fassade abgebröckelt, aber es war unverkennbar Hebräisch.

Ich konnte die Buchstaben nicht lesen, Du erinnerst Dich sicher an meine schreckliche Bar-Mizwa, und doch hatten die Zeichen etwas Vertrautes. Ich ging genau wie Du jedes Jahr einmal in die Synagoge, an Jom Kippur, und zwar gegen Ende des Gottesdienstes, wenn das Widderhorn geblasen wurde, und alles weitere war mir egal.

Jeden Sabbat war mein Vater in die Synagoge gegangen, aber wir hatten während unserer Pubertät langsam damit aufgehört (oh, diese Schande von Boys zögerndem Herumgestotter, seine falsche Knabenstimme, die G'tt im eigenen Haus beleidigte).

Ich lebte eigentlich halb wie ein Goj. Ich aß Schinken und Schweinelendchen, Krabbencocktails und Aalfilet. Wäre ich nicht beschnitten gewesen, hätte ich nicht jedesmal, wenn ich die Hosen runterließ, an den Beschneider denken müs-

sen, dann hätte ich eines schönen Tages gänzlich vergessen, daß unsere Vorväter durch das Rote Meer gezogen waren, während G'tt mit eigenen Händen das Wasser zurückhielt.

Boy hatte keine Juden in Marokko erwartet. Er dachte, sie wären alle nach Israel ausgewandert. Trotz übervoller Blase blieb er dort stehen und schaute auf das Tor unter den Buchstaben. Aus der Dunkelheit hinter dem Tor tauchten Männer auf, die ebenso wenig marokkanisch aussahen wie er selbst. Es war der Typ Männer, den er früher in der Synagoge gesehen hatte und später noch einmal auf einer Messe in Antwerpen, arme jiddische Schlucker, die sich mit einem Witz und einer Geste aufrechterhielten, Männer, deren Augen alles gesehen hatten.

Bei diesen Männern stand Abdul. Ich traute meinen Augen nicht. Diesen Kerl hatte ich dort wohl am allerwenigsten erwartet. Aber Abdul Khalil stand dort wirklich, blühend wie das Leben, emsig schwatzend wie ein alter Jude. Er trug jetzt einen schwarzen Hut und redete genauso mit den Händen wie die anderen Schabbesgänger. Ich stand in dem Hauseingang, er sah mich nicht. Hier also war der Kerl, der mich so beschissen und beleidigt hatte.

Abdul ging weg, und auch Boy verließ den Hauseingang. Er wußte nicht, wozu das führen würde, aber er konnte Abdul nicht entwischen lassen; die Aussicht, jene Rechnung zu begleichen – fast schien es so, als ob der völlige Mißerfolg der Reise sich hier in diesem Betrüger konzentriere –, erregte in ihm einen tiefen Zorn.

Er folgte Abdul, vorsichtig und geschickt, als hätte man es ihm beigebracht. Er mußte dringend pinkeln, aber seine Mission verlangte Opfer, und mit verzerrtem Gesicht und gespannter Blase folgte er Abdul in die Altstadt. Abdul ging durch die engen Gassen des Suk und schüttelte mal hier, mal da eine Hand. Bei einem Geflügelhändler kaufte er ein fettes Huhn, das mit zusammengebundenen Beinen gackernd und flügelschlagend gegen die bevorstehende Schlachtung protestierte.

Kaum aus der Synagoge heraus und schon etwas gekauft – Abdul war genau so ein Jude wie ich selbst.

Obwohl Boy sich die ganze Zeit versteckte und sich hinter einem Berg von Taschen oder einer Bude verborgen hielt, wenn Abdul stehenblieb, schien es doch, als ob Abdul Boys Anwesenheit irgendwie witterte, denn er fing an, unruhig umherzuschauen. Boy ließ den Abstand zwischen ihnen etwas größer werden, mußte nun aber aufpassen, daß er Abdul nicht aus den Augen vorlor.

Plötzlich drehte sich Abdul um, und ich konnte nicht schnell genug ausweichen, weil meine volle Blase mir einen Krampf in den Eingeweiden bescherte: Ich blieb also stehen, und wir sahen einander an. Ich sah den Schrecken in seinen Augen und merkte, daß ich sofort einschreiten mußte, wenn ich noch etwas von meinem Geld wiedersehen wollte, denn Abdul konnte jeden Moment die Beine unter den Arm nehmen, und ich in meinem Zustand – schwindelig, mit Kopfschmerzen und übervoller Blase – konnte nicht hinter ihm herrennen. Also ging ich sofort auf Abdul zu. Er blieb unbeweglich stehen, völlig überrumpelt von meinem plötzlichen Auftauchen, und hielt schutzsuchend das Huhn vor die Brust. Wahrscheinlich hatte er Angst, ich könnte ein Messer zücken. Aber ich hatte kein Messer. Das Huhn gackerte wie am Spieß.

Boy blieb vor Abdul stehen. Die Händler und Budenbesitzer in dieser Gasse strömten herbei und bereiteten sich auf einen hübschen Krach zwischen den beiden Jidden vor, aber das konnte Boys Wut nicht besänftigen.

»Abdul«, sagte er mit rauher Stimme, »du bist ein Betrüger!«

Abdul sah ihn ängstlich an, wobei er Boys Hände nervös im Auge behielt – offenbar fürchtete er den Gnadenstoß jenes Messers. Er drückte das Huhn an sich, als ob es das letzte Wesen auf dieser Welt wäre, von dem er sich verabschieden wollte.

»Ich war bei der Adresse, die du mir gegeben hast«, fuhr Boy mit erhobenem Zeigefinger fort, »aber sie stimmt nicht. Dort wohnst du gar nicht! Ich bekomme noch Geld von dir! Und zwar jetzt, hörst du?«

Abdul nickte und wurde etwas ruhiger. Er hatte noch eine Chance. Dieser Europäer würde ihn nicht auf der Stelle erstechen.

»Boy...«, stotterte Abdul, zwinkerte mit den Augen und erholte sich blitzschnell von seinem Schock, »wo bist du denn gewesen? Warst du auch im richtigen Haus?«

»Hör mal«, sagte Boy böse, »du hast mir eine Adresse gegeben, die es gar nicht gibt! Betrüger!«

»Betrüger? *Ich?* Sei ganz unbesorgt, Boy! Morgen komme ich zu dir ins Hotel, und dann geb ich dir das Geld, okay?«

»Ich will es jetzt. Sofort!«

»Aber ich hab es doch nicht bei mir! Ich müßte erst zur Bank, und es ist Samstag!«

»Die Banken hier sind geöffnet«, beharrte Boy.

»Es ist Samstag! *Ich* darf heute kein Geld anfassen. Lieber Boy, mach dir keine Sorgen, ein Versprechen von mir ist genauso zuverlässig wie die Bank von England. Du kriegst dein Geld, glaube mir.«

»Ich glaube dir gar nichts. Aber ich begleite dich. Bis zu deinem Haus. Ich möchte wissen, wo du wohnst, und dann gibst du mir dort das Geld.«

»Hör mal…«, sagte Abdul, das Huhn streichelnd und nach rechts und links lächelnd. Er nickte den Umstehenden ganz entspannt zu, nein, alles war in Ordnung, auch wenn dieser unzivilisierte Europäer dastand und brüllte. »Boy, ich komme morgen zu dir. Wenn ich es sage, kannst du dich wirklich darauf verlassen. Und außerdem, heute nachmittag muß ich ja zu den Brüdern Mohammed, und ich weiß, daß du neugierig bist, was ich bei ihnen erreichen werde.«

»Abdul, meinst du wirklich, daß ich dir noch glaube? Du hast die Wahl: entweder du gibst mir hier das Geld zurück, oder ich gehe mit dir mit.«

Einen Moment lang sah es so aus, als würde Abdul gleich in Tränen ausbrechen. Er wandte sich von den Umstehenden ab und blieb mit hängendem Kopf stehen. Boy folgte ihm auf dem Fuße.

»Ich habe das Geld nicht mehr«, flüsterte Abdul.

»Interessiert mich nicht«, drohte Boy. »Her mit dem Geld, oder ich gehe zur Polizei.«

Abdul nickte nervös bei dieser Drohung. »Komm mit mir mit«, sagte er.

Stark und triumphierend folgte ihm Boy durch die engen Gassen. Das Huhn war ganz ruhig. Wieder streute Abdul seine Grüße umher, gab hier eine Hand, machte dort eine Bewegung mit dem Arm. Boy begriff plötzlich, daß Abdul hier in der Altstadt wohnte.

Boy mußte immer noch fürchterlich pinkeln, hatte aber keine Gelegenheit dazu. Wenn er Abdul bestrafen wollte, mußte er selber leiden. Er hatte den Betrüger in seiner Gewalt. Jetzt konnte er das begangene Unrecht wiedergutmachen.

Abdul blieb vor einer morschen Tür zwischen zwei Läden in diesem labyrinthartigen Suk stehen.

Er drehte sich um und schaute Boy plötzlich mit großen Augen an.

»Ich tu's für meine Kinder«, sagte er fest und ohne Umschweife. »Nicht für mich selbst, sondern für meine Kinder. Ich lade dich zu mir zum Essen ein.«

Der ehrliche Klang in Abduls Stimme brachte Boy völlig in Verwirrung. Wortlos folgte er ihm nach drinnen. Ein langer dunkler Gang, ein ungepflasterter Innenhof, dann wieder eine Tür und ein kleines Wohnzimmer. Armut, dachte Boy.

In diesem dunklen kleinen Haus saß die Familie um den Tisch und wartete. Ich zählte acht Gestalten. Ich fragte Abdul nach dem Klo, und endlich konnte ich in einem stinkenden Verschlag hinter dem Haus meine schmerzende Blase leeren. Das Loch im Boden war ein offener Kanal. Beißender Gestank drang in meine Lungen. Erleichtert verließ ich diesen Ort.

Im düsteren Wohnzimmer roch es nach der Schabbesmahlzeit. Langsam gewöhnten sich meine Augen an die Dunkelheit. Und dann sah ich sie. Und ich schwöre Dir, im

Nu begriff ich, um welche Frauen sie früher in der Wüste gekämpft haben. Sie war das schönste Mädchen, das ich je gesehen habe. Hätte sie ein paar tausend Jahre früher gelebt, dann hätte man sie in der Thora besungen, dann hätten ganze Heerscharen um sie gekämpft, Helden ihr Leben für sie gelassen. Sie schaute mich mit diesen kohlschwarzen Augen an. Sie verhießen Glut und Treue. Ihr langes dunkles Haar wellte sich über ihren Schultern. Ihre Haut war wie aus Seide. Und ihr Mund versprach Liebe. Abdul stellte sie vor: Es war seine Tochter Sulamith.

Man gab mir einen Platz ihr gegenüber, neben dem alten Mann am Tisch, Onkel Isaac.

»You jew?« fragte der alte Mann. Er hatte einen langen grauen Bart, der aussah wie eine schmutzige Serviette unter seinem Kinn.

»Ja«, antwortete ich.

»Warum trägst du dann keinen Hut? Was ist ein Jud ohne Hut? David!«

Er rief Abdul, der hier offensichtlich David hieß.

»Dein Gast ist Jude. Gib ihm einen Hut.«

Abdul reichte mir seinen eigenen Hut. Selber setzte er sich ein Käppchen auf seine Mähne. Sein Hut war noch warm.

Das Huhn gackerte in einer Ecke des Zimmers: sie sangen jetzt die Broche, und die Frauen zündeten die Kerzen an und brachen das Brot. Es gab Lammfleisch, Couscous, Feigen. Ich ertrank in ihren Augen. Ich stahl ihre Blicke. Ich sah auf ihre eleganten Hände. Ich sah ihre schneeweißen Zähne glänzen, wenn sie lachte. Ihre Haut glomm im Kerzenlicht.

Ich fühlte Abduls Augen auf mir, aber das Geld und die

Frères und SuperTex ließen mich vollkommen kalt. – Ich hatte Sulamith gefunden.

Jimmy war bei mir zu Besuch, und es gab so viel zu tun, daß ich gar keine Zeit hatte, mir Sorgen zu machen.

Am Samstagfrüh rief Lea an und fragte, ob ich etwas gehört hätte. Ich rief das Hyatt in Casablanca an. Dort erzählte man mir, daß Boy ausgezogen sei und keine Adresse hinterlassen habe. Daraufhin rief ich die Brüder Mohammed an in der Hoffnung, daß sie Boy zu sich nach Hause eingeladen hätten, auch wenn mir klar war, daß diese Möglichkeit sehr gering war.

»Wir haben deinen Bruder gestern noch beim Lunch gesehen«, sagte Louis. »Du hättest selber kommen sollen, dein Bruder ist, bei allem Respekt, für solche Aufgaben nicht geeignet. Ihm gehen die Nerven durch.«

Boys Erzählung vor zwei Tagen hatte einen anderen Eindruck erweckt, und mir wurde klar, daß Boy offenbar ernste Probleme hatte. Ich bat Louis, bei der Polizei und bei anderen Hotels nach Boy zu fragen, und er versprach es. Ich rief Lea an.

»Es ist ihm doch nichts passiert, Max? Er ist doch noch am Leben?«

»Mach dir keine Sorgen! Boy ist der vorsichtigste Mensch, den ich kenne. Er wird einfach ein paar Tage Urlaub machen. In Marrakesch oder so.«

»Ohne mich? Warum hat er mich nicht mitgenommen? Wenn ich mitgegangen wäre, dann wäre nichts passiert! O Max, ich habe so ein ungutes Vorgefühl, es ist etwas mit ihm geschehen!«

Dieses Gefühl hatte ich auch, aber es hatte keinen Sinn, ihre Unruhe noch zu verstärken. Ich ging wieder mit Jimmy an die Arbeit, und abends rief mich Louis an. Er hatte nichts herausfinden können. Bei der Polizei war kein Europäer eingeliefert worden, der etwa Opfer eines Unfalls oder Raubüberfalls geworden wäre, und in den großen Hotels war niemand abgestiegen, der Breslauer hieß oder auf den Boys Beschreibung gepaßt hätte.

»Und in den Krankenhäusern?«

»Dort soll ich es auch noch versuchen? Die Polizei hätte das doch gewußt!«

»Könntest du das noch tun, Louis? Dies hier sieht Boy gar nicht ähnlich.«

Eine Stunde später erzählte er mir, daß auch die Krankenhäuser keinen Europäer mit Boys Beschreibung aufgenommen hätten. Ich sprach mit Maria darüber, und sie meinte, daß Boy von selbst wieder auftauchen würde.

»Er wagt einfach nicht, dich anzurufen! Er hat solche Angst, daß du sauer auf ihn bist, daß er sich nicht nach Hause traut.«

»Er braucht doch keine Angst vor mir zu haben.«

»Hat er aber.«

Ich wußte, daß sie recht hatte, wollte es aber nicht zugeben. Lea rief jede Stunde an, doch meine Beschwörungen konnten sie nicht trösten. »Ich spüre es! Es ist etwas Schreckliches passiert! Sonst hätte er sich doch gemeldet! Wir wollen demnächst heiraten, Max! Er ist tot! Oh, er ist tot! Jetzt hab ich keinen Mann mehr! Er ist tot!«

»Du findest schon noch einen anderen Mann, Lea«, sagte ich.

»Also glaubst du auch, daß er tot ist? O mein G'tt ! O Boy! Warum hast du mich verlassen!«

Der Sonntag verging ohne Neuigkeiten, und am Montagmorgen rief ich die niederländische Botschaft in Rabat an. Dort konnte man mir nicht helfen. Sie hatten keine Informationen über ein niederländisches Verbrechensopfer vorliegen und rieten mir, selbst nach Casablanca zu fliegen, um die Situation an Ort und Stelle zu klären.

Aber ich konnte erst am Mittwoch weg, nachdem Jimmy wieder abgeflogen war. Meine Mutter fragte nach Boy, und ich log ihr vor, es gehe ihm ausgezeichnet, er sei mit den Verhandlungen praktisch fertig.

»Er war so stolz, Max, daß du ihn um so etwas gebeten hast.«

»Ich fand, er sollte mal hinter seinem Schreibtisch hervorkommen«, sagte ich.

»Er blühte ja richtig auf. Also geht es ihm dort unten gut?«

Vor fünf Tagen war er abgeflogen, und seit vier Tagen hatte ich kein Lebenszeichen mehr von ihm erhalten. Es war irgend etwas passiert. Etwas Ernstes. Ich konnte das nicht mehr ableugnen.

Ich rief Lea an, die vom Arzt eine Menge Beruhigungsspritzen bekommen hatte, und sagte ihr, ich führe nach Casablanca, um Boy zu suchen.

»Ich komme mit«, flüsterte sie traurig und voller Valium, »ich will ihn noch einmal sehen, bevor sie ihn begraben.«

Am Mittwoch abend plumpste ein Telegramm in den Briefkasten: *Ich bleibe hier. Das Geschäftliche ging schlecht, aber mir geht es gut. Leb wohl, Benjamin.*

Er lebte. Ich war überglücklich, daß er noch atmete und auf Erden wandelte, aber es war eine sonderbare Botschaft. War es eine verschlüsselte Nachricht von möglichen Entführern? Kam eine Lösegeldforderung hinterher? Ich würde alles bezahlen, was verlangt wurde. Ich rief Lea an.

»Er lebt!« kreischte sie. »Er lebt!«

Am nächsten Tag flogen wir nach Casablanca.

Wir stiegen im Hyatt ab und gingen sofort zur Polizeiwache am Brahim Roudani Boulevard. Die Polizisten hatten schon mehrere Anrufe der Frères bekommen, und der Inspektor, der uns anhörte, versuchte, uns zu beruhigen.

»Menschen verlieben sich hier«, sagte er, »dies ist die Stadt der Liebe. Das kommt alles von diesem Film. Die Stadt ist ganz nüchtern, aber die Touristen, die hierherkommen, sind romantisch. Vielleicht ist es Ihrem Bruder auch so ergangen.«

Lea verließ heulend die Polizeiwache, und wir fuhren im Taxi bei den Hotels vorbei, fragten am Empfangstresen des El Mansour, des Holiday Inn, des Sheraton, der Touristenhotels am Corniche Boulevard, wo die Strände von Tausenden rotverbrannter Deutscher und Engländer überquollen, wir versuchten es bei Autovermietern, Reisebüros, Fluggesellschaften, und schließlich gingen wir noch, müde und völlig davon überzeugt, daß Boy spurlos verschwunden war, in die Clinique Foch, die Clinique Mers Sultan und die Clinique Docteur Saadi. Kein Breslauer. Kein Boy, der Angst vor seinem großen Bruder Max hatte. Zum Glück kein Selbstmord, dachte ich und fühlte mich schuldig.

Wir gingen zwei Tage lang durch die *Medina*, die Altstadt. Ich schwitzte in meinem dicken Körper, und das Pummelchen, das Lea hieß, schaukelte über den dürren Boden Nordafrikas. Wir hatten beide einen Strohhut auf, und in unseren heißen Schädeln ging der gleiche Gedanke um: Boy ist tot. Jedenfalls für uns. Wir begriffen allmählich, daß wir ohne Ergebnis zurückkehren würden. Schweigend gingen wir durch das Labyrinth der Medina und hatten uns in unsere eigenen Grübeleien zurückgezogen. Bei allen Läden und Ständen zeigten wir sein Foto, bekamen aber wenig Unterstützung. Am zweiten Tag zeigten wir Boys Foto mit einer Banknote als Umrahmung, und die Gespräche mit den Kaufleuten wurden ausführlicher, und ihre Besorgnis um sein Schicksal wuchs beträchtlich, aber wir fanden keinen Anhaltspunkt und stiefelten weiter mit roten Augen und hängenden Schultern durch die ungepflasterten Gäßchen der Altstadt. Lea mußte aufs Klo, und das war, wie jeder Tourist in dieser Bedrängnis bestätigen konnte, ein Problem, das ungefähr so schwierig war wie das Ausfindigmachen von Boy.

»Ich halte es nicht mehr aus, Max«, sagte sie weinerlich.

»Wir müssen ins Hyatt zurück«, meinte ich.

»Das ist zu weit! Wie kommen wir schnell dorthin?«

»Ich fürchte, wir müssen laufen.«

»Dann in ein Café! Siehst du irgendwo eines? O Himmel, was für ein Elend!«

»Dort!« zeigte ich ihr, und sie schaute in ein düsteres Lokal mit lauter Männern im Kaftan.

»Nein!« sagte sie resolut. »Dort gehe ich nicht rein! Himmel, ich muß so dringend!«

»Verkneif es noch eine Weile!« rief ich wütend.

»Das kann ich nicht!« schrie sie mit Tränen in den Augen. »Ich habe das noch nie gekonnt!« Sie verbarg ihr Gesicht in den Händen, und ich hörte, wie sie erstickt sagte: »Und außerdem bin ich unwohl...«

Prima, dachte ich, mit einem Rollmops, der unwohl ist, mitten in der Medina auf der Suche nach einem anständigen Klo.

Ich zog eine Banknote heraus und winkte damit einem Marokkaner. Er war die Freundlichkeit in Person und verwies uns auf eine touristische Neuheit: Auf dem kleinen Hauptplatz der Medina stand seit gestern auf der Ladefläche eines Lastwagens ein Dutzend brandneuer amerikanischer chemischer Klos – *Whirlpool*, las ich; sie waren durch eine Holztreppe mit dem Fußboden verbunden, und unruhige Touristen standen davor Schlange, bis sie an der Reihe waren. Nach jedem Kunden verschwand ein marokkanischer Putzmann im Innern, in einen weißen Arztkittel gekleidet, und die Kabine wurde pieksauber gemacht für den nächsten Pinkler. Bei einem Schalterhäuschen, das abseits stand, durfte der gequälte Tourist im voraus bezahlen.

»Was sagst du dazu?« fragte ich erleichtert.

Lea rannte zum Schalter, um die fünf Dollar hinzublättern (was für Halsabschneider, dachte ich), und ich hörte einen eisigen Schrei. Der ganze Platz drehte sich nach Lea um. Ich sah, wie sie entsetzt vor dem Schalter zurückwich und einen Arm hob, der zitternd auf das schwarze Loch zeigte.

»Da!« schrie sie. »Da! DA!«

Sie rannte auf mich zu. Ich wollte sie festhalten, aber sie

schüttelte meine Hand ab und starrte mit entsetztem Blick auf das Schalterhäuschen. Sie zitterte am ganzen Leib, und auch ich begann, die Nerven in meinen Beinen zu fühlen. Ich ging zum Schalter, und die zwei Sekunden, die ich brauchte, um dort hinüberzugehen, schienen eine andere Dauer zu bekommen, als hätte sich die Zeit plötzlich verdickt. Während ich mich selber zum Schalter gehen sah, sah ich auch den Platz und die ganze Stadt unter der Sonne liegen, sah Casablanca am Rande des Kontinents und weiter oben Europa, und hinter Frankreich und Rotterdam sah ich das Textilzentrum und in Muiderberg das Grab von Papa, und ich fühlte, wie er mich hochhob und ich meine Kinderärmchen um seinen Hals legte, ich drückte meinen Mund auf seine kratzende Wange, und er bückte sich noch einmal und hob nun auch Boy hoch, Boy, der noch kleiner war als ich und fröhlich strahlte, und wir lachten uns an, und ich wußte, dieser Moment würde nie vergehen, und als ich die zehn Meter bis zum Schalterhäuschen zurückgelegt hatte und mich zur Öffnung hinunterbeugte, sah ich im stickigen Schatten des Häuschens das liebe bebrillte Gesicht meines kleinen Bruders Boy.

Er trug einen Hut, obwohl es so heiß war. Er hatte sich nicht rasiert und lachte mir strahlend ins ungläubige Gesicht.

Hier also saß der verschwundene Chefbuchhalter der Firma Euro Textil International, der Holding von Super-Tex, der zweite Sohn von Multimillionär Simon Breslauer, der im vorigen Jahr in seinem Mercedes 560 SEL ertrunken war.

»Boy…?« stotterte ich. »Boy…?«

»Ha, Max«, sagte er munter. »Was sagst du dazu? Phantastisch, oder nicht? Ich könnte glatt noch ein Dutzend danebenstellen. Es läuft wie verrückt!«

»Boy...« Ich konnte es nicht fassen. Ich schaute ihm ins fröhliche Gesicht, und er legte mir seine Hand auf den Arm.

»Alles in Ordnung, Max?«

Ich hatte ihn noch nie so entspannt und selbstsicher erlebt.

»Boy... warum hast du dich nicht gemeldet? Wir waren in Sorge! Du warst verschwunden.«

Seine Augen wanderten zur Seite, und ich spürte, wie Lea mich beiseite schob. Ich schaute von oben auf den Strohhut des dampfenden Geschöpfes neben mir. Ich hörte sie weinen.

»Boy! Boy! Warum hast du nichts von dir hören lassen? Wir haben uns alle solche Sorgen gemacht, wir dachten, du bist tot! Das verzeih ich dir nicht!«

Sie weinte laut, und ihr Kummer schien sich auch auf anderer Ebene zu entladen. »Ich muß aufs Klo!« kreischte sie.

Boy rief seinen Angestellten und machte ihm mit ein paar arabischen Worten klar, daß Lea Vorrang hatte. Sie ging mit dem Mann mit, er führte sie, als das nächste WC frei wurde, um die protestierende Schlange herum, und sie kletterte hastig die Treppe hinauf.

Boy lehnte sich zurück und schaute mich stolz an.

»Na, Max, wie findest du das? Die reinste Goldgrube, was?«

Am Abend kam Boy ins Hyatt. Lea weinte seit ein paar Stunden, und ich schaute in mein Whiskyglas, eins nach dem anderen. Boy trug einen langen schwarzen Mantel, einen schwarzen Hut und ließ sich offensichtlich den Bart wachsen.

»Boy... dieser Hut und dieser Bart. Warum tust du das?«

Boy saß hinter einem Glas Perrier, Lea verbarg ihr Gesicht in einem Taschentuch und schluchzte unaufhörlich.

»Max, du verstehst das nicht. Was war ich schon? Ein Jud ohne Hut! Was ist ein Jud ohne Hut?«

»Was ist denn ein Mensch ohne Hut?« wollte ich wissen.

»Ich bin eine bestimmte Sorte Mensch. Ein Jude«, sagte er.

»Deswegen kannst du mich doch trotzdem noch lieben?« klagte Lea. »Wir wollten heiraten!«

»Du trägst Verantwortung, Boy, davor kannst du nicht einfach davonlaufen«, fügte ich hinzu.

»Verantwortung?« Er lachte und schüttelte den Kopf. »In Amsterdam, was war ich da? Ein Jude in einem Mercedes! Gütiger Gott, das ist doch nicht unser Lebensziel, Max? Haben unsere Vorfahren dafür gelitten? Sind sie wegen eines Mercedes durchs Rote Meer gezogen? Hat David Goliath wegen einer *credit card* besiegt?«

»Tust du mir einen Gefallen, Boy?« fragte ich.

»Klar«, sagte Boy, »wenn ich darf.«

»Wieso *darf*?«

»Na ja, wenn es nicht gegen die Tradition verstößt, dann will ich dir gern einen Gefallen tun.«

»Bist du orthodox geworden, Boy?«

»Orthodox ist ein falsches Wort«, sagte er ruhig, »ich habe wieder angefangen, nach der Überlieferung zu leben, das ist alles.«

»Tust du mir einen Gefallen?«

»Sprich nur«, sagte er mit gespreizten Händen, als ob er voller Nachsicht auf ein Kind reagierte.

»Geh mit mir zu einem Arzt. Wir gehen zusammen hin. Aber komm mit.«

»Sehe ich vielleicht krank aus? Habe ich Ringe unter den Augen? Fallen mir die Zähne aus? Werde ich kahl auf dem Kopf? Warum sollte ich zu einem Arzt gehen?«

»Boy, ich glaube, du bist ein bißchen überspannt.«

»*Ich*? Hast du mal dich selber angeschaut, Max? Du sagst, daß *ich* überspannt bin? Was für ein *Witz*!«

»Boy! Geh mit mir zurück nach Holland!« flehte Lea. Sie beugte sich über den Tisch. Wimperntusche und Lidstrich waren ihr über das Gesicht gelaufen, ihre verweinten Augen hätten selbst einen Stein erweichen können. Aber Boy blieb fest.

»Es geht nicht, Lea«, sagte er sanft.

»Warum nicht?« fragte sie mit ersterbender Piepstimme.

»Ich bin jetzt mit jemand anderem verlobt«, erklärte Boy voller Mitleid.

Leas breiter Mund klappte auf, wie wenn ein Nilpferd sein Maul öffnet, um ein ganzes Brot in Empfang zu nehmen. Sie preßte ihr feuchtes Taschentuch in den Mund und dämpfte so den Schrei, der aus der Tiefe ihrer Brust zur Decke des Hotel-Cafés emporstieg.

Von den Wänden sahen Humphrey und Ingrid auf uns herab. Ihr Abschied am Ende des Films hatte mehr Stil.

Auch ich war langsam verzweifelt. »Du bist überspannt«, sagte ich.

Wieder schüttelte er den Kopf. »Nein«, sagte er, »das bin ich nicht. Aber du meinst eigentlich: verrückt.«

»Vielleicht«, sagte ich.

»Sag es dann«, meinte Boy ganz ruhig. »Für dich bin ich also verrückt.«

»Und Lea?« fragte ich. »Du kannst sie doch nicht einfach beiseite schieben?«

Sie hatte ihren Kopf auf den Tisch sinken lassen, das Gesicht in beide Hände vergraben.

Boy wandte sich an sie. »Lea, ich kann dich nicht heiraten. Ich habe mich geirrt.«

Sie stöhnte.

»Du bist nicht ganz bei Trost, Boy«, behauptete ich.

»Ich bin gerade sehr bei Trost.«

»Wen willst du denn heiraten?«

»Die Tochter meines Geschäftspartners. Er hatte die Idee mit den fahrbaren Klos in der Medina. Eine Gelegenheit! Von der *Grande Exposition*. Gestern haben wir eröffnet, und wir könnten gleich noch ein Dutzend danebenstellen.«

»Also bist du jetzt Klobesitzer?«

»*What's in a name?* Ich gehöre hierher. Ich bleibe hier.«

»Und dieser Bart und dieser Hut?«

»Max, das ist kein Witz. Ich habe mich nicht einfach nur verkleidet!«

»Warum? Warum tust du das auf einmal?«

»Morgens lege ich die Gebetsriemen an, ich bete, und wenn möglich will ich jeden Tag in die Synagoge gehen. Ich nehme wieder Unterricht. Bei Onkel Isaak. Bald kann ich wieder fließend lesen. Nach all den Jahren!«

»Meschugge, Boy. Was willst du denn?«

»Von dir? Nichts.«

»Wir wollen, daß du nach Amsterdam zurückkommst. Ich bin dein Bruder, und Lea ist deine zukünftige Frau.«

»Lea«, sagte Boy noch einmal, »ich heirate eine andere. Ich liebe dich nicht. Ich habe mich geirrt.«

Sie schüttelte schluchzend den Kopf, am Rande eines hysterischen Anfalls.

»Es ist...« Boy suchte nach Worten. »... es war Liebe auf den ersten Blick. Wir sahen uns in die Augen, und dann...«

Leas Kopf tauchte vom Tisch auf, und sie verpaßte Boy einen gezielten Haken unters Kinn. Sein Kopf flog nach hinten, der Hut purzelte auf den Boden. Lea wand sich aus ihrem Stuhl und schaukelte aus dem Hotel-Café.

Boy blieb ein Weilchen sitzen, um Leas Schlag und Abgang zu verarbeiten. Dann stand er auf und bückte sich nach seinem Hut, beherrscht und vornehm. Er strich mit der flachen Hand den Staub vom Hut und setzte sich wieder hin, wobei er die Kiefer hin und her bewegte. Er legte mir die Hand auf den Arm und hielt mich fest.

»Max...«, fragte er, »... bist du eigentlich in Amsterdam glücklich? Was ist aus dir geworden? Hast du darüber mal nachgedacht? Du wohnst mit einer Schickse zusammen, und mit was für einer, der ehemaligen Mätresse von Papa, du siehst aus wie ein vollgefressenes Schwein, aber eins mit beschnittenem Schwanz, und arbeitest dich langsam, aber sicher auf den Herzinfarkt zu. Was ist das für ein Leben?«

»Wenn Papa wüßte, wie du Lea behandelt hast, dann hätte er dich enterbt«, sagte ich falsch.

Er hob die Schultern. »Vielleicht. Vielleicht auch nicht. Aber ich habe ein anderes Erbe.« Sprach's und stand auf.

Am nächsten Morgen sah ich meinen Bruder wieder. Lea blieb auf ihrem Zimmer. Die ganze Nacht hatte sie sich mit Gerichten des Zimmerservice vollgestopft und lag nun wie das heulende Elend auf ihrem Bett.

Boy hatte eine wundervolle junge Frau bei sich. Sulamith. Mir dämmerte langsam, warum Boy hierbleiben wollte. Wir tranken etwas zusammen, und Sulamith lachte wie ein Engel, streichelte seine Hand wie eine Geliebte, wischte ihm die Schuppen vom Kragen wie eine Ehefrau. Ich ging mit ihnen in die Medina zurück, und Boy stellte mich seinem Schwiegervater vor. Der Mann amtierte nun im Schalterhäuschen und übertrumpfte sich selber in Lobeshymnen auf seinen zukünftigen Schwiegersohn.

»Es ist gut, daß neue Juden hierherkommen«, sagte er, »ich bin glücklich, daß meine Tochter einen so guten Mann heiratet.«

Am Nachmittag erzählte mir Boy seine Lebensgeschichte. Er war der Ansicht, daß ich zwar die Fakten kannte, aber nicht so, wie er all dies erlebt hatte. Bei unserem Abschied versprach er, mir alles noch einmal aufzuschreiben. Fünf Briefe waren es, die er mir schickte.

In der Garage steht mein Mercedes 190. Du kannst ihn verkaufen. Das Geld kannst Du auf mein Konto einzahlen. Glaube nur nicht, daß ich noch einmal zurückkomme. Das werde ich nicht. Ich gehöre hierher. Hier in Casablanca bin ich ein Außenseiter, Max, und das ist das Wesen des Judentums. Ich bin ein Fremder, der andere, der Sonderling mit Hut und Mantel. Der einzige, zu dem ich gehöre, ist G'tt.

Und Du? Fährst Du immer noch in Deinem Porsche 928 S durch Amsterdam? Machst gute Geschäfte und frißt Dich voll? Und passiert es Dir nie, daß Du denkst: Was tu ich denn hier? Das habe ich nämlich oft gedacht, wenn ich in meinem Mordsauto durch die Stadt fuhr. Fährt Dir niemals das flammende Schwert der Scham durch Dein fettes Herz? Fragst Du Dich nie: ein Jude in einem Porsche, geht das?

12

Stundenlang hatte ich in derselben Haltung dagelegen und geredet, und als ich schwieg, merkte ich, daß meine Arme und Beine blutleer geworden waren.

»Ich muß mal kurz aufstehen«, sagte ich.

Der Nachmittag verdämmerte. Die Sportplätze lagen verlassen, es war kaum noch Verkehr auf der Straße.

Sie fragte: »Was wollen Sie nun? Therapie?«

»Wenn ich rede und Sie hören zu, ist das doch Therapie?«

Ich sprach in die dunkler werdende Luft hinein zum undeutlichen Spiegelbild meines Körpers in der Fensterscheibe.

»Nein«, hörte ich sie antworten. »Wenn Sie therapiert werden, dann machen wir eine Analyse und nehmen die Momente auseinander, auf die Ihre emotionale Entwicklung fixiert ist. Und ich würde Hypnotherapie anwenden.«

»Was ist das?«

»Sie werden hypnotisiert, und dann erleben Sie bestimmte Situationen aus Ihrer Jugend noch einmal. Genauso intensiv.«

»Dies hier erscheint mir schon genug Hypnose«, sagte ich.

»Sie machen diese Situationen noch einmal durch, aber jetzt als Erwachsener. Viele Blockaden entstehen dadurch, daß wir als Kinder zwar die Gefühlserfahrung haben, aber sie noch nicht mit dem Verstand verarbeiten und bewußtmachen können, verstehen Sie?«

Ich wandte mich zu ihr um und ging durchs Zimmer. »Sie meinen, man kann als Kind etwas Schlimmes erleben, aber nicht darüber nachdenken? Und das schreckliche Gefühl, das man von einer Sache zurückbehält, bleibt autonom – das ist doch ein Wort, das Sie verwenden?«

»Ich nicht.«

»Also ich habe Blockaden?«

»Sie sagten, Sie stecken in einer Krise.«

»Ich bin ein Jude in einem Porsche. Das ist nicht gut.«

»So wie Sie mir das erzählt haben, glaube ich es auch, ja.«

»Was kann ich dagegen tun?«

»Sie können ebenfalls orthodox werden.«

Ich sah sie an, aber ihr Gesicht blieb freundlich. Ich hatte schon den Verdacht, daß diese Bemerkung zynisch sein sollte. Aber sie blieb neutral. Ich ließ die Bemerkung zu mir durchdringen.

»Wegen Esther hätte ich es vielleicht werden sollen. Der Gedanke macht mich verrückt, daß wir jetzt vielleicht verheiratet wären und Kinder hätten, wenn ich bloß einen Hut aufgesetzt und ein paarmal am Tag den Segen gesprochen hätte. Aber ich *glaube* nicht.«

Ich ging über den abgetretenen Teppich, schwang die Arme, umkreiste den Schreibtisch und streckte meine Beine.

»Und Sie können ein anderes Auto kaufen.«

»Einen Peugeot? Glauben Sie, das hilft?«

»Der Porsche ist für Sie so belastend geworden. Er ist das sichtbare Symbol für alles, was in Ihrem Leben falsch ist.«

»Ich fahre so gern damit.«

»Aber Sie haben auch Schuldgefühle, wenn Sie hinter dem Steuer sitzen.«

»Ja…«, murmelte ich. Ich blieb stehen. »Hab ich deshalb heute früh beinahe die Chassiden überfahren? Wollte ich etwas provozieren?«

Sie schüttelte den Kopf und lachte über meine naive Frage. »Natürlich nicht, Herr Breslauer! Warum sollten Sie unbewußt einen Unfall provozieren?«

Ich lächelte ebenfalls. »Ich übertreibe natürlich«, sagte ich, »aber es ist auch ein komisches Problem.«

»Bitte formulieren Sie es noch einmal«, forderte sie mich auf.

»Mein Problem?«

Ich tigerte durch das Zimmer. Frau Dr. Jansen blieb ruhig auf ihrem Stuhl sitzen und machte sich Notizen auf ihrem Block. »Ich weiß es nicht«, sagte ich. »Ich weiß es wirklich nicht.«

Es blieb eine Weile ruhig. Dann fragte sie wie beim Partyklatsch auf einer Geburtstagsfeier: »Heiratet er das Mädchen?«

»Nächsten Monat.«

»Fahren Sie hin?«

»Ja. Mit meiner Mutter. Die das alles nicht versteht. Sie war von Leas Kummer ganz verstört.«

»Und Ihre Freundin, fährt sie auch mit?«

»Na ja… Ich weiß nicht, ob sie noch meine Freundin ist. *Dos leben is nit mehr wie a golem, ober weck mich nit oif.*«

»Das Leben ist nur ein Traum, aber weck mich nicht auf«, übersetzte sie.

»Toll«, sagte ich.

»So schwer war das nicht.«

Ich fragte nach dem Klo, und sie deutete auf den Vorraum. Als ich meine Blase geleert hatte und mir die Hände wusch, sah ich neben dem Waschbecken im WC eine Sammelbüchse des Jüdischen Nationalfonds hängen. Ich erinnerte mich an die kleine weißblaue Sammelbüchse von früher. Sie stand bei uns zu Hause in der Küche, und wenn ein paar Cents vom Einkauf beim Gemüsehändler oder Kartoffelbauern übrigblieben, dann durften Boy und ich die Münzen durch den Schlitz in die Büchse werfen. Ich hörte wieder den Klang der fallenden Münzen und spürte das Zittern im Blech.

»Sie haben eine Büchse des Jüdischen Nationalfonds in Ihrem Klo«, sagte ich, als ich zurückkam, und wartete auf ihre Erklärung.

»Ja. Sind Sie müde?«

Ich nickte, immer noch auf Erläuterung wartend.

»Ihr Vater hatte doch bloß Hauptschule?«

Ich nickte wieder. Mir wurde klar, daß sie auf meine Bemerkung über die Sammelbüchse nicht eingehen wollte.

»Wie kam er dann an die Sprichwörter? Er ist so jung aus seiner Gegend verschleppt worden, er war zu jung, um die Sprache bewußt zu kennen.«

Ich setzte mich aufs Sofa. Sie schaute mich so frisch und interessiert an, als hätte sie mich eben erst hereingelassen.

»Im Arbeitslager war ein Mann, der im Jahr 1933 schon das Ende des osteuropäischen Judentums nahen sah. Er begann, das Jiddisch festzulegen, zu beschreiben, als sei er ein Archäologe. Als mein Vater, ein Junge von dreizehn Jahren, dort ankam, nahm er ihn in seine Obhut. Eines Tages rissen sie ihm seine Aufzeichnungen aus der Hand und warfen sie ins Feuer. Er brachte dem Jungen die Sprichwörter bei, jemand mußte sie behalten, beschwor er ihn, diese Redensarten sind die Quintessenz der jüdischen Alltagswirklichkeit, sind der Wissensschatz der Straße, die Seele der verschwundenen Juden von Osteuropa, jemand muß sie wissen, jemand muß sie weitergeben. Bald darauf schlugen sie den Mann tot. Die Sprichwörter waren jetzt nur noch im Kopf des Jungen, der später mein Vater wurde.«

Sie schaute mich streng an. »Und nun?«

»Nun sind sie in meinem Kopf«, flüsterte ich.

Mit unbewegtem Gesicht ließ sie sich vom Sessel gleiten und ging an mir vorbei. Ich sah ihre zerbrechliche Gestalt am Fenster.

Sie sagte: »Sie brauchen mich nicht.«

13

Dämmerung legte sich über die Bäume. Die Stadt hielt einen Augenblick den Atem an, um später in die Hektik des Samstagabends ausbrechen zu können.

Ich ging über die ruhige Apollolaan in die Beethovenstraat und wollte dort ein Taxi nehmen. Kein Auto fuhr an mir vorbei, kein Fußgänger begegnete mir. Ich ging an verschlossenen Häusern vorbei.

An der Ecke Beethovenstraat stand am Taxistandplatz ein Mercedes, und ich ging darauf zu. Der Chauffeur stieg aus, und ich erkannte den dunkelhäutigen Mann wieder, der mich schon einmal gefahren hatte.

»SuperTex!« lachte er und hob den Daumen.

Ich überlegte es mir anders und lächelte auch. »Ich werde laufen«, sagte ich, »es ist besser für die schlanke Linie.«

»Dies ist ein freies Land!« lachte er wieder und setzte sich hinter das Steuer seines Autos.

Ich ging über die Brücke des Reinier Vinkeleskade in Richtung Roelof Hartplein. Kalt war mir nicht, die dicke Fettschicht unter meiner Haut wirkte wie eine Decke. An der Ecke des Hartplein blieb ich stehen und überlegte, ob ich bei Wildschut ein Glas trinken sollte, bevor ich in die leere Wohnung an der Amstel zurückkehrte.

Neben mir an der Ampel hielt ein schwerer Mercedes. Ich schaute unwillkürlich auf den Fahrer und sah meinen Vater hinter dem Steuer sitzen.

Simon Breslauer trägt einen Hut, raucht eine Zigarre und starrt gedankenverloren auf das rote Licht. Er sieht mich nicht und befeuchtet die Zigarrenspitze mit den Lippen. Romeo y Julieta. Er setzt sich anders hin und erweitert mit ungeduldigem Zeigefinger den Spalt zwischen seinem Hals und dem gestärkten Hemdkragen. Der Rauch steigt auf, und er kneift die Augen zusammen. Jetzt beißt er auf die Zigarrenspitze, ich sehe seine Goldzähne, und er dreht den Kopf zu mir um. Er sagt: *Es ist besser a Jid ohne bord eider a bord ohne Jid.*« Lieber ein Jude ohne Bart als ein Bart ohne Jude. Er nickt mir breit grinsend zu, und die Tränen steigen mir in die Augen. »Wie gehen die Geschäfte?« fragt er. Ich nicke und will sagen, daß der Umsatz schön konstant geblieben ist. »Bleib bei diesem Handel«, sagt er und nimmt dabei die Zigarre aus dem Mund, »warum sollst du dir all den Ärger mit Modernisierung und Veränderung auf den Hals laden? Glaub mir, SuperTex kann noch Jahre mithalten.« Ich sehe, daß seine Finger noch immer kräftig sind, und die Haardecke auf seinem Handrücken ist noch voll und dunkel. Die Zigarrenspitze ist ganz zerkaut. »Warum schaust du mich so an? Hab ich was von dir an?« Die Worte klangen hart, aber er lachte zärtlich dabei.

Mit einem Kloß im Hals hielt ich mich an der Mauer fest, an der ich lehnte, und schloß die Augen. Mein Herz klopfte bis an die Schläfen.

Ich öffnete meine Augen. Dasselbe Profil unter demselben Hut und dieselbe selbstbewußte Haltung hinter dem Steuer seines teuren Wagens. Natürlich war er es gar nicht. Die Ampel sprang auf Grün, und der Unbekannte gab Gas. Der Mercedes bog Richtung Concertgebouw ab.

Obwohl ich einen Pullover trug, zitterte ich am ganzen Körper, als ich weiter Richtung Ceintuurbaan ging. Absurd, dachte ich, wie kann jemand, der als Kind ein Konzentrationslager überlebt hat, in einem Mercedes ertrinken? Verblüfft schüttelte ich den Kopf, konnte aber zur gleichen Zeit ein Grinsen nicht unterdrücken. Jemand überlebte die Hölle, um in einem gepanzerten Wagen zu ertrinken! Mein Vater hatte als kleiner Junge Hunger und Angst überstanden, um zum Schluß im Schlamm von Loosdrecht zu ersticken!

Er war kein Heiliger, überlegte ich und merkte plötzlich, daß ich das immer von ihm erwartet hatte: Er hatte die Hölle überlebt, also muß er ein Heiliger sein, als wäre das KZ eine Lehranstalt, in der man die Tiefen der menschlichen Seele kennenlernte und durch die man, wenn man Glück hatte, geläutert die Welt belehren konnte. Aber er war ein normaler Mensch und ab und zu ein Arschloch. Kein Engel, sondern ein ungeduldiger Mann mit Angst und Stolz und zahlreichen unausstehlichen Seiten. Und ich wollte, daß er gleichzeitig Albert Schweitzer, Ghandi und Ben Gurion war, aber er war nur Simon Breslauer.

Die Sprichwörter drängten sich mir auf der Zunge, und ich merkte, daß ich trotz alledem sein Erbe geworden war. *Fun jiddische rejd ken men sich nit opwaschn in zehn wassern*, von jüdischer Rede kann man sich nicht mit zehn Wassern reinwaschen.

Ich sah die grausame Wahrheit dieser Sprichwörter, und das Lachen sprang mir aus dem Hals, und das Wasser strömte mir aus den Augen. Simon Breslauer wurde als Habenichts geboren und starb mit neunundfünfzig in einer goldenen Kutsche. Ich sah Tränen auf meine Hände fallen und schüttelte mich vor Lachen.

Alle Redensarten, die er je verwendet hatte, klangen mir gleichzeitig in den Ohren: A *jid az er ist klug, is er klug' un az er is a nar, is er a nar* – wenn ein Jude weise ist, dann ist er wirklich weise, und wenn er ein Idiot ist, dann ist er ein Vollidiot. *In schlof sindikt nit der mensch, nor saine kaloimes* – im Schlaf sündigt nicht der Mensch, sondern seine Träume.

Ich drückte die väterlichen Hände auf meine weinenden Augen.

Ich atmete keuchend und wartete, bis das beißende Gefühl aus meiner Brust und meinem Hals abgezogen war. Was sollte ich tun? Ich wischte mir die Tränen aus dem Gesicht und schluckte die Feuchtigkeit hinunter, die noch irgendwo hinter meinen Augen auf Erlösung wartete.

Ich ging weiter.

In Jerusalem feierte Esther mit ihrem Mann das Sabbatende. Genau wie Boy in Casablanca. Ich ging unter dem orangefarbenen Natriumlicht die Ceintuurbaan entlang und überquerte die Ferdinand-Bolstraat. In der Ferne schimmerte an der Kreuzung von Ferdinand-Bol- und Albert-Cuypstraat über der Straßenbahn-Oberleitung die gelbe Leuchtreklame von SuperTex.

Ich wankte mit meinem schweren Körper zu meiner verlassenen Penthousewohnung und sah ein, daß ich der Erbe war. Dieser Gedanke erwärmte mich, und das Ziel, das nun auf einmal hell und klar vor mir auftauchte, beruhigte und tröstete mich. Ich war der Erbe. Ich würde mich nicht mehr dagegen wehren.

Die liebevollen Worte klangen mir im Kopf wie der Anfang eines Buches: *Az der Tate schenkt dem zun, lachn beide – az der zun schenkt dem Tatn, weinen beide*. Wenn ein Vater seinem Sohn etwas schenkt, lachen beide – wenn der Sohn seinem Vater etwas schenkt, weinen beide.

Leon de Winter im Diogenes Verlag

Hoffmans Hunger

Roman. Aus dem Niederländischen von Sibylle Mulot

Durch eine spannende Spionage-Geschichte werden die Schicksale dreier Männer miteinander verwoben: Felix Hoffman, niederländischer Botschafter in Prag, der seinen leiblichen und metaphysischen Hunger mit Essen und Spinoza stillt, Freddy Mancini, Zeuge einer Entführung in Prag, John Marks, amerikanischer Ostblockspezialist. Zugleich die Geschichte von Europa 1989, das sich eint und berauscht im Konsum. Ein Rausch, der nur in einem Kater enden kann.

»Ein brillanter Roman in einer fabelhaften deutschen Übersetzung. Leon de Winter bringt etwas zustande, was die deutschsprachige Literatur seit Jahrzehnten verlernt zu haben scheint: eine helle, klare, sarkastische Erzählung von aktueller Welthaftigkeit zu schreiben.«
Wolfram Knorr / Die Weltwoche, Zürich

»*Hoffmans Hunger* ist unvergeßlich.«
Süddeutsche Zeitung, München

1993 mit Elliott Gould und Jacqueline Bisset verfilmt.

SuperTex

Roman. Deutsch von Sibylle Mulot

»Was macht ein Jude am Schabbesmorgen in einem Porsche!« – bekommt Max Breslauer zu hören, als er mit knapp hundert Sachen durch die Amsterdamer Innenstadt gerast ist und einen chassidischen Jungen auf dem Weg zur Synagoge angefahren hat. Eine Frage, die andere Fragen auslöst: »Was bin ich eigentlich? Ein Jude? Ein Goj? Worum dreht sich mein Leben?« Max, 36 Jahre alt und 90 Kilo schwer, Erbe eines Textilimperiums namens SuperTex, landet auf der Couch einer Analytikerin, der er sein Leben erzählt.

»In direkter Nachbarschaft von Italo Svevos *Zeno Cosini,* erzählt mit großem dramaturgischem Geschick, raffiniert eingesetzten Blenden und effektvoll inszenierten Episoden. Das ist große europäische Literatur.« *Martin Lüdke / Die Zeit, Hamburg*

Serenade

Roman. Deutsch von Hanni Ehlers

Anneke Weiss, Mitte Siebzig, seit langem Witwe, hat ihre Lebenslust und ihren Elan, sich munter in das Leben ihres Sohnes Bennie, eines verhinderten Komponisten, einzumischen, gerade erst richtig wiederentdeckt. Da diagnostizieren die Ärzte bei ihr ein Karzinom. Bennie drängt darauf, daß man seiner Mutter ihre tödliche Krankheit verschweigt. Das Leben scheint ganz normal weiterzugehen – Anneke verliebt sich sogar in den 77jährigen Fred Bachmann –, doch alles gerät aus den Fugen: Die alte Dame ist spurlos verschwunden, und Bennie und Fred machen sich auf die Suche. Nur vordergründig witzig und leichtfüßig erzählt dieser Roman von einem Trauma, das jeden Tag neu aufzubrechen vermag.

»*Serenade* ist ein Abschiedsgesang, die Liebeserklärung eines Sohnes an die Mutter und ein Buch über unser finsteres Jahrhundert. Leon de Winter nimmt den weiten Bogen mit großer erzählerischer Leichtigkeit. Als handelte der Roman nicht von der kompliziertesten aller Beziehungen.«
Nina Toepfer / Die Weltwoche, Zürich

Zionoco

Roman. Deutsch von Hanni Ehlers

Als Sol Mayer in Boston in der Boeing 737 auf die Starterlaubnis nach New York wartet, weiß er noch nicht, daß dieser Flug sein Leben verändern wird: Der Starprediger von Temple Yaakov, der großen Synagoge an der Fifth Avenue, verliebt sich verzweifelt in seine Sitznachbarin, Sängerin einer kleinen Band. Damit bekommt seine ohnehin nicht ganz intakte Gegenwart noch mehr Risse. Die Ehekrise mit Naomi, Erbin eines Millionenvermögens, läßt sich nicht länger verdrängen. Und beruflich hat sich der liberale Rabbiner mit öffentlichen Angriffen gegen orthodoxe Chassiden gerade mächtige Feinde geschaffen. Vor allem aber wird seine Vergangenheit wieder virulent, die Zeit, in der Sol als Lebemann und Taugenichts gegen den übermächtigen Vater rebellierte. Eine Reihe aufwühlender Ereignisse zwingt ihn schließlich zu einer halluzinatorischen Reise, wunderlicher, als er sich je hätte träumen lassen.

»Leon de Winter katapultiert seine Leser furios in die New Yorker Schickeria, in der Sol Mayer zwischen den Regeln des Talmud und seinen sexuellen Obsessionen hin und her schwankt. Ein hinreißend komisches und zugleich anrührendes Buch.«
Martina Gollhardt / Welt am Sonntag, Hamburg

Der Himmel von Hollywood

Roman. Deutsch von Hanni Ehlers

Als der einst vielversprechende Schauspieler Tom Green nach Verbüßen einer Haftstrafe nach Hollywood zurückkehrt, hat er noch knapp zweihundert Dollar in der Tasche und kaum eine Perspektive. Zufällig trifft er auf zwei Schauspielerkollegen, die wie er schon bessere Tage gesehen haben: den sechzigjährigen Jimmy Kage und den siebzigjährigen Oscar-Preisträger Floyd Benson, der sein Brot jetzt als Installateur von Alarmanlagen verdient. Bei einer nächtlichen Sauftour stoßen die drei am Hollywood Sign auf einen übel zugerichteten Toten, der einem von ihnen kein Unbekannter ist: Floyd Benson vermutet, daß der Tod des kleinen Gangsters Tino mit einer Riesensumme Geld und mafiosen Machenschaften in Zusammenhang steht. Die drei sympathischen Loser planen den Coup ihres Lebens...

»Raffiniert, unterhaltsam, komödiantisch – immer wieder zum Erstaunen und zur Verzückung des Lesers.« *Volker Hage / Der Spiegel, Hamburg*

Sokolows Universum

Roman. Deutsch von Sibylle Mulot

Ein Straßenkehrer in Tel Aviv wird Zeuge eines Mordes. Der Mann zweifelt an seinem Verstand, denn er glaubt, in dem Mörder einen alten Freund erkannt zu haben. Und dies würde in der Tat alle Regeln der Wahrscheinlichkeit außer Kraft setzen. Denn Sascha Sokolow ist kein gewöhnlicher Straßenkehrer. Noch vor kurzem war der emigrierte Russe einer der angesehensten Raumfahrtforscher seines Landes.

»In wunderbaren Rückblenden und intelligent-witzigen Dialogen gelingt De Winter nicht nur ein spannender Krimi, sondern ein Kaleidoskop der Welt, das von Liebe und Angst, Enttäuschungen und Leidenschaft, von Verrat und Hoffnung geprägt ist, ein Roman voller Überraschungen und phantastischer Wendungen.«
Joachim Knuth / Norddeutscher Rundfunk, Hamburg

Leo Kaplan

Roman. Deutsch von Hanni Ehlers

Der Schriftsteller Leo Kaplan, fast vierzig, fast Millionär, ist ein Virtuose des Ehebruchs. Bis es seiner Ehefrau Hannah zu bunt wird. Kaplan muß erkennen, daß er durch seine Liebeseskapaden nicht nur seine Ehe, sondern auch seine Kreativität verspielt hat. Erst als er überraschend seine große Jugendliebe wiedertrifft, beginnt er zu verstehen, wie er zu dem wurde, der er heute ist. Ein bewegender Roman über die Sehnsucht und die Suche nach den eigenen Wurzeln.

Malibu

Roman. Deutsch von Hanni Ehlers

Kurz bevor sie ihren 17. Geburtstag feiern kann, kommt Mirjam bei einem Verkehrsunfall ums Leben. Ihrem Vater, Joop Koopman, ist es nicht vergönnt, sich seiner Trauer hinzugeben. Sein Freund Philip verwickelt ihn in einen Spionagefall für den israelischen Geheimdienst, seine Cousine Linda in ihre buddhistische Wiedergeburtstheorie. Tragödie, Politspionage und metaphysischer Thriller in einem – Leon de Winters kühnster Roman.

»Nach diesem Roman steht fest, daß Leon de Winter auf einem außerordentlich hohen Niveau schreiben kann. *Malibu* hat mich von A bis Z gebannt – ein hervorragendes Buch, das man in einem Rutsch durchliest und bei dem man sich auf der letzten Seite wünscht: Mehr!«
Max Pam / HP / DE TIJD, Amsterdam

Place de la Bastille

Roman. Deutsch von Hanni Ehlers

Ausgerechnet auf der Place de la Bastille meint der Niederländer Paul de Wit seinen totgeglaubten Zwillingsbruder zu entdecken. Die wahnwitzige Hoffnung flammt in ihm auf, sich doch noch mit seiner Geschichte versöhnen zu dürfen.

»Nur wenige zeitgenössische Autoren verstehen es wie er, die großen, alten Themen Schuld und Schicksal, Glaube und Angst so unterhaltsam zu reflektieren. Und so anspruchsvoll.«
Günter Keil / Süddeutsche Zeitung, München

Viktorija Tokarjewa im Diogenes Verlag

Viktorija Tokarjewa, 1937 in Leningrad geboren, studierte nach kurzer Zeit als Musikpädagogin an der Moskauer Filmhochschule das Drehbuchfach. 15 Filme sind nach ihren Drehbüchern entstanden. 1964 veröffentlichte sie ihre erste Erzählung und widmete sich ab da ganz der Literatur. Sie lebt heute in Moskau.

»Ihre Geschichten sind seit jeher von großer Anmut, allesamt Kunst-Stückchen, die einem die Vorstellung von Leichthändigkeit suggerieren. Nicht jedoch von Leichtgewichtigkeit. Wenn sie uns ein Schmunzeln entlocken, dann liegt das daran, daß Viktorija Tokarjewa über einen ausgeprägten Humor verfügt und diese Gabe durchweg einsetzt. Es ist kein Humor der satirischen Art, eher eine sanfte Ironie, gewürzt mit einer Prise Traurigkeit und einem vollen Maß an mitmenschlichem Erbarmen.« *FAZ*

»Viktorija Tokarjewa erzählt ihre Liebesgeschichten mit einem solchen Witz und einer solchen Lebendigkeit, daß ich ganz entzückt davon bin.«
Elke Heidenreich

Zickzack der Liebe
Erzählungen. Aus dem Russischen von Monika Tantzscher

Mara
Erzählung. Deutsch von Angelika Schneider

Happy-End
Erzählung. Deutsch von Angelika Schneider

Lebenskünstler
und andere Erzählungen. Deutsch von Ingrid Gloede

Sag ich's oder sag ich's nicht?
Erzählungen. Deutsch von Angelika Schneider, Monika Tantzscher und Elsbeth Wolffheim

Die Diva
Zehn Geschichten über die Liebe. Deutsch von Angelika Schneider, Monika Tantzscher und Susanne Veselov

Der Pianist
Erzählungen. Deutsch von Angelika Schneider

Lampenfieber
Erzählungen. Deutsch von Angelika Schneider

Eine Liebe fürs ganze Leben
Erzählung. Deutsch von Angelika Schneider

Glücksvogel
Roman. Deutsch von Angelika Schneider